Charles Dickens

단지 순박한 사람들

The
Selected Writings
of
Charles Dickens.

단지 순박한 사람들

찰스 디킨스 산문선
정소영 엮고 옮김

아를

- 앞면(4~5쪽) 그림. 서재에 앉아 있는 디킨스가 자신의 모든 작품에 등장하는 인물들에게 둘러싸여 있다. 로버트 윌리엄 부스Robert William Buss, 〈디킨스의 꿈Dickens's Dream〉, *1875.*

측은지심을 기초로 세운 유머와 풍자의 세계

'디킨스식의Dickensian'라는 형용사가 있다. 찰스 디킨스의 소설에 나올 법하다는 뜻인데, 그의 소설에 등장하는 희화화된 개성적 인물과 더불어, 하층 계급의 빈곤하고 힘겨운 삶을 떠올리게 한다는 의미로 쓰인다. 스무 권에 이르는 중장편 소설과 수많은 단편 소설, 아동 도서, 희곡, 시, 여행기, 산문 등 거의 모든 장르를 아우르는 방대한 작품 세계를 세우는 동안 한결같이 가난한 서민의 삶에 관심을 가지고 그들의 삶을 개선하기 위해 노력했던 그의 삶을 방증할 만하다. 격변기라 할 19세기에 당대 사회의 재현을 기본 특성으로 삼는 사실주의 소설의 기반을 닦았기에 시대의 산물이자 스스로 시대를 정의

했던 작가로 여겨지는 찰스 디킨스는 사회 구석구석을, 특히 눈에 잘 띄지 않는 어두운 뒷골목 같은 곳을 부지런히 살피며 다녔고, 지배층의 탐욕과 이기심을 비판하고 가난하지만 순박한 이들에게 공감과 연민을 보냈다.

디킨스가 살았던 시대인 빅토리아 여왕 시대의 영국 사회는 산업 혁명의 선구자로서 내적으로나 외적으로나 강력하고 풍요로운 제국의 지위를 누리고 있었다. 하지만 아동 노동을 비롯한 노동 계급의 열악한 처지와 극심한 빈부 격차 등 산업화의 문제점이 드러나기 시작했고, 특히 시골의 터전에서 쫓겨난 빈민 인구가 폭증한 런던은 나날이 심각해지는 빈곤 및 범죄와 씨름해야 했다. 빈부 격차는 전례 없이 심해져서 상층 계급과 하층 계급이 한 나라의 국민이라 하기 힘들 만큼 판이한 삶을 산다는 의미에서 '두 민족Two Nations'이라는 용어가 등장했고, 토머스 칼라일Thomas Carlyle은 이를 '영국의 상황Condition of England'이라고 부르며 다른 계층의 삶에 무심한 대중의 관심을 불러일으키고 의식을 깨우기 위해 노력했다.

1834년에 제정된 '신구빈법New Poor Law'은 상류층 지배 계급의 편견과 무지를 적나라하게 드러내면서 빈곤 문제를 해결하기는커녕 더욱 악화시켰다. 하층 계급

단지 순박한 사람들

은 게으르고 방탕해서 일하기 싫어한다는 편견을 기반으로 '도움을 받을 만한 빈곤층'과 그렇지 않은 빈곤층을 구분하고, 구빈원의 노동 강도와 생활 환경을 최대한 가혹하게 유지해서 구빈원에 머무르는 것을 꺼리게 만드는 것이 '신구빈법'의 기본 정책이었다. 하층 계급에게 관심과 애정이 많았던 디킨스는 '신구빈법'에 분노했고 이 법이 제정되고 얼마 안 된 시기에 쓴 《올리버 트위스트》를 포함하여 많은 글에서 구빈원의 삶을 다뤘다. 이 책에 실린 〈동쪽의 작은 별〉에서 디킨스는 빈곤층 가족들을 직접 찾아다니며 이야기를 나눈 경험을 적고 있는데, 그들은 벌이가 없어 굶주리는 상황에서도 구빈원에 들어갈 생각을 하지 않고, 다들 일하고 싶고 일해야 먹고살지만 일이 없다고 한탄한다. 디킨스는 믿기 힘들 정도로 참담한 삶이 그들의 게으른 성정에서 비롯된 것이 아니라 빈곤층의 실제 삶에 무지한 채 탁상공론만 펼치는 정부 정책의 실패로 인한 것임을 확연히 보여주면서, 동시에 그렇게 힘든 상황에서도 자존감과 품위를 잃지 않는 모습을 인상적으로 그려 보인다.

　하층 계급을 향한 디킨스의 연민과 공감은 여러 원천에서 나왔겠지만, 어린 시절의 경험과 이후 기자 생활을 통해 그들의 삶을 접할 기회가 많았다는 점이 적잖은 자리를 차지할 듯하다. 디킨스는 중산층 가정에서 태어났지만, 열두 살 때 부친이 빚으로 인해 교도소에 들어가면서 학교를 그만두고 구두약 공장에서 하루 열 시간 동안 일해야 했다. 그런 생활이 오래가지는 않았어도 그때의 기억이 그에게 여러 의미에서 고통스러운 기억이었음은 그가 그 일을 오랫동안 비밀로 했다는 사실에서도 짐작할 수 있다. 하지만 중산층의 지위에서 한순간에 하층 계급으로 떨어지지 않았더라면 모르고 살았을 빈곤층의 삶을 직접 체험한 덕분에 평생 그들의 벗으로 살아갈 수 있었던 게 아닐까 싶다. 부친이 빚을 갚으면서 디킨스는 공장에서 일하는 생활을 끝내고 다시 학교로 돌아갔지만, 몇 년 뒤인 열다섯 살 나이에 본격적으로 일을 시작해야 했다. '보즈Boz'라는 필명으로 잡지에 글을 기고하면서 작가의 길로 들어서기 전까지 법정 속 기자나 의회 출입 기자 등으로 일했는데, 이때의 경험이 열두 살 때 공장에서 일했던 경험과 함께 이후 작품 활동의 기반을 이루게 된다.

　　의회 출입 기자를 하면서 디킨스는 아마 정치권의 민낯을 자주 목격했을 테고, 당시 영국에서 정치는 여전히 주로 귀족층의 일이었기에 탐욕적이고 이기적인 상류층과 정치권은 당연히 한통속이었다. 디킨스는 평생 좁은 의미의 정치에 관여하기를 꺼렸지만 친구였던 오스틴 헨리 레이어드의 정치 활동을 지지하기 위해 '행정 개혁 연합' 2차 회의에 연사로 나서는데, 그 연설(〈행정 개혁에 관한 연설〉)에서 그가 그려 보이는 의회의 모습을 보면, 거의 두 세기 전 지구 반대쪽 나라의 일이라고는 믿기지 않을 만큼 지금 이곳의 현실과 닮았다. 〈안식일 법안이 통과되면 이렇게 된다〉에서도 자기 계급의 테두리에 갇힌 지배층의 독선과 편견이 적나라하게 드러나는데, 금욕적인 종교까지 가세하여 서민의 소박한 즐거움마저 박탈하려는 그 모습은 독자의 공분을 사기에 충분할 것 같다.

안식일 법안에서는 단지 금욕적인 종교만이 아니라 여전히 신분제가 유지되고 있던 당시 영국의 상황도 엿볼 수 있다. 디킨스는 미국 로웰의 여성 노동자들의 옷차림이나 그들이 자체적으로 내는 문집을 영국인들이 보면 깜짝 놀라면서 분수에 맞지 않는다고 여길 거라 말하는데(〈미국 철도, 로웰과 그 공장 시스템〉), 이를 통해 하층 계급에게 몸치장이나 예술적 취향은 가당치 않다는 식의 신분적 사고 방식이 영국에서 여전히 통용되고 있었음을 알 수 있다. 디킨스는 계층과 신분 자체를 공격하는 일은 별로 없었지만, 어느 계층, 어느 신분이든 누구나 인간다운 삶을 누릴 권리가 있고 여가와 오락, 예술의 향유가 인간다운 삶에 본질적이라는 믿음을 가지고 있었다. 어린 시절의 경험으로 빈곤이란 돈이 없고 굶주림에 시달리는 일이면서 동시에 인간다운 삶과 자존감을 박탈당하는 일이기도 하다는 사실을 절감했기에 일주일에 하루는 고된 노동에서 벗어나 자유분방하게 즐길 수 있는 권리가 바로 노동자 계층에게 자존감과 삶의 여유를 가져다준다고 보았던 것이다.

'신구빈법'의 이론적 기반이 제러미 벤담의 공리주의였으니 디킨스가 공리주의를 어떻게 여겼을지는 충분히 짐작할 수 있다. 공리주의에 대한 디킨스의 비판은 그의 소설 《어려운 시절》에서 잘 나타난다. 사실만을 중시하는 공리주의 교육자 그랫그라인드 씨와 감정이라고는 없는 기업가인 그의 친구 바운더비는 물질적 이득이 나오지 않는 삶의 모든 면모를 불필요한 것으로 매도하는 실리적 태도를 대표한다. '말馬'을 정의하는 소설 첫 장면에서 단적으로 나타나듯, 말과 관련된 실제 경험이나 말을 주제로 한 자유로운 상상을 배척하며 사전적, 동물학적 정의만을 타당하게 여기는 이런 태도는 무엇보다 상상력에 치명적이다. 같은 맥락에서 개인이나 개별적 사례는 고려하지 않고 집단 전체만을 기준으

단지 순박한 사람들

로 삼는 사고방식, 살아 있는 삶을 도면 위의 숫자로 환원하는 사고방식 역시 생생한 개별의 삶을 담아내고 창조하는 문학과는 양립하기 힘든 것이었다.

⸻

소설을 제외해도 그 양이 방대한 디킨스의 글 중에서 한 권에 담을 글을 고르는 일은 쉽지 않았다. 전반적인 시기와 다양한 글의 유형을 아우르면서, 디킨스의 특성이 잘 드러나고 현재의 독자에게 생각할 거리를 던져줄 만한 글을 선택하려 했다. 맨 처음 출간된 책인 《보즈의 런던 스케치》에 실렸던 두 편의 글은 서민의 일상적 생활을 유머러스하게 그리는데, 특히 전당포에서 벌어지는 소란을 다루는 대목은 연극의 한 장면을 보는 듯해서, 디킨스가 원래 연극 배우를 꿈꿨고 평생 연극에 관심을 가졌다는 사실을 실감할 수 있을 뿐 아니라 그의 소설 장면처럼 생동감이 넘친다.

디킨스는 1850년부터 자신이 편집자로 있었던 《매일 쓰는 말Household Words》에 다양한 비소설 산문을 싣고, 1859년에는 《일 년 내내All The Year Round》라는 잡지를 창간하여 꾸준히 글을 실었다.* 거기에 실었던 글을 모아

《비상업 여행자》라는 제목의 산문집을 출간했는데, 최신 글을 덧붙여 여러 번 새로운 판으로 출간했고 최종본은 그가 세상을 떠나고 5년 후인 1875년에 나왔다. 말년에 유년기의 고향 마을을 다시 찾거나 일요일마다 동네의 작은 교회들에서 예배를 보는 이야기를 읽으며 노년의 디킨스의 모습을 눈앞에 그릴 수 있다면 좋겠다.

미국과 이탈리아를 여행하고 쓴 두 여행기는 그 성격이 꽤 다른데, 미국 방문은 여행이라기보다는 영국에서 늘 하던 대로 감옥이나 병원, 공장 등의 시설을 둘러보는 견학의 성격이 강해서 그렇다. 아무래도 구세계 시민이 신세계 미국의 상황을 직접 보면서 두 사회를 비교하지 않을 수 없고, 그런 점에서 미국 사회에 대한 나름의 판단을 내보인 결론 격의 마지막 장을 포함했다.

당대 유명 인사이기도 했던 디킨스는 중년 이후 다양한 사회 활동에 적극적으로 참여했고 낭독회처럼 대중을 직접 만나볼 자리를 꾸준히 가졌으며 온갖 모임과

• 'Household Words'는 셰익스피어의 희곡 《헨리 5세》 4막 3장에 나오는 대사 "Familiar in his mouth as household words"에서 따온 것이다. 'All The Year Round'는 셰익스피어의 희곡 《오셀로》 1막 3장 중 "The story of our lives, from year to year"라는 대사에서 착안한 것으로 디킨스는 잡지 표지에도 이 문장을 제호와 함께 넣었다. 《일 년 내내》는 창간호부터 《두 도시 이야기》가 연재된 것으로도 유명하다.

집회에서 연사로 나섰다. 그의 연설과 축사 중에서는 그가 사랑했던 극단이나 노동 계급과 관련된 연설을 골랐는데, 비록 인쇄된 글의 형태지만 특유의 유머와 풍자를 버무려서 공동체의 상호 부조와 교육의 중요성을 역설하는 그의 목소리가 들린다면 좋겠다.

불우한 어린 시절을 보낸 뒤 사회적 성공을 이룬 인물은 하층 계급과 서민을 이해하고 공감하기보다는 오히려 매정함과 편견을 내보이는 경우를 우리는 더 자주 목격한다. 다른 한편 사회의 불의나 부패를 향한 분노는 강자를 향한 시기심이 섞여들기 쉽고 자기 자신을 망가뜨릴 위험을 늘 수반한다. 디킨스가 이른 나이부터 최고의 인기를 누리고 유명 인사로 살면서도 작품을 통해서나 실제 삶 속에서 하층 계급을 보듬고 그들의 삶에 실질적인 도움을 주려 평생 노력할 수 있었던 바탕에는 측은지심이 있었기 때문이 아닐까 싶다. 특히 아이들을 향한 연민과 애정, 그리고 아이의 시각으로 세상을 바라보는 아이를 닮은 성정은 그의 소설마다 가득한데, 이 책을 통해 독자들이 찰스 디킨스의 소설이 아닌 산문에서도 그런 모습을 만나볼 기회를 가질 수 있다면 좋겠다.

차례

비상업 여행자

The Uncommercial Traveller

THE

UNCOMMERCIAL TRAVELLER

BY

CHARLES DICKENS.

LONDON:
CHAPMAN AND HALL, 193, PICCADILLY.
MDCCCLXI.

시티오브런던의 교회들

City of London Churches

나는 일요일이면 자주 코번트가든의 내 거처를 멀리 벗어난다. 일요일에 전혀 돌아다니지 않는 사람들이 혹시 이런 고백을 듣고 불쾌해할 수 있을 텐데, 내가 찾아다니는 곳이 교회라고 덧붙이면 아마 만족하지 않을까 싶다(그러기를 바란다).

위력적인 전도사의 설교를 들어보면 어떨까 하는 마음에서가 아니다. 그런 설교들은 예전에, 말하자면 머리끄덩이를 잡힌 채 끌려가서 들었던 적이 너무 많았으니까. 꽃과 나무와 새들이 여리고 어린 내 가슴에 더 잘 다가올 여름날 저녁에 한 여성의 손이 내 머리통을 부여잡고는 신전에 가기 전 정화 과정이라며 목부터 두피까지 박박 민 뒤, 하도 밀어서 저절로 찌릿한 정전기가 잔뜩 생긴 그대로 끌려가 강력한 보아너게 보일러[1]와 그의 신자들의 환기도 되지 않는 숨결 속에서 찜통 속 감자처럼 푹 익고 나면 어린 내게서 그나마 남은 정신까지 몽땅 증기가 되어 빠져나가 버리곤 했다. 그 일이 끝나면 그 딱한 몰골로 집회 장소에서 끌려 나와 보아너게 보일러와 관련해 교리문답을 해야 했다. 다섯 번째로, 여섯 번째로, 일곱 번째로, 이렇게 한없이 이어지는 중에 결국 나는 그 전도사를 가장 음울하고 억압적인 위장 놀이라는 차원에서 바라보게 되었다. 오래전, 불신의 자식이든 은총의 자식이든 간에 사람의 자식이라면 도무지 눈을 뜨고 깨어 있을 수 없는 설교 집회에 끌려갔던 때가 있었다. 치명적인 졸음이 살금살금 다가와 슬그머니 나를 덮치는 것이 느껴지고, 설교자의 목소리가 귀신에 홀린 듯 거대한 팽이처럼 윙윙거리며 빙글빙글 돌더니 결국 그 몸까지 휘청 흔들리며 고꾸라졌는데, 마지막 단계에서 쓰러진 인물이 그가 아니라 나라는 사실을 깨닫고 창피와 두려움으로 얼굴이 화끈거리곤

---

1 Boanerges Boiler. '천둥의 아들'이란 뜻의 '보아너게'는 예수가 세례요 한에게 붙인 별칭으로 이후 '열광적인 설교자'를 뜻하게 되었는데 디킨스가 그것을 이용해서 만든 별명이다.

　　　　　　　　　　　　　　비상업 여행자

했다. 보아너게가 특히 우리(아직 아기일 뿐인 우리)를 내려다보며 연설할 때 나는 그의 바로 아래에 앉아 있었는데, 이 글을 쓰는 지금도 우르릉거리는 그의 익살(우리에겐 전혀 재미있지 않았지만 졸렬하게도 재미있는 척했다)이 귀에 들리고 커다란 둥근 얼굴이 눈에 선하다. 그리고 그가 양팔을 뻗으면 소맷자락이 마치 마개 끼운 망원경이라도 되는 양 그 속이 훤히 들여다보였는데, 두 시간 동안 불건전한 증오심으로 그를 미워하곤 했다. 그렇게 나는 어린 나이에 그런 위력적인 전도사를 머리끝부터 발끝까지 속속들이 알게 되어 일찌감치 그를 떠나버렸다. 그에게 평화가 있기를! 그가 나에게 가져다준 것 이상의 평화가!

그 이후 나는 수많은 전도사(위력적인 전도사가 아니라 그저 경건하고 꾸밈없는 기독교 전도사)의 설교를 들었고 그런 전도사를 친구로 두기도 했다. 하지만 내가 일요일에 나들이를 나선 이유는 위력적인 전도사는 물론이고 그런 전도사의 설교를 듣기 위해서가 아니었다. 그것은 시티오브런던[런던 중심부의 구 시가지]에 널린 교회들이 궁금해서 다닌 나들이였다. 지금껏 로마의 교회들에 대해 제대로 알고자 노력해왔던 내가 정작 시티오브런던의 유서 깊은 교회에 대해서는 아는 것이 전혀 없구나!

그런 생각이 어느 날 문득 들었던 것이다. 그날이 우연찮게 일요일이라, 나는 그날 당장 탐험을 시작했고 그 일이 일 년 동안 지속되었다.

나는 교회를 찾아다니면서도 그 이름을 알고 싶은 마음이 전혀 없었고, 그래서 그런 점에서는 지금도 여전히 9할은 알지 못한다. 유구한 존 가우어의 무덤(책을 베고 누운 그의 모형이 있다)이 있는 교회는 서더크 대성당이고, 밀턴의 무덤이 있는 교회는 크리플게이트 교회이고 커다란 황금 열쇠가 달린 콘힐의 교회는 성베드로 성당이라고 알고는 있지만, 그래도 이름을 대는 경연에 나가 합격할 수 있을 것 같지는 않다. 그 교회들과 관련해 누구에게든 질문을 한 적이 없었고, 그와 관련한 고고학적 질문을 책에서 찾아보기는 했지만 그 답을 굳이 여기서 끄집어내어 독자의 마음을 심란하게 만들지도 않을 것이다. 내가 그 교회들을 보며 느낀 즐거움의 반은 신비로움 덕이었다. 그 교회들은 내게 신비로웠고, 앞으로도 신비로울 것이다.

잊히고 감추어진 시티의 유구한 교회를 찾아다니는 내 순례를 어디에서 시작해볼까?

남쪽으로 템스강이 내려다보이는 수많은 좁은 언덕길을 슬슬 걸어 내려온 것은 일요일 아침 열한 시 이십

비상업 여행자

분 전이었다. 첫 번째 순례를 위해 버스를 타고 휘팅턴 구역으로 왔다. 그전에 약초 냄새가 풍기는 청회색 옷을 입고 사나운 눈매에 호리호리한 체구를 지닌 노파가 버스에서 내려 올더게이트 스트리트를 걸어 올라가 한 예배당 안으로 들어갔는데, 내 장담하건대 그분은 그곳에서 지옥 불 교리로 평안을 얻을 것이다. 그보다 상냥해 보이는 살집 있는 노파 한 명도 손수건을 펼쳐 커다란 예쁜 기도서를 감싼 채 출판업 조합 사무소 근처 광장 모퉁이에서 내렸는데, 교회 행정 직원인 남편이 세상을 뜬 뒤 홀로된 양반이니 분명 그 동네 교회에 가는 길일 터였다. 나머지 승객은 우연히 같은 버스에 탄 행락객들과 시골길 산책자들이라 블랙월 기차역으로 갔다. 내가 마음을 정하지 못하고 길모퉁이에 서 있는 동안 땡땡 울리는 종이 얼마나 많던지, 종교적 우리에 갇힌 양이란 양은 모두 종을 매단 우두머리 양인 듯했다. 내가 마음을 정하지 못한 까닭은, 몇 야드 반경 내에서 눈에 보이고 소리가 들릴 만큼 가까운 거리에 교회가 네 곳이나 있고 네 곳을 향한 마음이 똑같았기 때문이다.

길모퉁이에 서서 보자니, 첨탑이 달린 교회 네 곳에서 요란스레 신도를 불러 모으고 있지만 정작 교회에 들어가는 사람은 한 번에 네 명이 채 못 된다. 나는 한

곳을 정해 종탑의 거대한 입구로 이어지는 계단을 오른
다. 종탑 내부는 곰팡이가 피어 방치된 창고 같다. 대들
보가 놓인 지붕을 뚫고 줄이 늘어져 있고, 한 남자가 구
석에서 줄을 잡아당겨 종을 울린다. 원래는 검은색이었
을 빛바랜 옷을 입은 연갈색 피부의 남자로, 그을음과
거미줄을 뒤집어쓰고 있다. 어떻게 들어왔느냐고 묻듯
그가 나를 빤히 쳐다보고, 나 역시 거기에 어떻게 올라
갔냐는 듯 그를 빤히 쳐다본다. 목재와 유리로 된 칸막
이벽을 통해 어두컴컴한 교회 안을 들여다보니, 예배가
시작되기를 기다리는 스무 명가량의 사람들이 눈에 들
어온다. 오랫동안 쓰지 않은 세례반에 먼지가 잔뜩 앉
았고 나무 뚜껑(구식 합盒의 뚜껑처럼 생긴)은 필요할 때
에도 열리지 않을 것처럼 보이니, 이 교회에 한참동안 세
례가 없었던 모양이다. 제단은 금방이라도 쓰러질 듯하
고 십계명은 습기로 축축하다. 이렇게 전체를 둘러본 뒤
안으로 들어가다가 예복을 차려입은 목사와 부딪혔다.
그는 아무도 앉아 있지 않은, 커튼 달린 주요 인사용 신
도석 뒤편의 어둑한 통로로 들어오던 중이었다. 신도석
은 푸른 지팡이 네 개를 꽂아 장식했는데, 아마 예전에
는 주요 인사 네 사람이 다른 주요 인사 앞으로 들고 갔
겠지만, 이제는 그것을 들 사람도 받을 사람도 없다. 나

는 가족석의 문을 열고 안으로 들어간다. 마음만 있다면 가족석 스무 개를 다 차지할 수도 있다. 활달한 젊은 이인 교회 직원(그는 여기 어떻게 들어왔지?)이 다 안다는 듯 '한번 해봤으니 이제 그만하시죠' 이런 투로 나를 흘낏 본다. 오르간이 울리기 시작한다. 오르간석은 교회 건물을 가로지르는 작은 갤러리에 있다. 성가대원은 두 소녀뿐이다. 신도들이 찬송가를 불러야 할 때 어떤 상황이 벌어질지 궁금해진다.

내가 앉은 신도석 구석에 파리한 책 무더기가 있다. 나른한 쇳소리 같아서 음악이라기보다 오르간의 녹슨 스톱이 끼이익 움직이는 듯한 소리가 울리는 동안 나는 빛바랜 녹색 모직 천으로 제본된 것들이 대부분인 책을 바라본다. 그 책들은 *1754년* 다우게이트 집안의 것이다. 그들은 누구일까? 제인 콤포트가 다우게이트 아들과 결혼하여 그 집안사람이 된 모양이다. 젊은 다우게이트는 제인 콤포트와 연애할 때 기도책을 선물하고 그 일을 책날개에 기록했다. 제인이 젊은 다우게이트를 좋아했다면 어째서 이 책을 여기에 놔둔 채 세상을 떴을까? 무너질 듯한 저 제단 위, 축축한 십계명 앞에서 젊은 희망과 기쁨으로 얼굴이 상기된 신부 콤포트가 다우게이트를 배우자로 맞이했지만, 결과적으로는 기대만큼 대단히 성공적인 결합이 아니었던 걸까?

　　예배가 시작되었고, 나는 떠돌던 상념에서 벗어났다. 그러자 놀랍게도 눈에 보이지 않는 독한 코담배 가루 같은 것이 콧속으로, 눈으로, 목 안으로 들어갔고 여전히 들어가고 있는 것이 느껴진다. 나는 눈을 깜박거리고 재채기를 하고 기침을 한다. 교회 직원도 재채기를 한다. 목사는 눈을 깜박인다. 보이지 않는 오르간 연주자도 재채기를 하고 기침을 한다(아마 눈도 깜박거릴 것이다). 이곳에 모인 얼마 안 되는 사람들이 다들 눈을 깜박이고 재채기를 하고 기침을 한다. 다 썩은 매트와 목재, 천, 돌, 철, 흙, 그리고 다른 것들이 합쳐져 만들어진 티끌 같다. 다른 것이란 지하 무덤에서 썩어가는 죽은 시민일까? 틀림없이 그렇겠지! 습하고 추운 이월에 예배가 진행되는 내내 우리는 에취에취, 콜록콜록거리며 죽은 시민을 내뱉을 뿐 아니라, 죽은 시민들이 오르간 풀무 안으로 들어가는 바람에 오르간도 숨이 막혀 캑캑거린다. 발이 시려 발을 구르면 죽은 시민들이 구름처럼 뭉게뭉게 피어오른다. 죽은 시민들이 벽에 달라붙고, 가루가 되어 목사의 머리 위쪽 공명판에 내려앉고, 바깥바람이 훅 불어 들어오기라도 하면 우르르 목사에게 쏟아진다.

비상업 여행자

이 첫 번째 경험으로 나는 다우게이트 집안과 콤
포트 일족과 다른 가족과 일족으로 이루어진 엄청난 티
끌에 욕지기가 날 정도여서, 느릿느릿 이어지는 예배의
방식이나, 찬송 시간에 우리에게 이런저런 음을 내보라
고 독려했던 활달한 직원이나, 박자 감각이나 음감은
무시하고 새된 목소리로 이중창을 신나게 즐기는 두 소
녀, 연갈색 피부의 남자가 목사를 설교단에 밀어 넣고
는 마치 위험한 짐승이라도 되는 양 아주 꼼꼼하게 문을
잠그던 방식은 별로 주의 깊게 보지 못했다. 하지만 다
음 일요일에 다시 찾아갔고, 아무래도 시티 교회에서는
죽은 시민 없이 살아가기는 힘들겠다는 사실을 깨닫고
곧 그 존재에 익숙해졌다.

다른 일요일.

양 다리 고기나 백 년 된 레이스 모자처럼 다투어 나
를 부르는 종소리에 다시금 끌려서 나는 수많은 골목길
이 이어지는 한 모퉁이에서 묘하게 한쪽으로 밀려난 듯
한 교회를 선택한다. 지난번 교회보다 더 작고 흉하다.
앤 여왕 시대쯤 지어진 듯하다. 모인 신자는 열네 명에
달한다. 남자애 넷과 여자애 둘로 그 수가 쪼그라든, 위
층 좌석의 까부라진 빈민 학교 아이들을 빼고 그렇다.
누군가 기부한 빵이 포치에 있는데도, 까부라진 신도

중 어느 누구도 빵을 먹을 생각이 없는 모양이었다. 안으로 들어가다가 다 낡아빠진 제복을 입은 교구 직원이 자신과 가족을 떠올리며 그 빵을 눈으로 집어삼키는 모습이 눈에 들어왔다. 갈색 가발을 쓴 까부라진 직원도 있고, 까부라진 문과 창문 두세 개는 아예 벽돌을 쌓아 막아버렸다. 기도서는 곰팡내 나고 신도석 쿠션은 나달나달하고 교회 가구 무엇이나 까부라진 상태가 한참 진행된 상태이다. 신도는 노파 셋(늘 오는 사람들), 젊은 연인 한 쌍(어쩌다 온 경우), 상인 둘(하나는 부인과 함께, 다른 하나는 혼자), 고모와 조카, 역시 여자애 둘(교회에 온다고 애써 차려입었는데 뻣뻣해야 할 부분은 전부 축 늘어지고 축 늘어져야 할 부분은 뻣뻣한 그 모습은 언제 어디서든 경험할 수 있다), 그리고 키득거리는 남자애들 셋이다. 목사는 아마도 공기업의 사제인 모양이다. 와인을 즐겨 마시는 촉촉한 표정에 둥근 코 장화까지 신은 모습이 이십 년 숙성한 포트와인이나 혜성 빈티지 와인[2]에 익숙해 보이니 말이다.

워낙 무기력하게 조용히 앉아 있는 분위기라, 제단

---

2 질 좋은 와인이 생산되는 해가 혜성이 지나간 해와 겹치는 일이 많아서 질 좋은 빈티지의 와인을 그렇게 불렀다.

비상업 여행자

난간 옆 구석 자리에 앉은 남자애들 셋이 웃을 때마다 폭죽 소리라도 들은 듯 다들 화들짝 놀란다. 그 모습에 예전 고향 마을의 교회가 떠올랐다. 새들이 합창하듯 신나게 지저귀는 화창한 일요일 설교 시간에 농장의 남자애들이 시끄럽게 떠들며 판석 깔린 길을 지나가면 책상에 앉아 있던 교회 서기가 아이들을 쫓아 뛰어나갔다. 평온한 여름날이라 아이들이 교회 마당에서 붙잡혀 쥐어박히는 소리가 또렷이 들렸는데도, 그는 아무 일도 없었다는 듯 사색에 잠긴 표정으로 돌아오곤 했다. 이 교회에 다니는 고모와 조카는 키득거리는 남자애들이 무척 신경에 거슬린다. 조카 역시 아이인지라 키득거리는 또래들이 멀리서나마 구슬이나 끈 같은 놀잇감을 몰래 생각거리로 제공하면 세속적 생각으로 끌려들어가기 때문이다. 그 조카, 어린 성 안토니아는 한동안 유혹에 맞서다가 곧 배교자가 되어 구슬 한두 개를 이쪽으로 '던져보라'고 무언극으로 부추긴다. 보아하니 그때 고모(영락한 신사 계급으로 성무일과를 담당한 엄격한 인물이다)가 눈치를 채고는 낡은 우산의 골이 팬 굽은 손잡이로 아이의 옆구리를 푹 찌른다. 조카는 복수를 할 셈으로 당장이라도 울음을 터뜨릴 것처럼 숨을 꾹 참아 고모에게 겁을 준다. 아무리 속삭이고 몸을 흔들어도 소용없이 조카의 얼굴이 부풀며 색이 변해가자, 더 이상 견디지 못한 고모는 몸이 부풀어 목이 안 보이고 눈이 새우 눈처럼 튀어나온 아이를 데리고 밖으로 나간다. 키득거리던 남자애들이 그 모습을 보고 이쯤에서 도망치는 것이 적합한 다음 행보라고 여기는데, 갑자기 지나치게 경건한 모습으로 목사에게 주의를 집중하는 모습으로 미루어 맨 먼저 나갈 아이가 누구인지 나는 알 수 있다. 얼마 지나지 않아 이 위선자는 종교와 관련된 다른 볼일을 깜박했다는 표정으로 일부러 발소리를 죽이는 시늉을 하며 사라진다. 두 번째 아이도 마찬가지 방식이지만 첫 번째 아이보다 빨리 사라진다. 세 번째는 안전하게 출입문에 다다르자 무모해져서 요란하게 문을 열고는 쌩하니 달려 나갔고, 그 바람에 뾰족 건물 전체가 꼭대기까지 부르르 떤다.

그런데도 만찬 자리에 있는 듯 목소리를 낮춘 목사는 숨만 약한 것이 아니라 가는귀도 먹었는지, 어떤 신도가 엉뚱한 지점에서 "아멘"이라고 내뱉기라도 한 듯 잠깐 시선을 들었을 뿐, 장에 가는 농부의 아내처럼 계속해서 느릿느릿 꾸준하게 나아간다. 그렇게 똑같이 편안하게 해야 할 일을 하고, 여전히 평탄한 길을 천천히 걸어가는 농부의 아내처럼 간결한 설교를 한다. 그 나

비상업 여행자

른한 억양에 곧 세 노파가 앉아서 졸고 미혼의 상인은 창밖을 내다보고 기혼의 상인은 부인의 모자를 바라보고 연인은 서로를 바라본다. 연인의 그 모습이 지극히 행복해 보여서 내가 열여덟 살 되던 해에 갑자기 소나기를 만나 앤젤리카와 시티의 한 교회(아주 우연찮게도 그것이 허긴레인에 있었기에)에 들어갔던 일이 떠올랐다. 그때 나는 나의 앤젤리카에게 "우리 결혼식을 다른 곳이 아닌 이 제단에서 치르자!"고 말했고 앤젤리카도 다른 곳이 아닌 그곳이어야 한다고 동의했다. 확실히 일은 그렇게 진행되지 않아, 어디서든 아예 이루어지지 않았다. 오, 앤젤리카, 내가 설교에 집중하지 못하는 이 일요일 아침, 당신은 어떤 모습이 되었을까! 그보다 어려운 질문으로, 그때 당신 곁에 앉았던 나는 어떤 모습이 되었나!

그런데 이때 약간 관례적인 것이 분명한 동작을 한 뜻으로 해야 할 때라는 신호가 떨어진다. 그러니까 수상하게 부스럭거리고 몸을 들썩이고 헛기침을 하고 코를 푸는 식의, 예배가 진행되는 어떤 시점에서 꼭 필요하지만 다른 상황이라면 어떤 경우에도 전혀 필요하지 않는 것으로 여겨지는 동작 말이다. 그러자 일 분 만에 예배가 끝나서, 류머티즘에 걸린 오르간은 더할 수 없이 기쁜 마음을 표현하고 또 일 분 만에 다들 교회 밖으로 나오고 연갈색 피부의 인물이 문을 잠근다. 또 일 분가량이 지난 뒤 근처 교회 마당(이 교회가 아니라 다른 교회의 마당)에서, 나무 두 그루와 무덤 한 기가 있는, 낡고 추레한 작은 상자 같은 교회 마당에서 나는 그 연갈색 피부를 만난다. 그는 이제 사적인 삶으로 돌아와, 모퉁이 술집에서 저녁 식사에 곁들일 맥주를 사 오는 길이다. 그 술집은 아무도 찾는 이 없는, 썩어가는 비상 사다리의 열쇠를 여전히 보관하고 있으며, 2층에는 흰색 테두리를 두른, 너덜너덜하고 볼품없는 핀볼 게임 보드가 있다.

시티 교회 한 곳에서, 단 한 곳에서 나는 시티의 인물이라고 명확히 주장할 만한 인물 하나를 만났다. 서기의 책상을 통하지 않고는 목사가 자기 책상으로 갈 수 없거나 성경대를 지나지 않고는 설교단으로 갈 수 없다는 특징(어느 쪽인지 잊었지만 그건 중요하지 않다)이 있는 데다 그와 함께 자리를 한 신도들이 거의 없었기에 그 교회를 기억한다. 당시 신도가 여남은 명도 안 되었는데, 도움될 만한 까부라진 빈민 학교 아이들조차 없었다. 그 인물은 목둘레가 네모지게 파인 검은 옷과 검은 벨벳 모자와 천 신발을 착용한 아주 연로한 인물이었다. 진중하고 부유하면서도 불만스러운 표정이었다.

비상업 여행자

그는 불가사의한 한 여자아이의 손을 잡고 왔는데, 그 아이가 쓴 비버 털모자에 꽂힌 뻣뻣한 깃털은 분명 하늘을 나는 어떤 새의 것도 아니었다. 아이는 무명 드레스에 짧은 외투를 입고, 권투 장갑을 끼고 베일을 썼으며 턱에 포도잼으로 보이는 얼룩이 묻어 있었다. 게다가 갈증이 무척 심한 모양이었다. 시편 1편 낭송이 끝나기가 무섭게 아이가 그 인물이 주머니에 넣고 다니는 녹색 병을 대놓고 꺼내 마셨으니까. 그 외에는 예배가 진행되는 내내 빗물 홈통처럼 구석 자리에 딱 맞춰 만든 넓은 신도석 자리에 꼼짝도 않고 서 있었다.

그 인물은 성경책을 펼치지도 않았고, 목사를 바라보지도 않았다. 심지어 앉는 법도 없어서, 신도석 등받이 위에 팔을 올린 채 서 있다가 이따금 오른손을 이마로 올려 빛을 가렸고 내내 교회 문만 바라보았다. 그 교회는 비슷한 규모의 다른 교회와 비교하면 길쭉한 건물이었고 그는 맨 안쪽에 있었는데도 내내 문 쪽을 바라봤다. 나이 든 회계 장부 담당자이거나 직접 회계 장부 정리를 하는 늙은 상인일 테고, 배당금이 나올 때 영국은행에서 모습을 드러낼 인물일 것이 틀림없었다. 평생 시티에 살면서 다른 지역은 아주 낮잡아볼 것 또한 틀림없었다. 무슨 까닭으로 문만 바라보는지 나로서야

비상업 여행자

결코 확실히 증명할 수 없지만, 시민들이 돌아와 시티가 다시 고릿적 영광을 누릴 때를 기대하며 살고 있으리라는 것이 내 생각이다. 그런 일이 일요일에 일어나겠지, 그곳을 떠나 떠돌던 이들이 기가 꺾이고 참회하는 모습으로 휑뎅그렁한 교회에서 먼저 모습을 보이겠지, 그렇게 기대하는 듯했다. 그래서 아무도 발을 들여놓지 않는 문을 그렇게 하염없이 바라보는 것이다. 아이는 누구의 아이인지, 상속권을 박탈당한 딸의 아이인지, 아니면 교구의 고아를 입양했을지, 단서가 될 만한 점은 전혀 없었다. 아이는 깡충깡충 뛰지도 않고 놀지도 않고 웃지도 않았다. 그가 제작한 자동인형이 아닐까 하는 생각이 들기까지 했다. 그런데 어느 일요일에 그 기이한 쌍의 뒤를 따라 교회를 나가다가, 그가 "1만 3천 파운드"라고 말하고 아이가 여린 인간의 목소리로 "17실링 4펜스"라고 덧붙이는 소리가 내 귀에 들어왔다. 네 번에 걸쳐 일요일마다 그 뒤를 따라 나갔지만 다른 말은 듣지 못했고, 말하는 모습도 본 적이 없다. 어느 일요일엔 집까지 따라갔다. 그들은 공용 펌프 뒤쪽에 살았고, 그가 어마어마하게 큰 열쇠로 문을 열었다. 그 주택에 새겨진 문장은 딱 하나로, 소화전과 관련된 것이었다. 닫힌 채 버려진 출입구에 일부가 가려져 있고 창문은 먼지투성이라 안을 볼 수 없었으며, 전면은 담장 쪽을 향해 침울하게 서 있었다. 이 집에서 그들이 다니는 교회까지 가는 길에 커다란 교회 다섯 개와 작은 교회 두 개가 있어 일요일마다 종을 울려대니, 4분의 1마일을 걸어 그 교회를 다니는 특별한 이유가 있을 것이 분명했다. 내가 그들을 마지막으로 봤을 때 그와 관련된 상황을 목격했다. 멀리 떨어진 다른 교회를 찾아가던 길에 우연히 그들이 다니는 교회 앞을 지나게 되었다. 오후 두 시경이라 교회 문은 닫혀 있었다. 그런데 전에는 한 번도 보지 못했던 옆문이 열려 있고, 지하실로 이어지는 듯한 계단이 보였다. '오늘 지하실 환기를 시키나보다' 했는데 그 인물과 아이가 소리도 없이 계단 앞에 모습을 드러내더니 소리도 없이 아래로 내려갔다. 나는 당연하게도, 회개한 시민들이 되돌아오기를 기다리던 그가 결국 절망하여 아이와 함께 그곳에 묻히려는 모양이라고 결론 내렸다.

교회를 순례하다가 멜로드라마에 나올 법한 스타일로 허물어진 무명의 교회를 마주친 적이 있었다. 지금은 사라진 런던 오월제 방식과 무척 유사하게 온갖 싸구려 장식이 달려 있었다. 이곳이 명소가 되어 정장 조끼 대신 검은 가슴 가리개를 한 몇몇 젊은 신부나 부제, 그

비상업 여행자

리고 그런 성직자에게 관심 있는 몇몇 젊은 여성(추정컨
대 부제 한 명당 숙녀 열일곱 명의 비율로)이 새롭고 신기한
자극을 찾아 시티를 찾게 되었다. 버려진 시티 자체는
전혀 의식하지 못하는데도, 그런 젊은이들이 시티 중심
부에서 자기들끼리만 그런 작은 연극을 공연하는 광경
은 참 놀라웠다. 마치 일요일에 텅 빈 회계사 사무실을
빌려서 옛날 신비극을 공연하는 것처럼. 그 광경을 보
고 커다란 인상을 받은 작은 학교(어느 동네의 학교인지
는 모른다)가 그 공연을 도왔는데, 정신 사납게 벽에 새
겨진 화려한 글을 찾아 읽어보니 재미났다. 특히 순진한
어린아이들에게 쓴 글인데 정작 그들은 해독할 수도 없
는 글자로 적혀 있었으니. 이 모임에는 참으로 기분 좋
은 머릿기름 냄새가 난다.

　　그렇지만 다른 경우는 전부 썩어 곰팡내 나는 죽
은 시민의 냄새가 가장 두드러지는 가운데, 전적으로 불
쾌하지만은 않은 몽롱한 방식으로 이 동네의 주요한 특
성이 스며들어 있다. 예를 들어 마크레인 근방의 교회
에 들어가면 마른 밀 향기가 훅 덮쳐온다. 한 교회에서
는 우연찮게 낡은 무릎 방석을 건드렸더니 보리 껍질이
떠오르기도 했다. 루드레인에서 타워 스트리트에 이르
는 구역과 그 근방에서는 종종 미묘한 포도주 향이 풍긴

다. 간혹 차 향내를 맡을 수도 있다. 민싱레인 근처의 한 교회에서는 약방의 약장 냄새가 났다. 기념비[3] 뒤편 교회의 예배에서는 상처 난 오렌지 향기가 풍겼는데, 강을 향해 좀 더 내려가면 청어 냄새와 섞이면서 점차 범세계주의적 비린내로 변해갔다. 주인공이 끔찍한 늙은 부인과 결혼하는 〈난봉꾼 역정〉[4]에 나오는 교회의 복사본 같은 한 교회는 자체의 독특한 분위기는 없었는데, 오르간 연주가 시작되자 인접한 창고의 가죽 냄새를 가득 흩뿌렸더랬다.

향기는 각양각색인데 모인 사람들은 특색이 없었다. 특정한 직업이나 동네를 대표할 만큼 충분한 인원이 모인 적이 없었다. 밤사이 마을 사람들이 다 어딘가로 떠나버려, 교회는 숱한데 얼마 안 되는 낙오자들만 그 안에서 무표정하게 시들어갔다.

이 책에 실린 나의 여행들 가운데 올해에 있었던 일요일 나들이는 다른 것들과 떨어져 저만의 자리를 차지한다. 마치 강 위에 떠 있는 굴 채취 선박의 돛이 바람에 펄럭이는 듯한 교회든, 지붕 위편으로 기차가 쌩하니 지

---

3 1666년에 일어난 대화재를 기억하기 위해 세운 런던 대화재 기념비.
4 18세기 영국 화가 윌리엄 호가스가 그린 그림 연작.

비상업 여행자

나갈 때마다 선로가 종소리처럼 낮게 울리는 교회든, 어떤 교회든 내 신기한 경험을 떠올리게 한다. 비가 부슬부슬 내리거나 햇살이 환하게 비추는(어느 쪽이든 한가로운 시티의 한가로움이 더욱 깊어진다) 여름날 일요일에, 세계적인 대도시의 중심부에 자리한 수십 채의 건물, 영어를 쓰는 많은 사람에게 로마의 고대 건축물이나 이집트의 피라미드보다도 더 알려지지 않은 그 건물들 사이에서, 대개 북적거리는 휴식처에 찾아들기 마련인 특이한 적막감 속에 나는 앉아 있었다. 문틈으로 훔쳐본 검은 제의실과 교구 명부, 그리고 발을 디딜 때마다 반향이 울리는 사방이 막힌 작은 안마당은 지금껏 그런 쪽과 관련해 내가 지녔던 어떤 기억보다 또렷하고 예스러운 인상을 남겼다. 좀이 슬고 먼지 덮인 그 많은 명부 안에 적힌 글 가운데, 당시에 누군가의 마음을 마구 뛰게 하고 누군가 눈물을 흘리게 하지 않은 것은 단 한 줄도 없다. 지금은 뛰던 가슴도 잠잠해지고 눈물도 보송하게 말랐겠지, 잠잠하고 보송하게! 더 이상 가지를 뻗을 여력이 남아 있지 않은 창가의 고목이 그 모든 일을 다 지켜보았다. 가지 끝에서 떨어지는 빗방울을 맞고 있는 오래전 장인匠人의 무덤도 그렇다. 그의 아들이 그것을 복구해놓고 죽었고, 그의 딸이 그것을 복구해놓고 죽었고, 그런 뒤에도 오래오래 기억되어 이제 나무가 그를 끌어안아 묘비에 새겨진 그의 이름에 금이 갔다.

　이삼백 년의 시간이 가져온 생활 방식과 관습의 변화를 이 버려진 교회들만큼 도드라지게 알려주는 것도 별로 없을 것이다. 많은 교회가 큰돈을 들여 멋지게 건물을 새로 지었고, 개중에는 크리스토퍼 렌[5]이 지은 것도 몇 채 있다. 많은 건물이 대화재의 잿더미 속에서 다시 일어나고 페스트와 대화재를 거치며 살아남았지만, 최근 들어 서서히 죽어가고 있다. 앞으로 어떻게 될지 아무도 확신할 수 없지만, 변화의 물결이 시작되는 지금 신도든 어떤 쓸모든 이 교회들로 다시 밀려들 조짐은 없다고 해도 지나친 말은 아닐 것이다. 교회 건물 아래와 주변에 묻힌 옛 시민의 무덤처럼 이곳의 교회들도 지나간 시대의 기념비로 남을 것이다. 그래도 이따금 일요일에 찾을 만한 가치는 있다. 시티오브런던이 진정한 런던이었던 시절의 메아리가 여전히, 그것도 나름대로 조화롭게 울리기 때문이다. 도제와 런던 훈련병[6]이 국가에서 중요

5　Sir Cristopher Wren. 영국의 건축가이자 천문학자. 런던 대화재 이후 황폐화된 시티오브런던을 중심으로 50개가 넘는 교회를 재건했다. 그중 대표작이 세인트 폴 대성당이다.

6　Trained Bands. 1559년부터 19세기까지 활동했던 일종의 민병대.

한 역할을 하던 시절, 시장경Lord Mayor이 진정한 실재(걸출한 지인들이 관례적으로 일 년에 하루 기를 세워주고, 나머지 *364*일 동안 역시 관례적으로 비웃던 허구가 아니라)이던 그런 시절 말이다.

덜보로 타운

Dullborough Town

최근에 어쩌다 보니 내 유년 시절의 풍경 속에 들어가 산책한 일이 있었다. 어릴 때 떠난 뒤 성인이 될 때까지 다시 찾지 않았던 풍경. 희귀한 일은 아니지만, 언제든 누군가에게 생길 우연이기도 하니, 그렇게 익숙한 경험과 나의 여정과 관련하여 독자들과 의견을 나누는 일이 따분한 일은 아니지 싶다.

나는 내 어릴 적 고향을 덜보로 타운[1]이라고 부른다(이런 얘기를 하자니 영국 오페라의 테너가 된 기분이다). 시골 마을에서 태어난 사람은 대부분 덜보로 출신이라 할

---

1   도시 행정구역인 borough에 따분하다는 뜻의 dull을 붙여 만든 이름.

수 있다.

내가 덜보로를 떠났을 때는 기차가 없던 시절이라 역마차를 탔다. 사냥감처럼 포장된 채 삯을 지불한 마차에 태워져 런던 칩사이드 우드 스트리트의 크로스키로 실려 갈 때 마차 안 짚에서 풍기던 그 축축한 냄새를 내가 과연 잊은 적이 있을까? 승객이라고는 나뿐이라서 나는 음산한 마차 안에서 혼자 샌드위치를 먹었다. 내내 비가 내려서인지 예상보다 더 삶이 질척거린다는 생각이 들었더랬다.

얼마 전에, 이런 애정 어린 기억을 간직한 나를 기차가 무신경하게 덜보로로 옮겨다 놓았다. 세금을 미리 떼어가듯 기차표도 미리 걷어갔고 반짝거리는 나의 새 트렁크에는 큼지막한 딱지가 들러붙게 되었는데, 의회 법령에 따르면 가방이나 내게 행해진 어떤 일에 이의를 제기하려면 최소 40실링에서 최대 5파운드의 벌금에 징역형까지 감수해야 한다고 했다. 흉해진 트렁크를 호텔로 보내고 나서야 나는 주위를 둘러보기 시작했는데, 맨 처음 알아차린 사실은 운동장이 기차 역사에 자리를 내주고 사라졌다는 것이었다.

다 사라졌다. 아름다운 산사나무 두 그루와 생울타리와 잔디와 그 많던 미나리아재비와 데이지가 전부 사라지고 그 자리에 돌이 잔뜩 깔린 울퉁불퉁한 길이 뻗어 있었다. 역 너머로 흉하고 시커먼 괴물처럼 입을 떡 벌린 터널을 보니, 마치 그것들을 다 집어삼키고도 성에 안 차 더 망가뜨릴 것을 게걸스럽게 찾는 듯했다. 예전에 나를 실어 날랐던 역마차는 길 위쪽 역마차 사무소의 팀슨네 소유로 '팀슨네 푸른 눈 처녀'라는 노랫가락 같은 이름으로 불렸는데, 지금 나를 싣고 온 기관차는 '97호'라는 딱딱한 이름에 S.E.R.[South Eastern Railway] 소유이고 황폐해진 땅에 뜨거운 물과 재를 뱉어낸다.

교도관이 마지못해 풀어주는 재소자처럼 플랫폼 문 앞에서 풀려났을 때, 나는 낮은 담장 너머로 사라진 영광의 장면을 다시 바라보았다. 건초를 만들던 계절, 이곳에서 나는 내 동포인 승리한 영국인(옆집 소년과 그의 두 사촌)에 의해 세링가파탐[2]의 지하 감옥(거대한 건초 더미)에서 구출되었고, 내 몸값을 지불하고 나와 결혼하기 위해 영국(거리의 두 번째 집)에서 먼 길을 달려온 약혼자(미스 그린)가 뛸 듯이 기뻐하며 나를 맞이하곤 했다. 이곳에서 나는 자기 아버지가 행정부에서 일하면서도 '급

---

2 Seringapatam 또는 스리랑가파트나Srirangapatna. 인도 남부의 마을로 영국의 식민지였다.

진주의자'로 불리는 무시무시한 약탈자의 존재와 상당한 연관이 있다는 사람의 이야기를 은밀하게 들었다. 그들의 원칙은 섭정 왕자는 딱딱한 코르셋을 입어야 하고 누구도 임금을 받을 권리가 없으며 육군과 해군은 없애버려야 한다는 것이라 했다. 너무 끔찍한 이야기라서 나는 그들이 신속히 붙잡혀 교수형을 받게 해달라고 간청하는 기도를 한 뒤에 잠자리에 누웠는데 이불 속에서도 몸이 덜덜 떨렸다. 또한 이곳에서 볼즈네 아들인 우리가 콜즈네 아들들과 크리켓 경기를 했더랬다. 그때 볼즈네와 콜즈네가 실제 경기장에서 만나서 다들 예상하고 기대한 대로 불같이 화를 내며 당장 서로를 두들겨 패는 대신 고자질쟁이들이 "볼즈 부인은 잘 지내시죠"와 "콜즈 부인과 아기가 무탈하게 잘 지내길 바라요"라는 이야기를 서로에게 던졌더랬다. 이 모든 일이 있었고, 그보다 더 많은 일이 있었는데, 결국 운동장이 기차 역사가 되어 그 위로 97호가 가래를 뱉듯 끓는 물과 벌건 재를 토해내고 그 전부가 법령에 따라 S.E.R.의 소유라는 것이 있을 수 있는 일일까?

충분히 있을 수 있는 일이고 사실이 그랬으므로 나는 마을을 돌아볼 셈으로 무거운 마음으로 그 자리를 떴다. 맨 처음 찾은 곳은 마을 윗길의 팀슨네. 내가 '팀슨네 푸른 눈 처녀'의 근육질 팔에 안겨 덜보로를 떠났을 때 팀슨네는 중간 크기의 역마차 사무소(사실은 자그마한 사무소)였다. 창문에는 한창 유행하는 스타일로 옷을 차려입고 신나게 즐기는 승객들이 안팎으로 꽉꽉 들어찬 팀슨네 역마차가 어마어마한 속도로 런던 도로의 마일 표지석을 지나가는 장면이 그려진 타원형 투명 슬라이드가 붙어 있었는데, 밤이면 무척 아름다웠다. 이제 팀슨네 식의 장소(그 이름은 물론이고 서까래를 올리고 벽돌로 지은 그런 건물도)는 찾아볼 수 없다. 이 땅에 온갖 것이 바글바글하지만 그런 건물은 없다. 픽포드가 와서 팀슨네 건물을 때려 부쉈다. 팀슨네만이 아니라 팀슨네 양쪽 집 두세 채를 때려 부쉈고, 그 자리에 커다란 출입문 한 쌍이 있는 큰 건물을 세웠다. 요즘에는 항상 그(픽포드)의 화물차가 덜컹거리며 그 출입문을 들락거린다. 그 기관사의 자리가 얼마나 높은지, 화물차가 읍내를 뒤흔들며 지나갈 때면 하이 스트리트에 있는 구식 주택의 3층 창문을 들여다볼 수도 있다. 픽포드를 만나보는 영광은 아직 얻지 못했지만, 내 어린 시절을 이렇게 무지막지하게 깔아뭉개다니, 그것이 소년 살해 행위인 것은 물론 나 자신에게 모종의 해를 입힌 기분이었다. 혹시 파이프를 물고(그의 기관사들이 으레 그렇듯이) 자기 괴물

비상업 여행자

을 몰고 가는 픽포드를 만난다면, 우리의 시선이 마주치는 순간 그는 내 눈빛만 봐도 우리 사이에 뭔가 문제가 있음을 알아차릴 수 있을 것이다.

그뿐 아니라, 픽포드가 덜보로에 난입해서 마을 공공의 풍경을 박탈할 권리는 없다는 것이 내 생각이다. 나폴레옹 보나파르트도 아니지 않은가. 속이 들여다보이는 역마차를 없애버릴 심산이었다면 화물차도 속이 들여다보이는 것으로 제공했어야 했다. 픽포드는 어느 면에서나 상상력이 결핍된 공리주의자라는 음울한 확신과 함께 나는 가던 길을 갔다.

지금 내 집 문에 빨간색 초록색 등불과 야간 종이 없어서 얼마나 다행인지 모른다. 아주 어렸을 때 산후 몸조리를 하는 동네 부인들을 얼마나 많이 봤는지, 다음 생에는 전문적으로 그 직업에 종사하는 일을 면제받지 않을까 싶다. 당시 나를 돌보던 유모는 많은 기혼 부부와 친분이 있던, 무척 인정 많은 사람이었던 모양이다. 그 사정이야 어떻든 덜보로를 가로질러 걸어가는 동안 내 기억에서 오로지 이 특정한 면모와 결부된 집이 많다는 사실을 깨달았다. 거리에서 몇 걸음 안쪽으로 들어간 골목의 작은 청과물 가게는 네쌍둥이(다섯이었다고 굳게 믿지만 차마 다섯이라고 쓸 수가 없다)를 낳은 부인을 병문안하러 갔던 곳으로 기억한다. 내가 처음 그 자리에 갔던 날 아침에는 그 훌륭한 부인을 병문안하러 온 이들이 상당히 많았다. 다시 그 집을 보게 되니, 그날 서랍장 위의 깨끗한 천 위에 나란히 놓인 죽은 아기 넷(다섯)을 보며, 아마도 그들의 표정이 기여한 바 있었을 편안한 연상에 의해, 깔끔한 소 돼지 부속물 가게 앞에 진열되어 있곤 하던 돼지 족발을 떠올렸던 일이 기억에 생생했다. 거기에 모인 사람들에게 뜨거운 양초가 전달되었고, 그 청과물 가게에 서서 상상을 이어가다 보니 그때 사람들이 돈을 모았던 일까지 떠올랐다. 그때 나는 수중에 용돈이 있다는 사실을 의식하고서 극도의 불안에 사로잡혔다. 누구였는지 모르겠지만 나를 데려온 이가 그 사실을 알고는 나에게 돈을 기부하라고 간곡히 설득했으나 단호히 거절했다. 그러자 거기 모인 사람들이 혀를 차면서 천국에 갈 기대는 애초에 접어야 할 거라고 말했다.

어디를 가든 전부 달라졌는데, 절대 변하지 않는 사람들이 어디에나 얼마간은 있는 듯하니 그건 어찌 된 영문일까? 청과물 가게를 보며 아주 오래전의 그 사소한 사건이 떠오른 순간, 바로 그 가게 주인이 계단에 모습을 드러냈는데, 어린 내 눈에 수없이 비쳤던 모습 그

대로 주머니에 양손을 찌른 채 문간에 어깨를 기대고 섰던 것이다. 정말이지 그의 그림자가 그 자리에 붙박인 양 아직도 문간에 오래된 자국이 남아 있었다. 가게 주인 바로 그였다. 예전에 노안의 젊은이였던 건지, 지금 동안의 노인인 건지 모르겠지만 어쨌든 그 사람이었다. 거리를 돌아다니며 낯익은 얼굴이나 아니면 아랫세대 얼굴이라도 찾아봤지만 허사였는데, 그 특정한 날 아침에 바구니 속 상품의 무게를 재고 처리하던 바로 그 청과물 가게 주인을 보게 된 것이다. 그의 얼굴이 보였을 때 그가 그때 그 아기들과 아무런 혈연관계가 없었다는 사실이 어렴풋이 떠올랐으므로 나는 길을 건너서 그쪽으로 다가가 그날 이야기를 꺼냈다. 그는 내 기억의 정확성에 전혀 신이 나지도 흡족해하지도 않았을 뿐 아니라 어떤 감정도 내보이지 않으며 이렇게 말했다. 맞아요, 몇 쌍둥이였는지는 기억나지 않지만(여섯 쌍둥이였더라도 별다를 바 없다는 듯이) 한때 여기 살았던, 이름이 뭐더라, 그 부인이 겪은 일은 아무래도 흔한 일은 아니죠. 하지만 자세히는 기억나지 않네요. 이런 냉담한 태도에 나는 불쑥 역정이 나서 어렸을 때 이 마을을 떠났다고 말했다. 그러자 딱히 누그러지지도 않은 태도에 냉소적인 자기 만족감까지 내비치며 그가 느릿느릿 대꾸했다. 그

랬어요? 아! 그래서 당신 없이도 이 마을이 그럭저럭 잘 지내온 것 같아요? 어떤 장소를 떠난 것과 그곳에서 계속 살아가는 것 사이엔 그렇게나 큰 차이가 있는 것이다 (그에게서 몇 백 야드 멀어진 뒤, 그래서 그만큼 기분이 나아진 뒤에 떠오른 생각이었다). 돌이켜 생각하니 청과물 가게 주인이 관심을 보이지 않는다고 화를 낼 권리는 내게 없었다. 난 그에게 아무것도 아니니까. 반면 내게 그는 마을과 성당이고 다리와 강이자, 내 어린 시절이고 내 삶의 커다란 조각이니까.

당연하게도 마을은 내 어린 시절에 비해 몹시 쪼그라들었다. 나는 하이 스트리트가 적어도 런던의 리젠트 스트리트나 파리의 이탈리아 불바르만큼 넓다는 인상을 간직해왔다. 그런데 지금 보니 시골길보다 나을 게 없었다. 그 거리에 시계가 있었는데, 그 시계는 내게 세상에서 가장 멋진 시계였다. 그런데 지금 보니 달처럼 둥근 값싼 시계로, 그렇게 허술한 시계는 이제껏 본 적이 없는 듯했다. 그 시계는 시청 소유였고, 나는 그곳에서 인디언(지금 생각하면 진짜 인디언이 아니었을 것이다)이 검을 삼키는 모습(진짜 삼키진 않았을 것이다)을 보았더랬다. 어릴 적 내게 그 건물이 얼마나 멋지고 장엄해 보였는지, 나는 램프의 요정이 알라딘에게 지어준 궁전이 그런 모습이었을 거라고 확신했다. 그런데 지금 보니 실성한 예배당처럼 벽돌을 쌓아 올린 자그마한 보통 건물이지 않은가! 그리고 그곳에서 자칭 곡물 거래소라는, 가죽 각반을 찬 몇몇 사람이 양손을 주머니에 찌르고 어슬렁거리면서 할 일이라고는 전혀 없는 듯 하품을 늘어지게 하고 있었다.

달랑 가자미 한 마리와 새우 *1쿼트*를 뭉쳐서 앞에 내놓은 생선장수에게 물어보니 극장은 아직 있다고 했다. 그래서 나는 마음의 위안을 찾을 겸 극장을 찾아가기로 마음먹었다. 아주 불편한 외투를 입은 리처드 3세가 처음 내 앞에 모습을 보였던 곳인데, 그가 선한 리치몬드와 사투를 벌이다가 내게 할당된 자리인 무대 옆 특별관람석에 등을 기대고 버티는 바람에 무서워서 기절초풍했었다. 바로 그 사면의 벽 안에서 나는 전쟁 통에 그 사악한 왕이 어떻게 자기 신장에 비해 턱없이 짧은 소파에서 잠을 잤는지, 양심의 가책으로 그의 장화가 얼마나 심한 괴로움에 시달렸는지를 역사책을 읽듯 배웠다. 꽃무늬 조끼를 입은 우스운 촌사람이지만 사실 고매한 원칙을 지닌 인물이 작은 모자를 찌그러뜨려 땅에 집어던지고는 외투를 벗으며 "덤벼, 어디 한번 붙어보자고!"라고 외치는 장면을 처음 본 것도 그곳이었다. 그러자 그의 동행이었던 어여쁜 젊은 여성(각각 다른 색의 리본 다섯 개가 가로로 아름답게 달린 좁은 흰색 모슬린 앞치마를 입고 이삭을 주우러 나선)은 그 촌사람이 잘못될까봐 너무 겁에 질려 기절하고 말았다. 그 성스러운 장소에서 내가 알게 된 자연의 경이로운 비밀은 무수히 많았다. 그중에서도 적잖이 무시무시한 것으로는 맥베스의 마녀들이 스코틀랜드의 호족이나 주민들과 무척 닮았고, 던컨 왕이 무덤 속에서 편히 쉬지 못하고 끊임없이 바깥세상으로 나와 다른 사람 행세를 한다는 사실이었다.

위안을 바라며 극장으로 갔지만, 얼마나 형편없이 쇠락한 모습이던지 바라던 위안은 거의 얻지 못했다. 포도주와 병맥주를 다루는 중간상이 자기 물품을 매표소에 가득 들여놓아서, 통로의 고기 찬장 같은 곳에서 입장료(입장하는 사람이 있을 때 얘기지만)를 받았다. 그 중간상은 무대 아래까지 몰래 치고 들어온 모양이었다. 그가 "술통에 담긴" 온갖 종류의 술을 가지고 있다고 공언했는데, 술통을 놓아둘 만한 장소는 어디에도 없었으니 말이다. 그자가 극장 건물을 차츰차츰 먹어치우며 중심부까지 나아가 곧 독차지할 태세였다. 예전의 용도로 "세를 놓겠다"지만 그렇게 될 가망은 없어 보였다. 그리고 극장이 제공했던 오락거리는 오래도록 파노라마[2] 하나뿐이었다. 그것조차 "기분 좋게 교훈적"이라고 광고하고 있었는데, 그 끔찍한 표현이 지닌 치명적 뜻과 칙칙한 의미를 나는 너무나 잘 안다. 아니, 극장 안에 위안이라고는 없었다. 내 젊음과 마찬가지로 불가사의하게 사라져버렸다. 내 젊음과는 달리 언젠가는 다시 돌아올 수도 있겠지만 그럴 가능성은 거의 없다.

마을에 덜보로 기능공 협회 관련 현수막이 걸린 것이 보여서 다음으로 그곳을 찾아가보기로 했다. 내 어린 시절에는 그런 단체가 없었기에 그 협회가 승승장구하면서 연극이 고전을 면치 못하게 되었나 싶기도 했다. 찾느라 좀 어려움을 겪었는데, 겉모습만 보고 판단했다면 눈앞에 두고도 몰라봤을 것이다. 마무리 공사를 하지 않아 아예 건물 전면이 없는 탓이었다. 그 결과로 그들은 마구간 위 공간에서 수수한 퇴직 생활을 영위하고 있었다. 아주 번창하는 단체(물어서 알게 된 사실)이고 마을에 대단한 이득을 안겨주는 단체였다. 소속된 기능공이 한 사람도 없고 빚더미 위에 앉아 있다는, 단점이라 할 만한 면이 있긴 했지만 그래도 내가 기쁘게 알게

---

2 자연재해, 유명한 전투, 역사적 사건 등을 소재로 한 커다란 그림을 둥글게 전시하고 때로 음악이나 설명을 곁들였던 오락 형식.

된 그 두 가지 업적은 전혀 손상되지 않았다. 커다란 방이 있었는데, 올라가는 사다리가 부실했다. 건축업자가 당장 현금으로 대금을 받아야 애초에 설계된 계단을 만들겠다고 해서라는데, 그 협회에 깊이 감사한다는 덜보로타운은 마땅한 이유도 없이 기금을 내는 일에 소극적인 듯했다. 큰 방 하나 빌리는 돈이 500파운드(그러니까 임대료를 낸다면 그렇다는 것이다)라는데 그런 돈을 내면서 기대할 법한 것과 달리 모르타르가 발라진 채로 있는 곳이 너무 많고 소리는 왕왕 울렸다. 연단이 놓여 있고, 위협적으로 생긴 커다란 흑판을 비롯하여 일반적인 연설 관련 물품들이 있었다. 지금까지 이 번창하는 강당에서 이루어졌던 연설의 목록을 보니, 인간은 한가한 시간이면 어떤 식으로든 지루함을 덜고 재미를 찾게 마련이라는 사실을 인정하기 싫은 듯 보였다. 그러니 질 떨어지는 대체물을 오락거리랍시고 겸연쩍어하며 옆 구멍으로 몰래 들이는 게지. 요령부득의 성가대나 조지 2세 시대의 왕정 복장을 한 흑인 가수로 회원들을 웃겨줄 요량이라도 일단 가스와 공기, 물, 음식, 태양계, 지질시대, 밀턴에 대한 비평, 증기기관, 존 버니언, 설형문자 등으로 먼저 머리를 두들겨줘야 한다고 보았을 것이다. 마찬가지로 셰익스피어의 외삼촌이 몇 년간 스토크 뉴잉턴에 살았다는 증거를 작품 속에서 찾을 수 있는지 같은 무거운 주제로 일단 기절시키고 나서야 잡다한 연주회로 다시 정신을 차리게 한 것이다. 이곳을 찾은 불운한 연예인들 자신도 따분하고 칙칙한 분위기를 내보일 필요를 느꼈다는 사실에서도, 오락을 오락 아닌 다른 것인 양 가리는 태도(침대를 응접실에 놓아야 할 경우, 그것이 침대가 아니라 책장이나 소파나 서랍장이나 다른 어떤 가구인 척하는 것처럼)는 명백했다. 두 여성 가수와 함께 순회공연을 다니는 무척 유쾌한 직업 가수는 얼마나 눈치가 빠른지, 우선 본인이 나서서 밀과 클로버라는 일상적 주제로 발언을 한 뒤에야 〈호밀밭을 가로질러 오는〉이라는 민요를 부르는 여성 가수를 무대에 내보냈다. 그러면서도 프로그램에는 차마 그것을 노래라고 부르지 못하고 "예시"라고 적었다. 도서관(장서 3천 권은 들어갈 만한 서가를 갖추고도 정작 꽂힌 책은 170여 권, 그것도 대부분 증정본인데 그것조차 축축한 석고 탓에 가장자리가 쭈글거린다)에는 여행기나 대중적 전기, 그리고 자신들처럼 한갓 미물인 인간의 마음과 영혼을 묘사하는 소설 나부랭이를 읽은 예순두 명의 범죄자들이 아주 죄스럽게 책을 반납했다. 종일 갇혀서 자기 일을 한 뒤에 유클리드를 공부했다는 뛰어난 사례가 둘, 마찬가지로 형이상학을 공부한 사례가 셋, 마찬가지로 신학을 공부한 사례가 하나, 마찬가지로 문법과 정치경제와 식물학과 대수를 한꺼번에 공부한 경우가 넷 있었는데, 이렇게 자랑스럽게 내세우는 무리가 혹시 돈을 받고 고용된 한 사람이 아닐까 가히 의심스러웠다.

기능공 협회 사무실에서 나와 마을을 다시 돌아다닐 때도, 깔끔하지 못한 주부가 집 안 먼지를 대충 밀어두고 다 쓸어버린 척하듯이 오락을 향한 자연스러운 욕구를 시야에서 없애려는, 이상하리만치 지배적인 경향이 어디서나 눈에 띄었다. 그렇게 가장하면서 다들 어차피 수포로 돌아갈 그 따분한 일에 일조하고 있었다. 덜보로에서 '진지한 책방'이라고 불리는 곳, 내가 어릴 적에 양편에서 가스등 불빛이 비추는 연단에 그려진 수많은 신사의 얼굴을 연구하고 그 앞에 펼쳐진 책장의 인쇄된 문장에 시선을 던졌던 장소를 들여다보니 그곳도 상당한 정도로 익살스러움과 극적 효과를 노리고 있음을 알 수 있었다. 가련한 서커스를 무섭게 저주했던 노기등등하던 한 해설자조차도 말이다. 그와 비슷하게 '사랑의 올가미'나 다른 훌륭한 결혼 관계에 걸려든 청춘 남녀를 위한 읽을거리에서도 대개 저자들은 (무슨 일이 있어도) 이야기꾼처럼 시작해서 재미난 이야기라도 되는 양 젊은

비상업 여행자

이들을 꾀야 한다는 괴로운 인식을 지니고 있다. 이곳을 이십 분이나 창문 너머로 들여다본 사람으로서, 그런 출판물의 디자이너와 삽화가에게 애정 어린 항변(딱히 이 점에 대해서는 아니고)을 해도 될 입장이라고 본다. 그들은 미덕을 재현한답시고 그려낸 작품에서 얼마나 끔찍한 결과가 초래될 수 있는지 과연 고려했을까? 선악 사이에서 아직 동요하는 민감한 사람들이 선함과 불가분의 관계로 거기에 묘사된 외모, 그러니까 너무 통통한 머리와 휘두르기도 힘들어 보이는 팔, 서로 어긋난 허약한 다리, 부스스한 머리칼, 거대한 크기의 셔츠 깃 같은 그런 외모를 지닐 수도 있겠다는 무시무시한 전망 앞에서 그것이 오히려 악의 편으로 더 쏠리지는 않을까 하는 질문을 과연 해보기는 했나? 나쁜 행실을 고친 청소부와 선원이 어떻게 되었는지, 그것을 알려주는 아주 인상적인 예시(만약 내가 그것을 믿었다면)를 나는 바로 이 진열창에서 만났다. 두 사람(둘은 친한 친구이다)이 술에 취해서 지독히 형편없는 모자를 쓰고 이마에 머리칼이 흘러내린 흐트러진 모습으로 기둥에 기대 서 있을 때, 그 모습은 꽤 생생했고, 짐승이 아닌 다음에야 유쾌한 인물인 것처럼 보였다. 하지만 나쁜 습성을 버린 뒤의 변화, 결과적으로 머리통이 놀랄 만큼 커지고 머리칼은 얼마나 곱슬거리는지 거기 둘러싸인 볼이 팽팽해 보이고 외투의 소맷동은 얼마나 긴지 아무 일도 할 수 없을 듯하고 휘둥그레 뜬 눈을 보자면 잠이라고는 잘 것 같지 않은 모습으로 변했을 때, 그것은 아무래도 소심한 사람을 끝 모를 악행으로 밀어내리려고 의도적으로 계획한 광경이라 하지 않을 수 없었다.

그런데 마지막으로 시각을 확인한 이후 어느새 시간이 많이 흘러, 그만하면 이곳에서 충분한 시간을 보냈음을 깨달았고, 그래서 다시 걸음을 옮겼다.

쉰 걸음도 채 가지 않아, 병원 문 앞에 세워진 사륜쌍두마차에서 내려 병원으로 들어가는 한 남자의 모습이 눈에 들어와 문득 걸음을 멈췄다. 순간 발에 밟힌 잔디 내음이 대기에 가득 차오르더니 수년의 세월이 눈앞에서 뻗어가며 그 끝에 그와 좀 닮은 이가 위켓[3]을 지키는 모습이 떠올랐고, 나는 "세상에! 존 스펙스잖아!"라고 내뱉었다.

많은 것이 변하고 많은 일이 있었지만, 우리가 함께 로드릭 랜덤[4]을 알았고 그가 악당이 아니라 천진하

---

3   wicket. 크리켓 경기에서 피치에 박혀 있는 나무 세 개로 된 구조물.
4   Roderick Random. 토바이어스 스몰렛의 소설 《로드릭 랜덤의 모험》의 주인공.

고 매력적인 주인공이라고 믿었던 만큼 나는 조에 대해 애정 어린 기억을 간직해왔다. 마차에서 내린 사람이 정말 조인지 물을 필요도, 문에 달린 황동 명패를 읽을 필요도 없이(내 확신이 그 정도였다) 나는 벨을 누른 뒤 하인에게 내 이름을 대지 않고 스펙스 씨를 찾아왔다고 말했다. 반은 진료실이고 반은 서재인 방으로 안내되어 그를 기다리자니, 그곳에 널려 있는 이런저런 것들이 일련의 교묘한 우연을 통해 그가 조임을 증명하고 있었다. 스펙스 씨의 초상, 스펙스 씨의 흉상, 환자가 감사의 마음으로 스펙스 씨에게 보낸 은잔, 그 지역 목사가 소개하는 설교, 그 지역 시인이 헌정한 시, 그 지역 귀족이 보낸 만찬 초청장, 그 지역 망명자가 "저자가 스펙스에게 헌정함"이라고 적어서 건넨 권력의 균형에 대한 논문.

나의 옛 급우가 들어왔을 때 나는 미소를 지으며 환자로 찾아온 것이 아니라고 말했다. 그런 사실에서 딱히 내가 미소를 지을 만한 까닭을 찾지 못한 그가 좀 어리둥절한 표정으로 그럼 어떤 용무로 오셨느냐고 물었다. 나는 다시 미소를 지으며 날 기억 못 하느냐고 물었다. 그는 안타깝게도 모르겠다고 말했다. 그래서 스펙스 씨에 대해 안 좋은 견해가 생기려 했는데 그 순간 그가 곰곰이 생각하는 투로 "그런데 뭔가 있긴 있군요"

라고 말했다. 그와 함께 그의 매력적인 눈에 소년 시절 눈빛이 떠오르는 것이 보였다. 그래서 나는 무척 궁금하지만 당장 찾아볼 만한 자료가 없는 이 이방인에게 랜덤 씨와 결혼한 숙녀의 이름을 알려줄 수 있겠냐고 물었다. 그는 "나르시사"라고 답하고는 잠시 나를 뚫어지게 보더니, 내 이름을 부르며 악수를 청한 뒤 호탕하게 껄껄 웃었다. "루시 그린은 물론 기억하겠지?" 잠시 이야기를 나눈 뒤 그가 말했다. "당연하지." 내가 말했다. "누구랑 결혼했을 것 같아?" 그가 물었다. "너?" 내가 그냥 던져 보았다. "나야." 스펙스가 말했다. "너도 만나보게 될 거야." 그래서 만나보게 된 그녀는 예전보다 살찐 모습이었고, 그 옛날 세링가파탐의 향기로운 지하 감옥에서 나를 내려다보던 내 기억 속의 얼굴을 시간이 얼마나 바꿔놓았는지, 세상 모든 건초를 그녀 위에 쏟아부었다 한들 그보다 달라 보이기는 힘들 듯했다. 하지만 저녁 식사 후(나는 그들과 식사를 함께 했는데, 그 자리에는 스펙스 부부와 변호사 주니어뿐이었다. 변호사는 식탁을 치우자마자 다음 주에 결혼할 처자를 만나러 자리를 떴다) 막내딸이 들어왔을 때, 그 어린아이의 얼굴이 예전 풀밭에서 보았던 어린 얼굴 그대로인 것을 보고 괜스레 마음이 뭉클해졌다. 우리 셋은 한참 이야기를 나눴는데, 마치 예전의 우

비상업 여행자

리가 죽어서 없는 것처럼 예전 이야기를 했다. 사실 죽어

없는 것이 맞았다. 녹슨 철의 황무지와 S.E.R.의 땅이

되어버린 운동장이 죽어서 없는 것처럼.

하지만 스펙스가 흥미로운 시각으로 덜보로를 밝

히며 그 현재와 과거를 아주 유쾌한 고리로 이어주었는

데, 나 자신도 원했고 그가 아니었으면 놓쳤을 시각이었

다. 그리고 스펙스와 함께한 시간을 통해 앞서 다른 이

들과 비슷한 대화를 나누다가 알아챈 내용을 새로이 돌

이켜볼 기회도 얻을 수 있었다. 예전 학우들과 다른 이

들의 안부를 물으니, 다들 최고의 삶 아니면 최악의 삶

이었다. 법원에서 구제받지 못하고 파산했거나 중범죄

를 저질러 해외 유형지로 보내진 식이 아니면 대박을 터

뜨려서 대단한 성공을 거두거나 그랬다는 것이다. 대부

분 그런 식이라, 젊은 시절에 그만저만하던 이들은 다들

어떻게 된 건지 도무지 상상이 되지 않았다. 우리처럼 중

년이 된 세대에 그런 부류가 없는 것도 아니니 특히 더

그랬다. 하지만 나는 이런 곤란함을 스펙스에게 털어놓

지 않았다. 대화가 끊기지 않아 그런 말을 꺼낼 틈이 없

었기 때문이다. 게다가 나는 그 선한 의사에게서 단 하

나의 결점도 찾아내지 못했다. 그 친구가 이 글을 읽는

다면 유쾌한 시간으로 기록된 그때의 일을 다정한 마음

덜보로 타운

으로 받아들일 수 있을 것이다. 딱 하나, 그가 로드릭 랜덤을 잊어버려서, 스트랩을 해치웨이 중령(피클과 얼마나 가까웠을지는 모르지만 랜덤을 전혀 알지 못했던)과 혼동했다는 사실만 빼면.

밤기차를 타러 혼자 기차역으로 가면서(스펙스가 나를 배웅하려 했지만, 갑자기 급한 용무가 생겨서 그러지 못했다) 나는 종일 들었던 기분보다 너그러운 마음이 되었다. 사실 마음속으로는 종일 덜보로를 사랑했더랬다. 아! 옛 마을을 다시 찾은 나 자신이 이렇게 변했는데, 마을이 변했다고 시비를 건다면 내가 어떤 사람이 되겠는가! 내가 초창기에 읽은 책과 나의 초창기 상상력이 전부 이곳에서 유래했고, 그 모두를 지니고 순박한 마음가짐과 순진한 믿음으로 가득 찬 채 이곳을 떠났다가 이제 이렇게나 너덜너덜 닳아버린 상태로, 하지만 훨씬 더 현명해지고 그래서 훨씬 더 안 좋은 상태로 그것들을 되가지고 온 것이니!

동쪽의 작은 별

A Small Star in the East

어젯밤에 유명한 '죽음의 무도'[1]를 끝까지 보아서 그런
지, 오늘 내 머릿속에는 원작에서는 찾아볼 수 없는 섬
뜩한 단조로움이라는 새로운 의미를 지닌 음산한 낡은
판화가 떠올랐다. 해괴한 해골이 내 앞에서 덜거덕거리
며 거리를 지나며 사납게 몸을 던졌다. 정체를 숨기려는
수고조차 하지 않았다. 덜시머를 연주하지도 않고 머리
에 화관을 쓰지도 않았고 깃털을 흔들지도 않고, 치렁
치렁한 옷자락을 끌며 고상하게 종종걸음을 걷지도 않

---

1 중세부터 이어져 온 예술적 주제로 죽음의 보편성과 인간의 필멸성을 나
타낸다.

고 포도주 잔을 들어 올리지도 않고 만찬 자리에 앉아 있지도 않고 주사위를 던지지도 않고 금화를 세지도 않았다. 그저 굶주려 수척한, 헐벗은 해골이 휘청휘청 길을 갈 뿐.

부슬부슬 비가 내리는 십일월에 런던 동쪽의 랫클리프와 스테프니의 경계, 더러운 강과 맞닿은 곳에 가니 아무 꾸밈도 없는 죽음의 무도 속 장면이 적나라하게 펼쳐졌다. 미로 같은 지저분한 거리와 공터, 단칸방을 세놓는 참담한 집들이 늘어선 골목길. 더러움과 누더기와 굶주림의 황야. 더는 일을 할 수 없는 사람들이나 간간이 띄엄띄엄 일하는 사람들이 주로 거주하는 진흙투성이 불모지. 어딜 봐도 숙련된 기능공들이 아닌 단순 노동자들이다. 부두 노동자, 항만 노동자, 석탄 짐꾼, 바닥짐 싣는 인부, 나무를 자르거나 물을 길어 오는 등의 일을 하는 인부들. 하지만 그들은 어쨌든 이 세상에 나왔고 비참한 종족을 번식시켰다.

내 생각에 이곳에서 해골이 던지는 소름 끼치는 농담은 딱 하나인 것 같다. 벽에 선거 벽보를 붙여놓았는데, 비바람을 맞아 적절히 너덜너덜한 몰골이 되었다. 다 허물어진 집의 덧문에 분필로 여론 조사 결과를 적어놓기까지 했다. 자유롭고 독립적인, 굶주린 이들을 향해

이 사람 저 사람이 표를 달라고 요구했다. 정당의 품위와 나라의 번영을 중시하기에(그들에겐 둘 다 대단히 중요한 것 같다) 자기를 지지해달라는 것이 아니라, 둘 다 상대방이 없으면 아무것도 아니므로 이자와 저자가 함께 영광스러운 불멸의 전체를 이루도록 해달라는 것이다. 본래 수도승의 사상과 관련해 해골이 이보다 더 잔인하게 아이러니한 경우는 없지 않겠나!

먼 미래를 내다보는 이자와 저자가, 공공의 축복이라는 각 정당이 내세우는 계획을 곰곰이 따져보면서, 그러니까 영국민 수천 명(얼마나 되는지 누가 알겠는가?)의 신체적, 도덕적 타락을 막고, 그저 일해서 먹고살기를 원하는 사람들을 위해 지역사회에 유용한 일자리를 만들고, 빈민 기금을 균등화하고 황무지를 개간하고 이민을 용이하게 하고, 무엇보다 앞으로 올 세대를 아끼며 활용해서 점점 증대하는 민족의 약점을 강점으로 바꾸겠다는 계획을 따져보면서, 그런 희망찬 노력을 머릿속에서 따져보며 나는 한두 집 들러볼 셈으로 좁은 골목길에 접어들었다.

한쪽으로 창문 없는 벽이 이어지는 어둑한 골목이었다. 어느 집이든 현관문은 거의 다 열려 있었다. 나는 한 집에 들어가 응접실 문을 두드렸다. 잠깐 들어가도 될까요? 원하시면 그러세요.

그곳에 사는 여성(아일랜드 출신)은 어느 선창이나 너벅선에서 주운 길고 가느다란 나뭇조각으로 불을 피워 솥 두 개를 끓이고 있었다. 그것마저 없었다면 화로에는 온기라고는 없었을 것이다. 하나에는 생선, 다른 하나에는 감자가 들어 있었다. 그나마 그 불빛이 있어서 탁자 하나와 부서진 의자 하나 정도, 그리고 벽난로 주위에 장식 삼아 걸어둔 낡은 싸구려 도기 그릇을 분간할 수 있었다. 그 여성과 몇 분간 말을 주고받은 뒤에야, 마룻바닥 한구석에 있는 끔찍한 갈색 무더기가 눈에 들어왔다. 이렇게 처참한 상황을 예전에 경험한 적이 없었다면 그것이 '침대'라고는 생각조차 못했을 것이다. 그 위에 뭔가 쓰러져 있어서 그게 뭐냐고 물었다.

"이곳에 사는 불쌍한 생명입니다. 아주 아파요. 워낙 오랫동안 앓아서 앞으로도 나아지지 못할 거예요. 낮에는 내내 저렇게 자고 밤에는 내내 깨어 있어요. 납이에요."

"뭐라고요?"

"납이라고요. 분명 납 공장 때문이에요. 신청도 일찌감치 해야 하고 운도 좋아야 그 공장에서 일할 수 있는데, 그렇게 고용된 여자들이 하루에 18펜스를 받고 일한답니다. 납에 중독된 거예요. 일찌감치 그렇게 되는 사람도 있고 나중에야 중독되는 사람도 있고, 많진 않지만 아예 중독되지 않는 사람도 있어요. 다 체질에 따라 다른 거죠. 체질이 강한 사람이 있고, 약한 사람도 있는데, 저이는 납에 중독되었어요. 그것도 아주 심하게. 머리가 깨질 것처럼 아파서 끔찍하게 고통스러워요. 더 하지도 않고 덜하지도 않고 딱 저 상태죠."

이때 병자가 신음을 내뱉자, 나와 대화를 하던 여성이 그쪽으로 몸을 숙이더니 병자의 머리에 감겨 있는 붕대를 풀어준 다음 햇빛이 들어오게 뒷문을 열어젖혔다. 그 문으로 뒷마당이 보였는데, 그렇게 좁고 참담한 마당은 지금껏 본 적이 없었다.

"납에 중독되어 이런 게 나와요. 밤이고 낮이고 흘러나온답니다. 고통은 말도 못 하고요. 노동자였던 제 남편이 무슨 일이든 찾아보려고 나흘째 돌아다니고 있지만 일자리가 없어서 장작도 먹을거리도 없답니다. 지금 솥에 든 음식이 전부예요. 두 주 동안 번 돈이 달랑 10실링이에요. 이렇게 가난하고 암울하고 추위에 떨고 있는 우리를 신이 보살펴주길!"

필요하다 싶으면 나중에라도 지금의 내 자제심에 대해 보상할 수 있으리라는 사실을 알기에 나는 이번 방문 중에는 직접 도움을 주지 않겠다고 결심했더랬다. 사람들을 시험해볼 생각에서였다. 미리 말하자면, 아주 주의 깊게 지켜봤지만 그들이 내게서 돈을 기대한다는 기미는 전혀 보이지 않았다. 그들은 그저 자신들의 비참한 상황을 털어놓을 수 있다는 것에 감사했고, 내가 내보인 공감만으로도 위안을 받는 것이 분명했다. 어떤 경우에도 돈을 바라지 않았고, 내가 돈을 주지 않는다고 놀라거나 실망하거나 분하게 여기는 기색도 전혀 없었다.

그즈음 결혼한 그 집 딸이 위층의 자기 방에서 내려와 우리 대화에 끼었다. 그녀도 그날 아침 일찍 '뽑히기'를 바라며 납 공장에 갔지만 성공하지 못했다. 아이가 넷이었다. 항만 일꾼이었던 남편도 일자리를 구하러 다니지만 자기 장인보다 사정이 낫지 않은 모양이었다. 딸은 영국인이었고 타고나기를 쾌활하고 풍만했다. 딸이나 그 모친이나 차림새가 초라했지만 깔끔해 보이려 애쓴 흔적이 엿보였다. 불운한 환자의 고통과 납 중독에 대해, 어떻게 증상이 시작되고 어떻게 악화되는지 그녀는 다 알았다. 워낙 자주 목격한 일이니까. 공장 문 안에 들어섰을 때 진동하는 그 냄새만 맡아도 정신을 잃을 것 같다고 말했다. 그런데도 '뽑히기'를 바라며 다시 그곳을 찾아갈 것이다. 그녀가 달리 무엇을 할 수 있겠는

　　　　　　　　　　　　　비상업 여행자

가? 굶주리는 자식들 모습을 보느니 차라리 궤양이 생기고 마비가 오더라도 할 수 있는 동안은 하루에 *18*펜스를 받는 게 나을 테니.

병자인 젊은 여성은 뒷문에 붙여 방 안에 놓인, 어딜 보나 볼썽사나운 찬장을 한동안 잠자리로 사용했다. 그런데 이제 밤이면 너무 춥고 담요나 이불은 다 "무허가 전당포로 가버린" 탓에 환자는 지금 누운 자리에 밤이고 낮이고 누워 있다고 했고, 내가 갔을 때도 그랬다. 그 방의 주인 여자와 남편, 말할 수 없이 비참한 이 환자, 그리고 다른 두 사람이 함께 온기를 나누려 한 덩어리로 뭉쳐 누리끼리한 더미를 이루었다.

"신의 은총이 있기를, 고맙습니다!" 그 집을 나서는 나에게 그들이 마지막으로 한 말은 그것이었다. 그것도 감사하는 마음으로.

몇 블록 더 지나 또 다른 *1*층 응접실 문을 두드렸다. 안을 들여다보니 탁자로 사용하는 빨래판 받침에 부부와 네 명의 자식이 앉아서 찻잎 우린 물과 함께 빵을 먹고 있었다. 앉은 자리 곁의 난로에서 얼마 안 되는 석탄재만 희미하게 타고 있었다. 방 안에는 장막을 씌운 침대가 하나 있고 그 위에 이불이 있었다. 내가 들어갔을 때도 그랬고 내가 그곳에 머무는 동안에도 남자는 일어서지 않았다. 내가 모자를 벗자 공손히 고개를 숙이기만 했고, 몇 가지 질문을 해도 되겠냐고 묻자 "그럼요"라고만 했다. 방의 앞뒤로 창문이 있어서 환기는 잘 될 듯했지만, 날이 추워서 둘 다 꼭꼭 닫힌 채라 공기는 무척 역했다.

총명하고 민첩한 인물인 아내가 자리에서 일어나 남편 옆에 붙어 섰고, 남편은 도움을 바라듯 아내를 올려다보았다. 곧 알게 된 바로는 그는 귀가 거의 들리지 않았다. 서른 살가량 된 느릿느릿하고 단순한 인물이었다.

"남편은 어떤 직업을 가지고 있나요?"

"존, 당신 직업이 뭐냐고 물었어요."

"전 보일러공입니다." 마치 보일러가 불가사의하게 사라지기라도 한 양 무척 당황한 태도로 주위를 둘러보며 그가 대답했다.

"짐작하시겠지만 제 남편은 기술자가 아닙니다. 단순 노동을 하죠."

"지금 일을 하고 있나요?"

그가 다시 아내를 올려다보았다. "지금 일을 하고 있는지 물었어요, 존."

"일이라고!" 아연한 표정으로 아내를 빤히 바라보며 보일러공이 외쳤다. 그러곤 자신의 시선을 천천히 내

비상업 여행자

쪽으로 돌리며 말했다. "전혀 아니에요!"

"일을 하기는요!" 가련한 여인이 네 명의 아이를 차례로 쳐다본 뒤 남편을 보고 고개를 절레절레 흔들며 말했다.

"일이라니!" 처음엔 내 표정에서, 그다음엔 허공에서, 그다음엔 무릎에 앉은 둘째 아들에게서 증발해버린 보일러를 여전히 찾으며 보일러공이 말했다. "정말이지 일을 했으면 좋겠어요! 최근 세 주 동안 겨우 하루치 일 정도밖에 못 했어요."

"그동안 생계를 어떻게 꾸려갔나요?"

존경의 기색이 희미하게 떠올라 환해진 얼굴로 보일러공이 되고 싶은 그 사내가 나달나달한 캔버스 천 웃옷의 짧은 소맷자락을 쭉 뻗으며 말했다. "아내가 일을 해서 먹고 살았죠."

보일러 제작 일이 어디로 사라졌는지, 혹은 어디로 사라졌다고 그가 생각하는지는 기억나지 않는다. 하지만 그는 그 일이 이제 다시는 없으리라 믿는다면서 절망적인 정보를 덧붙였다.

남편을 돕는 아내가 쾌활해서 무척 인상적이었다. 그녀는 싸구려 기성복을 만드는 공장에서 선원용 짧은 외투를 만든다고 했다. 그러면서 작업 중이던 외투를 꺼

내 침대에 펼쳐놓았다. 그것을 펼쳐놓을 만한 가구라고
는 집 안에 침대뿐이었다. 이만큼은 자신이 만들고, 그
런 뒤에 기계가 나머지를 마무리한다고 알려주었다. 그
때 계산으로는 장식에 들어간 비용을 제외하고 외투 한
벌당 10펜스 반을 받고, 한 벌을 만드는 데 이틀이 안
걸린다고 했다.

　　그런데 이 일을 받으려면 거간꾼을 거쳐야 하고,
거간꾼은 공짜로 일을 주지 않는다. 그럼 애초에 왜 거
간꾼을 거쳐야 할까? 사정은 이러하다. 거간꾼은 배당
되는 일의 위험을 떠안는다. 보증금을 낼 돈(2파운드라
고 해보자)이 있다면 일을 직접 받을 수 있고, 따라서 거
간꾼에게 돈을 떼어줄 필요도 없다. 하지만 돈이 없으므
로 거간꾼이 나서서 수수료를 챙기고, 결국 그녀의 수중
에 떨어지는 돈은 10펜스 반이 되는 것이다. 여자는 불
평이나 하소연하는 투도 없이 약간의 자부심까지 내보
이며 아주 총명하게 이런 사정을 전부 설명하고는 작업
중인 외투를 다시 접어서 치웠다. 그러곤 남편 옆, 빨래
판 받침에 앉아 딱딱해진 빵을 마저 먹기 시작했다. 널
빤지를 식탁 삼고 컵 대신 작은 단지를 쓰고 또 다른 잡
동사니를 궁색하게 갖다 쓴 식사는 보잘것없었다. 게다
가 영양 부족에다 누추한 차림새에 씻지도 못해 피부가

부시맨처럼 거무스레했지만, 난파한 보일러공의 배를 붙들고 버티는 가족의 닻이라 할 그녀에게는 분명 위엄이 있었다. 내가 그 방을 나설 때 보일러공은 사라진 보일러를 다시 볼 수 있는 마지막 희망이 그쪽에 있다는 듯이 그녀를 향해 천천히 시선을 돌렸다.

이들이 교구의 구호를 요청한 것은 딱 한 번뿐으로, 일을 하다가 사고를 당한 남편에게 장애가 생겼을 때였다.

다음엔 그 집에서 몇 집 건너에 있는 2층의 방으로 들어갔다. 여자는 집 안이 "엉망"이라며 양해를 구했다. 그날은 토요일이라 냄비에 아이들 옷을 넣고 삶고 있었다. 옷을 삶을 다른 그릇이 없었다. 도기 그릇도, 양철 그릇도, 물통이나 양동이도 없었다. 낡은 오지그릇 한두 개와 깨진 병이 전부였고, 부서진 상자를 의자로 쓰고 있었다. 마지막 남은 석탄 부스러기를 긁어모은 것이 바닥 한구석에 있었다. 문이 없는 찬장과 바닥 여기저기에 누더기들이 흩어져 있었다. 방 한구석에는 생뚱맞은 낡은 프랑스 침대가 있고, 해진 조종사 상의에 부채 모양의 거친 방수포 모자를 쓴 남자가 등을 대고 누워 있었다. 방 안은 온통 새카맸다. 벽을 일부러 검은색으로 칠한 것이 아니라 그을음과 때로 더러워진 것이라는 사실을 처음에는 믿기 힘들었다.

　　아이들 옷을 삶는 여인(빨래를 삶을 비누 조각도 없었는데, 그 일을 중단할 수 없다며 미안해했다)의 맞은편에 서서 나는 겉으로 티를 내지 않은 채 이 모든 것을 눈여겨보았는데, 처음 작성했던 물품 목록을 좀 수정할 수도 있었다. 처음 둘러보았을 때 놓쳤던 것들로, 달리 들어 있는 것 없이 비어 있는 식품 보관함에 반 파운드 정도의 빵이 있었고 내가 들어온 문의 손잡이에는 다 해진 빨간색 크리놀린[2]이 걸려 있었다. 그리고 녹슨 철 조각들이 바닥에 흩어져 있었는데, 부서진 도구나 연통의 한 부분으로 보였다. 선 채로 바라보는 아이 한 명이 있고, 그보다 어린 두 아이가 불 옆 상자에 앉아 있었다. 그중 하나는 여리고 어여쁜 어린아이였고, 함께 앉은 다른 아이가 이따금 입을 맞췄다.

　　앞선 여인과 마찬가지로 이 집의 여인도 애처롭도록 누추한 차림에 피부는 부시맨처럼 거무스름해졌다. 하지만 여인의 몸매와 보일 듯 말 듯한 활달함의 흔적, 아주 희미하게 남은 보조개를 보니 묘하게도 내 기억은 그 옛날 피츠윌리엄 부인이 빅토린의 친구 역할을 했던[3]

2　치마가 불룩해 보이도록 안에 입던 틀.

　　　　　　　　　　　　　　　비상업 여행자

런던의 아델피 극장 시절로 돌아갔다.

"남편이 어떤 일을 하는지 물어봐도 될까요?"

"석탄 운반하는 일을 합니다." 그녀는 침대 쪽을 슬쩍 바라보며 그렇게 대답하고는 한숨을 쉬었다.

"지금은 일이 없나요?"

"오, 맞아요! 지금까지도 일을 한 적이 손꼽을 정도였는데 이젠 아예 몸져누웠죠."

"다리 때문이에요." 침대의 남자가 말했다. "뻗어볼게요." 그러더니 바로 다리를 펴보였다.

"이 애들보다 손위 아이는 없나요?"

"삯바느질을 하는 딸 하나가 있고, 무슨 일이든 가리지 않고 하는 아들이 하나 있어요. 딸은 지금 일을 하고 있고 아들은 일을 찾고 있죠."

"여기서 같이 사나요?"

"잠만 자요. 집세를 낼 여력이 안 되어서 밤에 와서 잠만 자죠. 집세가 정말 힘겨워요. 게다가 또 올라서 일주일에 6펜스예요. 세율에 관한 법이 바뀌어서 그렇다는데. 일주일치 집세가 밀렸어요. 집주인이 와서 문을 험

---

3   영국 배우인 페니 피츠윌리엄Fanny Fitzwilliam. 에드워드 피츠윌리엄과
     결혼한 뒤엔 피츠윌리엄 부인Mrs. Fitzwilliam이라는 이름으로 활동했다.
     〈빅토린〉이라는 작품에서 빅토린의 친구 엘리즈 역을 맡았다.

악하게 두드리고 흔들고 그래요. 우리를 쫓아내겠다고
하죠. 그러면 앞으로 어떻게 될지 모르겠어요."

　　침대에 누운 남자가 서글프게 덧붙였다. "여기 내
다리를 보세요. 부어오른 것만이 아니라 갈라지기도 했
어요. 일하다가 이러저러하게 부딪혔거든요."

　　잠시 자기 다리(보기 흉하게 틀어지고 살갗도 변색되
어 있었다)를 바라보던 그는 식구들이 자기 다리를 별로
좋아하지 않는다는 것을 기억해냈는지, 지도 위 어떤 곳
이나 계획된 어떤 것 중에서 언급을 꺼리는 것이라도 되
는 양 다시 접어 넣고는 무력하게 다시 등을 대고 누워
부채 모양 모자로 얼굴을 덮고는 꼼짝도 하지 않았다.

　　"큰아들과 큰딸이 저 벽장에서 자나요?"

　　"네." 여자가 대답했다.

　　"동생들과 함께?"

　　"네. 추워서 꼭 붙어 있어야 해요. 덮을 것이 거의
없어서."

　　"저기 보이는 빵 말고는 먹을 것이 없나요?"

　　"없어요. 반은 아침으로 물과 함께 먹었죠. 앞으로
어떻게 될지 모르겠어요."

　　"나아질 전망은 없나요?"

　　"큰아들이 뭐라도 했다면 돈을 좀 가지고 돌아오

　　　　　　　　　　　　　　비상업 여행자

겠죠. 그럼 오늘 저녁에 먹을 음식이 생길 테고 집세도 조금 낼 수 있을지 몰라요. 그게 아니라면 어떻게 될지 모르겠어요."

"정말 안타까운 상황이군요."

"네, 정말 고되고 고된 삶이에요. 나가실 때 계단 조심하세요. 부서졌거든요. 안녕히 가세요."

이들은 구빈원에 들어가는 것은 죽을 만치 겁을 냈고, 다른 재정적 지원과 도움은 받지 못했다.

다른 건물의 다른 방에서 다섯 자식을 둔 무척 점잖은 여인을 만났다. 막내는 갓난아기이고 자신은 교구 의사의 돌봄을 받는 환자였다. 남편도 입원 중이라 교구 연합에서 그 가족의 생계를 위해 일주일에 4실링과 빵 다섯 덩이를 제공했다. 내 생각으로는 머지않아 이 아무개 의원과 저 아무개 의원이 공공의 축복이라는 당과 머리를 맞대어 세율의 균등화에 이르면, 그녀는 "6펜스 더"라는 가락에 맞춰 죽음의 춤을 추게 될지도 모른다.

아이들 생각만 하면 견디기가 힘들어서 한동안 또 다른 집을 찾지 못했다. 성인의 고통을 대할 때는 일부 러라도 마음을 단단히 먹을 수 있지만 아이들 앞에서는 소용이 없었다. 눈에 보이는 아이들마다 다들 얼마나 어 리고, 얼마나 굶주렸는지, 얼마나 진지하고 조용하던지. 굴속 같은 그곳에서 병들어 죽어가는 아이들이 떠올랐다. 고통도 없이 죽어버린 아이들이 떠올랐다. 그렇게 고통에 시달리는, 그렇게 죽어가는 아이들이 떠오르면 무기력해질 수밖에 없었다.

그래서인지 랫클리프의 강둑에서 내려와 철길 쪽으로 방향을 틀어 샛길로 올라갔을 때 길 건너의 글씨가 내 시선을 끌었다. '동런던 어린이 병원.' 당시 내 마음 상태와 그보다 더 잘 어울리는 글귀는 없었을 것이다. 나는 길을 건너 곧장 안으로 들어갔다.

가까이서 보니 어린이 병원은 예전에 돛을 만들던 공장이거나 창고였던 장소에 최소한의 자원으로 대강 지은 건물이었다. 바닥에는 물건을 올리고 내리던 작은 문이 있었다. 육중한 물건과 묵직한 발길에 하도 닳고 닳아 널판자의 옹이들이 다 떨어져 나갔다. 육중한 더미와 가로장이 앞을 가로막고 계단도 불편해서, 병동을 지나가는 내 발길이 당혹감에 어쩔 줄을 몰랐다. 하지만 공간 자체는 환기가 잘되어 상쾌하고 청결했다. 서른일곱 개 병상 어디에서도 아름다움은 찾아보기 힘들었다. 굶주림이 두세 세대 이어지면 초췌한 인상이 생겨나기 때문이다. 하지만 유아와 어린이의 고통이 다정한 보살핌을 받아 상당히 완화된 것이 눈에 띄었다. 어린 환자

비상업 여행자

들이 장난스러운 애칭에 대답하는 것을 들었고, 조심스러운 부인이 조심스럽게 소매를 걷어 막대기처럼 가느다란 팔을 내게 보여줬고, 그때 뼈만 남은 손가락이 그 손의 결혼반지를 다정하게 감싸 쥐는 것을 보았다.

한 어린 아기는 라파엘로 그림의 천사처럼 어여뻤다. 뇌에 물이 차서 그 작은 머리에 붕대를 감고 있었다. 심한 기관지염도 앓고 있어서 애처롭게 낮은 소리를 내뱉었는데, 짜증스럽게 불평하는 투는 아니었다. 볼과 턱의 매끄러운 곡선은 유아의 아름다움을 나무랄 데 없이 압축해서 보여주었고, 맑고 커다란 눈은 무척 사랑스러웠다. 내가 침대 발치에 멈춰 서자 아이들의 눈길이 내 눈을 향했는데, 아주 어린 아이들에게서 이따금 찾아볼 수 있는 호기심 가득한 동경이 가득했다. 내게 시선을 고정하고는 내가 자리를 뜰 때까지 시선을 돌리지 않았다. 애처로운 신음 소리가 작은 몸뚱이를 흔들 때조차 그 시선은 변함없이 그대로였다. 마치 자신을 돌보는 작은 병원의 이야기를 친절한 사람들에게 가능한 한 널리 퍼뜨려달라고 간청하는 듯했다. 깍지를 껴서 턱에 얹은, 아무런 표시 없는 작은 손에 세상사에 찌든 내 손을 가만히 갖다 대면서 나는 그렇게 하겠노라고 속으로 약속했다.

신사 계층의 젊은 부부가 이 건물을 구입해서 고귀한 현재 용도에 맞도록 개조한 뒤, 의료 담당자이자 감독관으로 조용히 그곳에 자리를 잡았다. 둘 다 의료와 수술에 실전 경험이 상당히 많은 전문가들로, 남편은 런던의 큰 병원에서 입주 외과의로 일했고 부인은 엄격한 시험을 거친 아주 열정적인 학생으로 콜레라가 창궐할 당시 가난한 병자들을 간호하기도 했다. 젊고 재주도 많은 인물들인데, 자신들의 취향과 생활 습관을 함께 즐겨줄 이가 주변에 아무도 없으니 그곳을 떠날 마음이 들게 만들 조건은 다 갖췄는데도, 그런 동네와 불가분의 관계인 온갖 역겨운 환경에 꽁꽁 둘러싸인 채로 그들은 그곳에 살고 있다. 병원 2층에 방이 있어서 거기서 산다. 저녁 식탁에 앉으면 아이들의 고통스러운 울음소리가 들린다. 어린 환자의 침대와 마찬가지로 여성용 피아노와 그림 그리는 도구, 서적, 그리고 다른 세련된 삶의 증거들이 이 거친 장소의 일부를 이룬다. 두 사람은 화물선의 승객처럼 궁여지책으로 공간을 만들어내야 했다. 약제사(자기에게 이득이 되어서가 아니라 의사 부부의 인물됨과 그들의 대의가 지닌 자력 같은 힘에 끌려 이곳에 오게 된 인물)는 식당 한구석의 움푹 들어간 곳에서 잠을 자고 세면도구는 찬장에 두고 쓴다. 주어진 환경

비상업 여행자

을 최대한 활용하면서 만족하며 사는 그들의 태도가 그들의 유용함과 얼마나 기분 좋게 결합되어 있는지! 이 칸막이는 우리가 직접 세웠고 저 칸막이는 우리가 없앴고 또 다른 저 칸막이는 우리가 옮겼다거나, 대기실에서 쓰라고 누가 스토브를 줬다거나 밤에는 작은 진료실을 흡연실로 바꿔 사용한다는 등의 이야기를 할 때 얼마나 대단한 자부심이 배어나던지! 뒤쪽의 석탄 적치장이 유일하게 못마땅한 점이라 그것만 없애버릴 수 있으면 좋겠다고 하니, 이들은 현 상황을 얼마나 기쁘게 받아들이는 것인지! "우리 병원 마차는 친구가 준 건데 아주 유용해요." 이것은 내게 유아차를 보여주면서 그들 중 한 사람이 한 말이었는데, 그것은 딱 그것만 들어갈 만한 아래층 구석 자리에 세워져 있었다. 이미 병동에 장식들이 많이 걸려 있었는데 앞으로 더 생길 장식의 다양한 준비 단계에 놓인 알록달록한 종이들이 잔뜩 있었고, 뜬금없는 머리 깃털을 단 새 모양 나무 인형(균형추를 움직이면 머리를 푹 숙였다)이 바로 그날 아침 그곳의 대표 조각상으로 취임했더랬다. 그리고 모든 환자와 친하게 지내는, 푸들이라는 이름의 우스꽝스러운 잡종 개가 침대 사이를 종종거리며 다녔다. 이곳에 사는 개답게, 그 우스꽝스러운 개(청량제 역할을 하는) 역시 문 앞에서 굶주

려 쓰러져 있던 것을 병원 사람들이 안으로 들여와 먹이
를 주었고, 이후 아예 눌러앉았다. 그 개의 정신적 자질
을 높이 샀던 어떤 사람이 '겉모습으로 푸들을 판단하
지 말라'라고 적힌 목걸이를 선물했다. 그 개는 한 남자
아이의 베개 위에서 명랑하게 꼬리를 흔들며 그 점을 내
게 겸손하게 주장했다.

　　올해 일월에 이 병원이 처음 문을 열었을 때, 돈을
내고 진료를 받고, 그래서 진료받는 걸 권리로 여겨 기
분이 안 좋을 때 트집을 잡는 식이 아니라고는 아무도
상상하지 못했을 것이다. 하지만 곧 실상을 좀 더 잘 이
해하게 되었고 감사하는 마음도 더 커졌다. 환자의 모
친들은 규칙으로 정해진 병문안 시간을 자유롭게 이용
했고, 부친들은 일요일에 찾아왔다. 자식이 곧 죽게 생
겼으면 아무리 형편없는 장소라도 집으로 데려가려는
막무가내의 경향(어쨌든 이해할 만하고 감동적인)이 부모
에게는 있기 마련이다. 심한 염증에 시달리던 한 남자아
이를 비 오는 밤에 그런 식으로 데리고 간 경우가 있었
는데, 결국 나중에 다시 데려왔고 그때는 치료가 몹시
힘들었다고 한다. 내가 본 그 아이는 저녁 식사에 특히
강렬한 관심을 보이는 쾌활한 아이였다.

　　이 어린 환자들이 걸린 질병의 주요 원인은 불충분

한 식사와 불건강한 생활 환경이다. 따라서 영양 공급과 청결과 환기가 주요 치료법이다. 퇴원한 환자에게도 지속적으로 관심을 가져서 식사를 하라고 이따금 병원으로 부른다. 환자였던 적이 없는 굶주린 아이들도 마찬가지이다. 주인 부부는 환자와 환자 가족만이 아니라 이웃 사람 대부분의 특성과 환경까지 상세히 알고 있다. 그 모두를 잘 기록해둔다. 조금씩 서서히 더 깊은 가난의 밑바닥으로 가라앉으면서도 극단적 상태에 이르기 전까지는 가능한 한 자기 자신에게도 그 사실을 숨기는 것이 그들의 공통된 경험이기 때문이다.

이 병원의 간호사들은 다들 젊은데, 연령대가 열아홉에서 스물너덧 살 정도이다. 넉넉지 않은 형편에도 이들에게는 식사를 할 수 있는 각자의 편안한 방이 있고, 그건 여러 돈 많은 병원도 제공하지 않는 것이다. 다른 어떤 고려 사항보다 아이들에 대한 관심과 그들이 겪는 슬픔에 대한 공감이 이들을 더 단단히 결속한다는 것은 아름다운 진실이다. 가장 숙련된 간호사는 이 동네만큼이나 엇비슷하게 가난한 동네에서 태어나 자랐다. 그래서 그 일이 얼마나 필요한지 잘 알았다. 그는 훌륭한 재봉사였다. 그런데 병원에서 받는 돈은 일 년에 *12*파운드밖에 되지 않는다. 그래서 어느 날 병원 여주인은 그에

게 다시 예전 직업으로 돌아가 더 나은 삶을 누리라는 이
야기를 해줘야 마땅하다는 생각이 들었다. 그는 싫다고
했다. 이제 어디에서 무슨 일을 하든 지금처럼 쓸모 있는
일을 하며 행복하게 살 수 없을 거라고, 자기는 아이들
곁에 남을 거라고 말했다.

그래서 여전히 여기서 일한다. 지나가다 보니 한 간
호사가 남아를 씻기고 있었다. 그 얼굴이 얼마나 즐거워
보이던지, 나는 걸음을 멈추고 아기에게 말을 걸었다.
동그란 작은 머리에 인상을 쓰고 있는 평범한 아기로,
손으로 자기 코를 붙잡으려다 번번이 놓치면서 담요에
쌓인 채 근엄하게 앞을 바라보고 있었다. 이 아기가 난
데없이 발길질을 하며 날 보고 깔깔거리자 명랑하던 간
호사의 얼굴에 기쁨에 찬 미소가 번졌는데, 앞서 내가
시달린 고통을 보상하고도 남을 만했다.

몇 년 전에 파리에서 〈아이들의 의사 선생님〉이라
는 강렬하고 감동적인 연극이 상연된 적이 있었다. 지금
언급한 소아과 의사 선생님과 헤어질 때, 편안한 검은
넥타이와 앞을 여미지 않은 검은 프록코트, 수심 어린
얼굴과 찰랑거리는 검은 머리칼, 눈썹과 수염이 휘어진
모습까지 그의 모습이 내 눈에는 그때 파리 무대 위에서
펼쳐진 예술적 이상을 정확히 구현하는 것으로 보였다.

비상업 여행자

하지만 내가 아는 한 동런던 어린이 병원의 이 젊은 부부의 삶과 그들의 거처를 앞서 그려 보인 대범한 소설가는 아직 없었다.

나는 랫클리프를 출발해서 스텝니 기차역을 거쳐 펜처치 스트리트의 종점으로 돌아왔다. 그 여정을 반대로 따라가면 누구라도 내가 갔던 길을 되짚어갈 수 있을 것이다.

전적인 자제를 간청함

A Plea for Total Abstinence

지난 성령강림절 축제 기간이던 어느 날, 정확히 오전 열한 시에 내 거처의 창문에서 내다보이는 바깥 풍경 속으로 난데없이 말 탄 이가 등장했다. 한 남자가 극히 우스꽝스러운 복장을 하고 말을 타고 지나갔다. 긴 장화를 신고, 대충 구운 반죽 색깔에 펑퍼짐한 모양의 남의 바지(그것도 몸집이 훨씬 큰 사람의)를 입었다. 그 바지의 허리춤은 파란색 셔츠의 아랫자락인지 꼬리인지를 욱여넣어 불룩 튀어나오고, 외투는 없이 빨간색 견대를 둘렀다. 반半 군사용으로 보이는 자주색 모자를 썼는데, 앞쪽에 꽂은 깃털 장식은 잘 모르는 사람이 보면 거죽이 벗겨지고 있는 셔틀콕처럼 보였다. 나는 기겁을 해서 들고 있던 신문을 내려놓고 문제의 인물을 살펴보았다. 새로 출간하는 《의상철학》의 표지화를 그리는 화가의 모델인 건지, 존경하는 토이펠스드뢰크 씨[1]가 말하듯 "그 사람의 껍질인지 껍데기인지 모를 것"의 토대가 기수인지 서커스인지 가리발디 장군인지 싸구려 도자기인지 장난감 가게인지 가이 폭스[2]인지 밀랍 인형인지 사금 채취인지 정신병원인지 아니면 이 모두인지 도무지 알 수가 없어서 열심히 머리를 굴렸다. 그 사이 그 인물은 내가 사는 코번트가든 거리의 미끌미끌한 돌길을 나아가며 자기 의지와 달리 비틀거리고 미끄러지면서 말 앞쪽으로 튕겨 나가지 않도록 발작하듯 기를 썼고 그 모습을 본 주변의 여성 몇 사람이 동정하는 비명을 내질렀다. 이런 일이 금방이라도 일어날 듯한 순간에, 정말이지 말 머리가 이리저리 홱홱 움직이며 꼬리는 담배 가게 안으로 들어가려는 괴로운 순간에, 그와 비슷한 경이로운 존재 둘이 합세하는 바람에 그는 더 심하게 비틀거리고 미끄러져 보기 괴로울 정도였다. 마침내 이 길쭉한 풍[3]의 삼총사가

---

1 토머스 칼라일의 저서 《의상철학》의 화자이자 주인공으로 이 책의 부제가 '토이펠스드뢰크 씨의 생애와 견해'이다.

2 Guy Fawkes. 1605년 국왕을 시해하려던 화약 음모 사건의 주동자.

겨우 멈춰 섰고, 눈에 보이지 않는 군대에게 "모두 일어나서 돌진!"이라고 명령하듯 북쪽을 바라보며 오른손을 동시에 흔들었다. 이에 금관악기 악단이 튀어나왔고, 그 순간 말 탄 세 인물은 서리 힐스 쪽 어딘가로 부리나케 달아나버렸다.

그 광경에 어떤 행렬이 지나가나보다 생각하며 창문을 올리고 목을 길게 빼서 보았더니 아니나 다를까 어떤 행렬이 거리를 따라 내려오고 있었다. 펄럭이는 현수막을 보니 금주 행렬[4]이었고, 다 지나가는 데 이십 분이 걸릴 만큼 긴 행렬이었다. 개중에는 어린이들도 상당히 많았다. 엄마 품에 안겨 있어야 하는 아가들도 있어서, 그 아이들은 행렬이 이어지는 동안 전혀 취하지 않는 음료[어머니 젖을 말함]를 섭취함으로써 발효 음료를 멀리하는 태도를 직접 예시하고 있었다. 청결하고 쾌활하고 바른 행동거지의 사람들이 휴일에 선한 의도로 모였을 때으레 그렇듯이 전반적으로 보기 좋은 광경이었다. 온갖 리본과 반짝이 장식과 견장이 가득해서 화려하고, 마치

---

3 윌리엄 길핀William Gilpin. *18*세기 영국의 작가, 성직자, 화가로 '고풍스러운 풍경picturesque'을 처음 주창한 것으로 유명하다.

4 절제와 금주를 장려하는 절제 운동의 일환으로 벌이는 행사. 개신교가 다수인 국가에서 두드러지게 나타났다.

물을 듬뿍 마시고 지천으로 쑥쑥 자라난 것처럼 꽃도 많았다. 산들바람이 부는 날이라 커다란 현수막이 얼마나 제멋대로 나부끼는지 비난을 들을 만했다. 두 장대 사이에 높이 걸어 여섯 군데를 묶은 현수막은 지난 세기의 여러 점잖은 책들이 쓰인 방식처럼 '여러 손으로' 운반되고 있었는데, 그 임무를 담당한 인물의 치켜든 얼굴에 어린 근심(균형 잡기 기술에 수반되는 근심, 그리고 비늘 달린 먹이를 땅에 내려놓는 낚시꾼의 자질을 약간 가미한 연날리기 취미와 떨어질 수 없는 근심, 그 둘 사이의 어디쯤에 해당되는)은 내게 무척 인상적이었다. 현수막 역시 바람을 맞아 난데없이 부르르 떨다가 도무지 다루기 힘들게 마구 펄럭대니 말이다. 특히 검게 차려입은 신사가 그려진 화려한 깃발이 나타나면 이런 일은 아주 빈번히 일어났는데, 차와 물을 너무 마셔 뚱뚱한 그 인물이 맥주 탓에 허약하고 초췌해진 가족을 즉각 교화하는 칭찬할 만한 일을 행하는 장면이었다. 그럴 때면 이 검은 옷의 신사는 바람을 맞아 팽창하며 전혀 어울리지 않는 경박한 태도를 보였고 동시에 맥주에 빠진 가족은 더욱 맥주에 절어 그의 손아귀에서 벗어나려고 정신없이 버둥거렸다. 현수막에 적힌 글 중에는 극히 단호한 내용도 있었는데, "우리는 결코, 결코, 금주라는 대의를 포기하지 않을 것이다" 같은 다짐이 내세우는 건전한 단호함은 "난 절대 미코버 씨를 떠나지 않을 거야"라는 미코버 부인의 불경한 마음과 "정말이지, 여보, 어떤 인간이든 당신에게 그런 식의 일을 하라고 요구한 줄은 몰랐네"라는 미코버 씨[5]의 대답을 떠올리게 한다.

행렬에 참여한 사람들에게 이따금 침울함이 찾아들었는데, 처음에는 그 원인을 찾아내지 못했다. 좀 더 살펴본 뒤 알게 된 바로는, 대열 여기저기에 무개 마차를 타고 자리 잡은 사형 집행인(곧 연설을 하게 될 끔찍한 관리들)의 등장으로 초래된 상황이었다. 이 사형 집행인을 태운 무시무시한 마차가 굴러오기에 앞서 수많은 축축한 담요를 뒤집어쓰듯 늘 시커먼 구름과 축축한 기운이 내려앉았다. 그 뒤를 바짝 따르는 불쌍한 사람들이 그 앞쪽 사람들보다 먹구름과 습기에 더 짓눌려 있는 것을 나는 알아챘다. 팔짱 낀 그들의 팔뚝과 득의양양한 표정과 위협적인 입술을 어떤 식으로든 내내 바라보며 가야 했으니 당연했다. 사실 교수대의 거물을 향한 누르기 힘들 정도의 침울한 양심과 사지를 갈가리 찢어버리고 싶은 욕망이 일부 사람들에게서 얼마나 강하게

---

5 디킨스의 소설 《데이비드 코퍼필드》에 나오는 인물들.

비상업 여행자

느껴지던지, 다음 성령강림절 축제일에는 사형 집행인을 음울한 집행 장소로 데려갈 때 웬만하면 인적이 드문 길을 이용하고 옆면이 바짝 붙은 마차를 이용하는 것이 좋겠다고 행사 담당자에게 점잖게 제안하고 싶을 정도였다.

행렬 안에는 작은 단위의 행렬이 여럿 있었고, 각 행렬은 런던 각 구역에서 모인 것이었다. 애국적인 페컴[런던 남부의 구역]이 등장했을 때 그 행렬에 주입된 알레고리는 충분히 알 만했다. '페컴 구명정'이라고 적힌, 천지를 뒤덮을 만큼 커다란 실크 현수막이 펼쳐질 때 내 판단이 그러했다. 배라고 할 만한 것은 보이지 않았지만 생명에 해당되는 것으로는 '용맹하고 용맹한 선원'과 유사한 선원 제복을 입고 깃발 뒤를 따르는 인물이 있었는데, 그 광경을 보면서 나는 크건 작건 근처에 해안이라고는 없는 페컴이 지리학에서 내륙 정착지로 기술되지 않는지 곰곰이 따져보았다. 있는 것이라고는 서리 운하의 예선로뿐인데, 폭풍우가 몰아치는 그곳에 구명정 같은 것은 없다는 사실은 내가 예전에 경험으로 알게 된 바 있다. 그래서 그 글귀의 뜻이 알레고리적이라는 사실을 유추한 뒤 내가 내린 결론은 이러했다. 만약 애국적 페컴이 술 취한 시 한 양동이를 고른다면, 이것이야말로

애국적 페컴이 고른 술 취한 시 한 양동이라는 것이다.[6]

한참 지켜보니 종합적인 행렬은 대체로 보기 좋은 광경이었다. '대체로'라는 단어의 뜻은 말 그대로인데, 그에 대해서 이제 설명해보겠다. 이 글의 제목과 관련이 있기도 하고, 금주 운동을 그 자체의 기준에 따라 공정하게 따져보고자 함이다. 행렬에는 걸어가는 사람도 많았고 여러 종류의 탈것을 이용한 사람도 많았다. 전자는 보기 좋았지만 후자는 보기 좋지 않았다. 그 이유는 지금까지 내가 목격한 모든 경우와 상황을 통틀어 이 행렬에서처럼 말을 혹사시키는 경우는 없었기 때문이다. 열 명에서 스무 명이 들어찬 커다란 마차에 말을 단 한 마리만 매어 끌도록 만드는 것이 그 불쌍한 짐승에게 적정한 임무라고 할 수 없다면, 절제를 주장한답시고 그렇게 말을 부리는 것은 과도하고 잔인한 일이다.[7] 아주 작고 가벼운 말부터 아주 크고 묵직한 말에 이르기까지,

---

6 혀 꼬이는 문장tongue twister 중 하나인 "Peter Piper picked a peck of pickled peppers"를 변형한 표현으로, 'pickled'에 '술 취한'이라는 의미가 있으므로 현실과 동떨어진 진부한 비유('구명정')가 술에 취한 듯 조리가 없음을 비꼬는 것이다.

7 '적정한moderate'과 '절제된temperate' 둘 다 음주와 관련하여 쓰는 표현으로, 디킨스는 여기서 말을 부리는 것을 음주에 견주어 설명하려는 것이다.

짐 나르는 짐승이 수치스럽도록 과중한 짐을 진 경우가 얼마나 많은지 모르는데, 사실 그보다 덜한 경우에도 동물학대방지협회[8]가 수시로 개입을 해오고 있다.

자, 남용 아닌 이용이라는 것이 존재할 수 있고, 이는 틀림없이 존재하므로, 절대적 폐지론이란 비뚤어지고 비합리적인 주장이라고 나는 한결같이 주장해왔다. 그런데 이 행렬을 본 뒤에 완전히 생각이 달라졌다. 그렇게 많은 인원이 짐수레 말을 이용하면서 말을 남용하거나 학대하지 않기란 분명 불가능할 테니, 말의 이용을 전적으로 자제하는 것만이 이 경우 허용할 만한 유일한 해결책임을 깨달았기 때문이다. 절대 금주자에게는 맥주 1파인트와 반 갤런이 다를 바 없듯이, 이 경우에도 짐 나르는 짐승이 조랑말이건 건장한 말이건 다를 바 없다. 사실 반 파인트 네발짐승이라도 반 갤런 네발짐승만큼 고통을 겪는다는 사실이 내 주장에 특히 힘을 실어준다. 여기서 교훈을 찾는다면 이러하다. 종류와 경우를 막론하고 모든 경우에 말의 이용을 전적으로 삼가야 한다. 1870년 4월 1일에 《일 년 내내》[9]의 출판사에

---

8 Society for the Prevention of Cruelty to Animals. 당대 실제 존재한 단체로, 1824년에 창립된 세계 최초의 동물보호 단체이다.

서, 보행자가 아닌 절대적 금지 행진 참가자들이 이 서약을 이행하게 될 것이다.

지금 고려해야 할 사항을 잘 살펴보라. 이 행진에는 이륜 경마차나 사륜마차나 짐마차나 사인승 사륜마차나 이륜 포장마차 등등을 타고 왔더라도 마차를 끄는 말 못하는 짐승을 혹사하지 않는 자비로운 사람들도 많은데, 딱히 잘못을 저지르지 않는 그런 이들은 어떻게 해야 할까? 말을 부리는 것이 아니라 음주가 논의의 대상일 때 전적인 금주를 주장하는 문건과 연설이 십중팔구 보여주는 태도처럼 악담하고 중상모략하고 광분하려는 것이 아니다. 단지 그들을 어떻게 해야 할지 물어보았을 뿐! 그 대답은 전혀 논쟁의 여지가 없다. 전적인 금주론의 원칙을 엄밀하게 따르면 두말할 것 없이 **그들** 역시 말을 절대 부리지 않겠다는 서약을 해야 한다. 시대를 막론하고 역사상 대부분 나라에서 부려온 특정한 보조적 존재를 그 행진 참가자들이 남용했다고 주장할 수는 없지만 다른 참가자들이 남용한 것은 부정할 수 없는 사실이기 때문이다. 전적인 금주론의 계산법은 소小가 대大를 포함한다고 주장하니까 말이다. 죄 있

---

9   *All The Year Around.* 디킨스가 출간한 문학 잡지.

는 집단이 죄 없는 집단을 포함하고, 앞이 안 보이는 집단이 앞이 보이는 집단을, 귀가 들리지 않는 집단이 귀가 들리는 집단을, 말 못 하는 집단이 말하는 집단을, 주정뱅이가 술 취하지 않은 집단을 포함한다고 주장하니까 말이다. 지금 논의되는 짐수레 가축을 적정하게 부리는 이들 중에서 이런 식의 논리로 인해 자신의 이성에 대단한 폭력이 가해졌다고 생각되는 사람이 있다면, 다음 성령강림축제일에는 그 행렬에서 빠져나와 내 창문에서 그것을 바라보라고 권하는 바이다.

"THE STORY OF OUR LIVES FROM YEAR TO YEAR."—SHAKESPEARE.

ALL THE YEAR ROUND.

A WEEKLY JOURNAL.

CONDUCTED BY CHARLES DICKENS.

Nº 1.]   SATURDAY, APRIL 30, 1859.   [PRICE 2d.

A TALE OF TWO CITIES.

In Three Books.

BY CHARLES DICKENS.

BOOK THE FIRST. RECALLED TO LIFE.

CHAPTER I. THE PERIOD.

It was the best of times, it was the worst of times, it was the age of wisdom, it was the age of foolishness, it was the epoch of belief, it was the epoch of incredulity, it was the season of Light, it was the season of Darkness, it was the spring of hope, it was the winter of despair, we had everything before us, we had nothing before us, we were all going direct to Heaven, we were all going direct the other way—in short, the period was so far like the present period, that some of its noisiest authorities insisted on its being received, for good or for evil, in the superlative degree of comparison only.

There were a king with a large jaw and a queen with a plain face, on the throne of England; there were a king with a large jaw and a queen with a fair face, on the throne of France. In both countries it was clearer than crystal to the lords of the State preserves of loaves and fishes, that things in general were settled for ever.

It was the year of Our Lord one thousand seven hundred and seventy-five. Spiritual revelations were conceded to England at that favoured period, as at this. Mrs. Southcott had recently attained her five-and-twentieth blessed birthday, of whom a prophetic private in the Life Guards had heralded the sublime appearance by announcing that arrangements were made for the swallowing up of London and Westminster. Even the Cock-lane ghost had been laid only a round dozen of years, after rapping out its messages, as the spirits of this very year last past (supernaturally deficient in originality) rapped out theirs. Mere messages in the earthly order of events had lately come to the English Crown and People, from a congress of British subjects in America: which, strange to relate, have proved more important to the human race than any communications yet received through any of the chickens of the Cock-lane brood.

France, less favoured on the whole as to matters spiritual than her sister of the shield and trident, rolled with exceeding smoothness down hill, making paper money and spending it. Under the guidance of her Christian pastors, she entertained herself, besides, with such humane achievements as sentencing a youth to have his hands cut off, his tongue torn out with pincers, and his body burned alive, because he had not kneeled down in the rain to do honour to a dirty procession of monks which passed within his view, at a distance of some fifty or sixty yards. It is likely enough that, rooted in the woods of France and Norway, there were growing trees, when that sufferer was put to death, already marked by the Woodman, Fate, to come down and be sawn into boards, to make a certain movable framework with a sack and a knife in it, terrible in history. It is likely enough that in the rough outhouses of some tillers of the heavy lands adjacent to Paris, there were sheltered from the weather that very day, rude carts, bespattered with rustic mire, snuffled about by pigs, and roosted in by poultry, which the Farmer, Death, had already set apart to be his tumbrils of the Revolution. But, that Woodman and that Farmer, though they work unceasingly, work silently, and no one heard them as they went about with muffled tread; the rather, forasmuch as to entertain any suspicion that they were awake, was to be atheistical and traitorous.

In England, there was scarcely an amount of order and protection to justify much national boasting. Daring burglaries by armed men, and highway robberies, took place in the capital itself every night; families were publicly cautioned not to go out of town without removing their furniture to upholsterers' warehouses for security; the highwayman in the dark was a City tradesman in the light, and, being recognised and challenged by his fellow-tradesman whom he stopped in his character of "the Captain," gallantly shot him through the head and rode away; the mail was waylaid by seven robbers, and the guard shot three dead, and then got shot dead himself by the other four, "in consequence of the failure of his ammunition:" after which the mail was robbed in peace; that magnificent potentate, the Lord Mayor of London, was made to stand and deliver on Turnham Green, by one highwayman, who despoiled the illustrious creature in sight of all his retinue; prisoners in London gaols fought battles with their turnkeys, and the majesty of the law fired blunderbusses in among them, loaded with rounds of shot and ball; thieves snipped off diamond crosses from the necks of noble lords at Court drawing-rooms; musketeers went into St. Giles's, to search for contraband goods, and the

• 주간지《일 년 내내》창간호 1면, 1859년 4월 30일.

보즈의 런던 스케치

Sketches by Boz

Illustrative of Every-Day Life,
and Every-Day People

Tyrconnel

SKETCHES BY " BOZ,"

ILLUSTRATIVE OF

EVERY-DAY LIFE,

AND

EVERY-DAY PEOPLE.

IN TWO VOLUMES.

VOL. I.

ILLUSTRATIONS BY GEORGE CRUIKSHANK.

LONDON:

JOHN MACRONE, ST. JAMES'S SQUARE.

MDCCCXXXVI.

- '보즈'는 찰스 디킨스가 초창기에 사용한 필명이다.

스코틀랜드야드

Scotland Yard

스코틀랜드야드는 템스강과 노섬벌랜드 저택의 정원 사이에 놓인 작은, 아주 작은 땅이다. 한쪽 끝은 노섬벌랜드 스트리트에, 다른 한쪽 끝은 화이트홀 지역[영국 정치와 행정의 중심지]에 맞닿아 있다. 수년 전 스트랜드에서 길을 잃은 한 시골 신사가 이곳을 우연히 발견했을 당시 이 지역에 정착해 살던 주민은 재단사 한 명, 술집 주인 한 명, 식당 주인 두 명, 그리고 과일 파이 제빵사 정도였다. 또한 힘세고 덩치 큰 남자 부류가 있었는데, 그들은 매일 아침 대여섯 시가 되면 규칙적으로 스코틀랜드야드의 부두로 나가 육중한 화차에 석탄을 실었다. 그 화차를 끌고 멀리 떨어진 외곽 지역으로 가서 그곳 주민에게 연료를 공급했다. 석탄이 다 떨어지면 석탄을 실으러 다시 돌아왔다. 이런 사업이 일 년 내내 이어졌다.

　　스코틀랜드야드 정착민의 생계는 이 원초적 장사꾼의 필요를 충족시키는 일에 달려 있었기에, 팔려고 내놓은 상품이나 그 물건을 파는 장소 모두 특별히 그들의 취향과 희망 사항에 부합하려는 인상이 아주 두드러졌다. 양복점 진열창에는 소인국 사람들이 착용할 법한 가죽 각반과 자그마한 작업복이 진열되었고 양쪽 문설주도 마침맞게 석탄 포대 모형으로 장식되었다. 식당 두 군데에서도 석탄 운반부들만 진정 그 진가를 알아줄 엄청나게 큰 소 관절과 속이 꽉 찬 고기 파이를 내걸었다. 과일 파이 제빵사는 밀가루와 고기 기름을 반죽해서 만든 하얀 덩어리에 분홍색을 얼룩덜룩 묻혀서 파이 속에 과일이 듬뿍 들었음을 표시한 뒤, 잘 문질러 닦은 창문 선반 위에 진열했다. 그러면 길을 가다가 그 앞에서 서성이는 남자들의 커다란 입에 침이 잔뜩 고였다.

　　하지만 스코틀랜드야드에서 으뜸가는 장소는 길모퉁이의 오래된 술집이었다. 굽도리널을 댄, 아주 예스럽고 어두컴컴한 방 안, 흰색 판에 검은 숫자가 붙어 있는 커다란 시계가 장식품으로 걸린 그 방 안에 건장한 석탄 운반부들이 앉아 바클리네서 가장 좋은 생맥주를 커다란 잔으로 들이켜고 담배 연기를 내뿜었다. 화관처럼 머리 위에 부옇게 걸린 담배 연기로 인해 방 안에는 짙은 먹구름이 드리웠다. 겨울밤이면 그곳에서 흘러나오는 그들의 목소리도 들을 수 있었다. 기운차게 다 같이 목청을 높이거나 유행가의 후렴구를 울부짖으면 그 소리가 강둑까지 뻗어나갔으니까. 더욱이 마지막 몇 대목은 어찌나 우렁차고 길게 이어졌는지 머리 위 천장이 덜덜 떨릴 정도였다.

또한 이곳에서 그들은 특허 받은 탄환 공장이 건설되기 전, 워털루 다리는 상상할 수도 없던 까마득한 옛날에 템스강이 어떠했는지, 그 옛날의 전설을 이야기하곤 했다. 그러면서 술집을 가득 메운 신세대 석탄 운반부에게 깊은 깨달음을 주기 위해 불길한 표정으로 고개를 절레절레 흔들며 이러다간 종국에 어떻게 될지 알 수 없다고들 했다. 재단사가 입에 문 파이프를 근엄하게 빼내며 말하기를, 종국에는 다 잘되기를 바라지만 과연 그렇게 될지 잘 모르겠고 이 상황을 어떻게 이해해야 할지 도통 분간이 안 된다고 했다. 반쯤 예언자적인 분위기가 풍기는 불가사의한 의견이라 그곳에 모인 사람들은 전적으로 동의하지 않을 수가 없었다. 그렇게 계속 술을 들이켜며 세상사를 궁금해하다 보면 시계가 밤 열

George Cruikshank

보즈의 런던 스케치

시를 알리고, 그때 재단사 아내가 남편을 부르러 오면 모여 있던 작은 무리는 뿔뿔이 흩어진다. 다음 날 저녁이면 같은 시간에 같은 장소에서 다시 만나 똑같은 이야기를 하고 똑같은 일을 하겠지만.

이즈음 강을 거슬러오는 너벅선이 막연한 소문을 실어 왔는데, 시장님이 오래된 런던 다리를 허물고 새로 다리를 놓겠다는 요지의 호언장담을 하는 것을 도시의 누군가가 들었다고 했다. 처음에는 전혀 근거 없는 허튼소리라고 다들 무시했다. 스코틀랜드야드 사람들 모두, 시장이 정말로 그런 음흉한 계획을 품었다면 런던탑에 한두 주 갇혔다가 대역죄로 처형당해 마땅하다고 믿었기 때문이다.

그런데 그런 이야기가 들려오는 일이 점점 더 잦아지고 더 그럴듯해지더니, 마침내 기존 다리의 아치형 교각 아래 몇 군데를 막고 새 다리를 놓을 준비가 시작되었다는 실질적인 정보가 최상급 월젠드탄炭을 가득 실은 너벅선에 실려 왔다. 잊지 못할 그 밤의 낡은 술집이 얼마나 흥분해서 들썩거리던지! 다들 경악과 불안으로 파리해진 옆 사람의 얼굴을 들여다보며 각자의 가슴속에 들어찬 정서가 그 얼굴에서 메아리치는 것을 확인했다. 그 자리에 있던 석탄 운반부 가운데 최고 연장자는 교각을 없애자마자 템스강의 강물이 다 빠져나가서 마른 배수로만 남게 되리라는 사실을 설명으로 입증해 보였다. 그러면 스코틀랜드야드의 사업인 석탄 너벅선은, 그 지역 사람들의 생존 조건인 너벅선은 어떻게 되겠는가? 재단사는 평소보다 더 현자연하는 태도로 고개를 가로저었고, 탁자 위의 나이프를 엄숙하게 가리키며 앞으로 어떤 일이 일어날지 두고 보라고 했다. 별 말을 하지는 않았다. 재단사가 말이다. 시장이 군중의 분노에 희생당하지 않는다면 자신으로서는 놀라울 거라고, 그 말만 했다.

그의 말대로 다들 기다렸다. 너벅선이 줄줄이 들어왔지만 시장이 암살당했다는 소식은 없었다. 초석이 놓였다. 국왕의 동생인 공작이 한 일이었다. 몇 년이 흘러갔고 국왕이 몸소 다리의 개통식을 열었다. 그 사이에 교각들은 다 제거되었다. 그다음 날 아침, 신발에 물 한 방울 안 묻히고 페들러스 에이커[1]를 건널 수 있으리라 굳게 믿으며 스코틀랜드야드 주민들이 자리에서 일어났을 때, 이루 말할 수 없이 놀랍게도 강물은 전날과 똑같

---

1 Pedlar's Acre. 오늘날 템스강의 워털루교와 웨스트민스터교 사이에 있던 1에이커의 작은 땅. 스와팜에서 온 행상 페들러가 기증한 땅이라는 민간 설화가 있다.

보즈의 런던 스케치

이 흐르고 있었다.

　이 첫 번째 개량에서 그들이 예상했던 바와 너무나 다른 결과는 스코틀랜드야드 주민들에게 지대한 영향을 끼쳤다. 식당 한 곳은 여론에 편승하여 새로운 계층 안에서 고객을 찾기 시작했다. 자그마한 식탁에 흰 식탁보를 깔고, 화가의 도제를 불러 열두 시부터 두 시까지 뜨거운 관절 요리를 제공한다는 광고를 식당 유리창 하나에 그려달라고 했다. 개량의 발걸음은 성큼성큼 빠르게 이어져 스코틀랜드야드 코앞에 이르렀다. 헝거포드에 새 시장이 열렸고 화이트홀에 경찰청이 들어섰다. 스코틀랜드야드의 교통량이 증가했다. 하원에 새로이 의원이 추가되었고 메트로폴리탄 지역구 의원들은 스코틀랜드야드를 통과하는 길이 지름길이라는 사실을 알았다. 다른 많은 보행자들도 그 선례를 따랐다.

　다들 문명의 진보를 알아챘고 한숨을 쉬며 지켜보았다. 식탁보 혁신을 대담하게 거부했던 식당 주인은 경쟁자가 번창하는 사이 점점 형편이 나빠졌고, 둘 사이에 지독한 원한이 생겨났다. 점잖은 계층은 이제 저녁나절에 스코틀랜드야드에서 맥주 한잔을 들이켜는 대신 팔러먼트 스트리트의 '바'에서 물 탄 진을 마셨다. 과일 파이 제빵사는 여전히 옛 술집을 찾았지만, 이제는 시가를 피우면서 자신을 페이스트리 제빵사라 칭했고, 안 읽던 신문을 읽기 시작했다. 예전 석탄 운반부들도 여전히 고릿적 난롯가 주변에 모여 앉았지만 대화의 분위기는 늘 비통했다. 시끌벅적한 노랫소리와 유쾌한 고성은 더는 들리지 않았다.

그래서 지금 스코틀랜드야드는 어떠한가? 예전 관습이 얼마나 변하고, 주민들의 오랜 순박함이 얼마나 사라졌는지! 비틀거리던 예전 술집은 천장이 높고 널찍한 '와인 돔'으로 바뀌었다. 외벽을 장식하는 글자에 금박을 박아 넣고, 특정한 맥주를 마시면 난간을 꽉 붙잡아야 한다고 주의를 주기 위해 시인의 화술이 동원되었다. 양복점 진열창에는 실크 단추가 달리고 깃과 소매 끝단이 모피로 장식되어서 이국적으로 보이는 갈색 프록코트 모형이 내걸렸다. 재단사 자신은 겉자락에 길게 줄무늬를 넣은 바지를 입었다. 그와 같은 복장을 하고 창턱에 앉아 있는 조수(이젠 조수도 두고 있다)도 볼 수 있었다.

한 제화공은 늘어선 집들의 반대쪽 끝 벽돌집 2층을 새로 단장한 뒤 들어앉았다. 몇 년 전만 해도 원주민들은 듣도 보도 못한 장화(진짜 웰링턴 부츠)를 진열해놓고 팔았다. 일전에는 같은 거리 중간에 양복점이 또 하

보즈의 런던 스케치

나 문을 열었다. 변화의 물결이 제아무리 거세도 이제 더 달라질 것은 없겠거니 생각할 즈음 보석상이 등장했다. 금반지와 구리 팔찌를 한가득 늘어놓는 것으로도 모자라 '귀 뚫어드립니다'라는 안내문을 창문에 붙였고 그것은 아직도 붙어 있다. 여성복 재봉사가 고용한 젊은 여성은 주머니 달린 앞치마를 입고 있다. 그리고 양복 재단사는 입던 옷을 가져오면 수선해준다고 고객들에게 널리 알렸다.

이런 모든 변화와 혁신과 들썩거림 속에서도 이 오래된 장소의 몰락을 슬퍼하는 듯한 노인이 단 한 사람 남아 있다. 그는 어떤 인간과도 말을 섞지 않고, 화이트홀 앞의 건널목을 바라보는 벽면에 놓인 벤치에 앉아 잘 먹인 매끈한 개들이 깡충거리며 뛰어다니는 모습을 말없이 바라본다. 그는 스코틀랜드야드를 주재하는 천재이다. 그는 지난 수년의 세월을 직접 겪었다. 날이 좋으나 궂으나, 덥거나 춥거나, 습하거나 건조하거나, 비가 오나 눈이 오나 우박이 떨어지나 늘 같은 자리에 있다. 그의 표정에는 빈궁함이 그려져 있다. 늙어서 허리가 굽고 오랜 고난으로 머리칼은 백발이 되었지만 매일매일 과거를 곱씹으며 그 자리에 앉아 있다. 그리고 스코틀랜드야드를 향한 눈, 세상을 향한 눈이 영원히 감길 때까지 힘없는 다리를 끌며 계속 그곳에 올 것이다.

몇 년 뒤 이 당시 세상을 뒤흔들었던 갈등과 열정의 곰팡내 나는 기록을 들여다보던 다음 세대의 골동품 연구자가 지금까지 적어 내려간 이 글을 훑어보게 될지도 모르겠다. 그런데 과거 역사와 옛 문자로 쓰인 전통에 대한 그 모든 지식으로도, 서적 수집의 기술과 장수長壽에 대한 무미건조한 연구와 거금을 들인 먼지투성이 책으로도, 스코틀랜드야드가 어떻게 되었는지, 스코틀랜드야드를 묘사하는 이 글에서 언급된 지형지물들은 어떻게 되었는지를 알아내는 데는 큰 도움이 되지 않을지도 모르겠다.

전당포

The Pawnbroker's Shop

빈곤과 고통이 어린 장소는 불행히도 런던 거리에 쌔고
쌨지만, 그런 장소 중에서도 전당포만큼 두드러진 광
경을 내보이는 곳은 또 없을 것이다. 전당포라는 곳은
그 본성과 특성상, 방탕하게 살거나 불행이 닥쳐서 그
곳이 제공하는 일시적 구호를 찾을 수밖에 없게 된 불
운한 존재가 아니라면 잘 알지 못한다. 언뜻 보면 전혀
매력적이지 않을 주제이더라도 어쨌든 이 장소를 한번
살펴보려 하는데, 이 지면에 담긴 내용에 한해서는 아
무리 까다로운 독자라도 혐오감을 가질 만한 내용은
전혀 없었으면 하는 바람이다.

　　아주 상급 부류의 전당포도 얼마간은 있다. 무엇이

나 다 그렇듯이 전당포에도 등급이 있고, 빈곤에도 따라야 할 구분이 있는 것이다. 스페인 귀족의 외투와 평민의 거친 셔츠, 은제 포크와 인두, 모슬린 크라바트[넥타이처럼 매는 남성용 스카프]와 벨처 네커치프[점무늬가 있는 얇은 천으로 만든 목도리]는 서로 잘 어울리지 못한다. 따라서 좀 나은 물건을 취급하는 전당업자는 자신을 은 세공인이라 칭하며, 보기 좋은 장신구나 비싼 보석류로 점포를 장식한다. 반면에 그보다 좀 못한 전당업자는 사람들의 눈길을 끌려고 현란한 광고를 내건다. 우리가 살펴보고자 하는 곳은 후자이다. 한 곳을 선정해서 이제 자세히 묘사해보겠다.

이 전당포는 드루리레인 근처, 막다른 골목의 한 모퉁이에 자리 잡고 있다. 행인의 눈에 띄거나 거리에서 누군가 자신을 우연히 알아보는 일을 피하고 싶은 손님의 편의를 위해 옆문이 달려 있다. 층고가 낮고 더러워 보이는 먼지투성이 점포인데, 미심쩍게도 출입문이 늘 조금 열려 있다. 그래서 주저하며 찾아온 사람은 들어가고 싶은 마음과 질겁해 도망가고 싶은 마음이 반반이 되는데, 이런 곳에 처음 온 사람이라면 마치 구입할 마음이 있는 양 진열장의 낡은 석류석 브로치를 짐짓 열심히 들여다본다. 그러다가 보는 사람이 아무도 없는지 조심스레 주위를 둘러본 뒤 서둘러 슬며시 들어간다. 그가 들어가고 나면 문은 저절로 닫혔다가 다시 약간 열린 상태로 돌아간다. 가게 전면과 창틀을 잘 보면 예전에 분명 페인트칠을 했던 것으로 보이는 자국이 있다. 원래 어떤 색을 칠했는지, 언제 칠했는지, 그런 질문을 던질 수야 있겠지만 세월이 한참 흐른 지금에 와서 그 대답을 얻을 수는 없다. 밤이면 푸른 바탕에 빨간 공 세 개가 나타나는 앞 출입문의 투명 유리창에도 한때는 구불거리는 우아한 글씨체로 '접시, 보석, 의복을 비롯한 모든 종류의 소유물을 담보로 돈 빌려드림'이라는 글씨가 적혀 있었지만, 여전히 남아서 그 사실을 증언하는 것이라고는 알아보기 힘든 상형문자 같은 글자 몇 개뿐이다. 진열창에 잔뜩 늘어놓은 품목 가운데 접시나 보석 같은 값나가는 물건이 없는 것으로 보아 그 문구와 더불어 접시와 보석도 사라진 모양이다. 낡은 도자기 잔 몇 개, 스페인 기병 세 명이 세 대의 스페인 기타를 연주하는 시시한 그림이나 술 마시며 흥청거리는 농부(전혀 거리낌 없고 신이 난 상태를 표현하느라 다들 한 다리를 공중에 쳐든 힘든 자세를 하고 있다)의 모습으로 장식된 현대식 꽃병 몇 개, 체스 말 몇 세트, 플루트 두세 대, 바이올린 몇 대, 아주 어둑한 배경에 깜짝 놀란 듯 동그래진 눈으로 바라보는 인물이 그려진 초상화 한 점, 요란한 표지로 제본한 기도서와 성경책 몇 권, 퍼거슨[1]이 처음 만든 시계만큼이나 커다랗고 어설픈, 두 줄로 늘어선 은 손목시계들, 여섯 개씩 부채처럼 펼쳐서 진열해놓은, 크고 작은 수많은 구식 스푼들, 크고 넓적한 도금 조임쇠가 달린 산호 목걸이, 브리티시 박물관에 전시된 곤충처럼 따로 묶어서 이름표를 붙인 반지와 브로치들, 프리메이슨의 별 문양이 있는 싸구려 은제 펜 꽂이와 담뱃갑. 보석과 장신구 구역의 물건 목록은 이러하다. 그런가 하면 얼룩덜룩 진드기 자국이 가득한 침대 대여섯 개, 줄줄이 걸어놓은 담요와 침대보, 실크 손수건과 면 손수건, 온갖 부류의 의복도 있어서, 판매용 물품들 가운데 장식적 특성은 덜하지만 더 실용적인 부분을 차지하고 있다. 수량도 많고 종류도 다양한, 대패와 끌과 톱을 비롯한 여러 목공용 연장들, 꼭 찾아가겠다고 맹세해놓고 결국 찾아가지 못한 그 물건이 그림의 전경을 이룬다면, 그와 밀접한 보조적 존재로는 위층의 더러운 여닫이창을 통해 흐릿하게 보이는, 딱지 붙은 꾸러미들이 가득한 커다란 선

---

1 제임스 퍼거슨James Ferguson. *18*세기 천문학자. 가난한 스코틀랜드 집안에서 태어나 독학으로 천문학과 역학을 공부하여 여러 저작을 쓰고 영국왕립협회 회원이 되었다.

반들, 그리고 다 쓰러져가는 형편없는 집들이 주변으로 제멋대로 뻗어가는 지저분한 동네가 있다. 창문마다 더럽고 병색이 완연한 얼굴 한둘이 쑥 나와 있고, 당장이라도 행인의 머리 위로 떨어질 듯 흔들거리는 난간마다 낡은 붉은 냄비와 제대로 자라지 못하는 화분들이 위협적으로 놓여 있고, 남자들은 막다른 골목 모퉁이의 홍예문 아래나 그 옆 건물의 술집 근처에서 어슬렁거리며 시끄럽게 떠들고 그 부인들은 내다 팔 값싼 채소가 담긴 바구니를 어깨에 메고 갓돌 위에 서서 인내심 있게 기다린다.

전당포의 외관이 투기적 성향을 지닌 행인의 관심을 끌거나 흥미를 일으킬 요량으로 꾸며져 있다면 실내역시 같은 효과를 노리되 강도는 더하다. 앞서 묘사한 앞문을 열면 일반 상점이 나타나는데, 이런 광경을 일상적으로 접해서 궁핍한 처지의 동료들이 눈에 띄지도 않을 만큼 무감해진 모든 고객들이 드나드는 곳이다. 옆문을 열면 작은 통로가 나오고 거기서 대여섯 개의 문(아마 안쪽에서 걸쇠로 잠글 수 있을 것이다)을 통해 대여섯개의 좁은 굴이나 밀실로 이어진다. 이는 모두 카운터를 마주보고 있다. 소심하고 점잖은 무리일수록 이곳에서는 다른 사람 눈에 띄지 않으려 몸을 숨기고, 다이아몬드 반지를 끼고 은줄이 이중으로 달린 회중시계를 찬 채 카운터 뒤에 앉은 검은 곱슬머리의 신사가 자신들을 알아차려 줄 때까지 끈기 있게 기다린다. 마침내 성과를 거둘지 어떨지는 그 신사의 당시 기분에 상당히 좌우된다.

내가 들어서니, 우아하게 옷을 차려입은 그 인물은 막 작성한 사본을 두꺼운 장부에 적어 넣는 중이다. 그는 이따금 하던 일을 멈추고 약간 떨어져 앉아 같은 일을 하는 다른 젊은이와 대화를 나누곤 한다. '간밤에 마지막으로 마신 그 탄산수'라든가 '그 젊은 여자가 우리 테이블에 술을 갖다 줄 때마다 그 녀석이 얼마나 내 모자를 움켜쥐고 안절부절못하던지' 같은 식의 이야기는 은밀하게 즐긴 간밤의 재미에서 이어지는 내용인 듯하다. 하지만 그곳을 찾은 고객들 대부분은 그런 재미를 함께 즐기지는 못하는 것 같다. 누렇게 뜬 얼굴에 작은 꾸러미를 품에 안은 한 노파가 양팔을 카운터에 올리고 몸을 앞으로 내민 채 반 시간을 기다린 끝에 둘의 대화를 끊으며 보석으로 치장한 사원에게 불쑥 이렇게 말했으니 말이다. "자, 헨리 씨, 제발 빨리 좀 처리해줘요. 손주 둘을 집에 가둬두고 나왔는데 불이라도 날까 봐 걱정이라우." 그러자 그 사원은 딴 생각에 정신이 팔린 태도로 고개를 아주 약간 드는가 싶더니 글씨를 새겨 넣기

보즈의 런던 스케치

전당포

라도 하듯이 아주 공들여 다시 장부에 뭔가를 적어 넣기 시작한다. 그나마 관심을 보인다는 것이, 오 분가량 지나 "오늘 저녁에 급한 일이 있으시다고요, 테썸 부인?" 이렇게 한마디 건넸을 뿐이다. "그래요, 헨리 씨. 자, 날 좀 봐줘서 내 물건을 다음으로 처리해줘요. 귀찮게 하려는 게 아니라 손주들이 계속 신경이 쓰여서 그런다우." "들고 온 게 뭔데요?" 꾸러미를 풀며 직원이 묻는다. "맨날 들고 오는 코르셋이나 페티코트 같은 거 아녜요? 뭔가 다른 걸 찾아봐야 해요. 그런 걸로는 이제 돈을 빌려줄 수가 없다고요. 일주일에 세 번씩 넣었다 뺐다 한 것만으로도 이젠 완전히 나달거리겠구만." "아이구, 까다로운 양반." 의무적인 반응처럼 노파가 과하게 웃으며 대답한다. "나도 당신처럼 말을 잘하면 얼마나 좋을까나. 아니, 아니야, 이번엔 페티코트가 아니에요. 아이 옷이랑, 내 남편이 가지고 있던 아름다운 실크 손수건이라우. 그이 팔이 부러진 바로 그날 *4*실링이나 주고 샀다지." "그래서 얼마를 원하는데요?" 십중팔구 한두 번 본 게 아닐 그 물건을 흘낏 보며 헨리 씨가 묻는다. "얼마를 원해요?" "*18*펜스." "*9*펜스 줄게요." "오, 좀 더 써서 *1*실링[당시 *1*실링은 *12*펜스]으로 해줘. 지금 되남?" "단 한 푼도 더 못 줘요." "그럼, 할 수 없지." 그가 두 장을 작성해서 하나는 꾸러미에 핀으로 꽂고 다른 하나는 노파에게 건넨다. 그 꾸러미가 아무렇게나 구석에 처박히자 또 다른 손님이 자기 물건도 당장 봐달라고 부탁한다.

다음 순서는 스코틀랜드인으로 보이는, 면도도 안 한 지저분한 젊은이다. 어정쩡하게 얹은 색 바랜 종이모자가 한쪽 눈을 가리고 있어서 가뜩이나 매력 없는 인상이 더 밉상스러워 보인다. 줄곧 퍼질러 앉아 지내는 인물인데, 십오 분 전에 잠깐 자리에서 일어나 막다른 골목에서 자기 아내를 신나게 발로 찬 자다. 그는 연장을 되찾으러 왔다. 아마 맡은 일을 끝내려면 필요한 연장일 텐데, 얼마간의 보수를 먼저 받은 것으로 보인다. 불콰해진 얼굴과 비틀거리는 발걸음이 충분한 증거가 될 수 있다면 말이다. 얼마간 가만히 순서를 기다리더니, 자기 존재를 알릴 셈으로 넝마를 걸친 아이에게 괜히 분통을 터트린다. 카운터 위로 얼굴을 내밀 수 있는 방법이 달리 없는 아이는 그 위로 기어 올라가 양 팔꿈치를 건 채로 매달려 있는데, 아무래도 불안정한 자세라 번번이 떨어져서 바로 옆에 서 있는 사람의 발가락을 밟기 일쑤였다. 불행한 아이가 이번에는 따귀를 대차게 맞아 문 쪽으로 비틀거리며 밀려난다. 그리고 따귀를 날린 인물은 즉시 그곳에 모인 사람들에게 분노의 대상이 된다.

"어린애를 왜 때리는 거야, 짐승 같은 놈아!" 인두 두 개가 담긴 작은 바구니를 든, 단정치 못한 차림새의 여자가 외친다. "걔가 네 아내라도 되는 줄 알아?" "참견하지 말고 꺼져!" 남자가 술에 취한 자의 멍청하고 사나운 표정으로 이렇게 대꾸하면서 동시에 주먹을 날리지만, 다행히도 여자를 맞히진 못한다. "참견하지 말고, 내가 납작하게 밟아줄 테니 가서 기다려!" "너나 납작해져라." 여자가 맞받아친다. "널 작살낼 수만 있다면 소원이 없겠다, 이 부랑자야. (큰 소리로) 오! 망할 부랑자 같으니라고! (더 크게) 네 부인이 어디 있는지 알아? (더 크게. 이 계층 여성들은 언제나 서로의 처지에 공감해서 갑자기 분기탱천한다) 개도 그렇게 심하게 부려먹지는 않겠다. 그런데 그런 불쌍한 네 아내를, 여자를 때려? 남자가 돼가지고? (새된 목소리가 쩌렁쩌렁 울린다) 널 끝장내면 좋겠어. 죽여버릴 거야. 내가 죽는 한이 있더라도 죽여버리고 말 거라고!" "말조심해!" 남자가 사납게 맞받는다. "너나 말조심해!" 여자가 경멸 섞인 투로 내뱉는다. "망측스럽지 않아요?" 여자가 몸을 돌리더니, 앞서 묘사했던 작은 밀실 중 한 곳에서 내다보는 노파에게 호소하듯 묻는다. 안전하게 들어앉아 있다는 편안한 확신이 있는 노파도 공격에 가담하는 데 이의가 없다. "망측스

보즈의 런던 스케치

럽지 않아요? (뭐가 망측스러운지 정확히 모르면서도 "끔찍해!"라며 노파가 말을 얹는다) 저자한테 아내가 있는데요, 때리면 때리는 대로 맞고 살면서도 젊은 사람이 얼마나 근면하고 바지런한지 모르는데, (말이 아주 빨라진다) 우리 집 뒤편에 살거든요, 저랑 남편은 앞쪽에 살고, (말이 엄청나게 빨라진다) 근데 저자가 술에 취해 집에 오면 이따금 여자를 때린다고요, 밤새도록 때리는데, 여자만 때리는 게 아니라 여자를 더 비참하게 만들려고 아이들까지 때린다고요, 으윽, 짐승 같은 놈! 그런데 불쌍한 그 여자는 욕도 안 하고 아무것도 안 해요, 저 망할 놈을 좋아하니까요, 그러니 더 사나운 팔자죠!" 여자가 숨이 턱까지 차서 말을 끊자, 회색 실내복을 입고 카운터 뒤에서 막 모습을 드러낸 전당포 주인이 그 틈을 놓치지 않고 끼어든다. "내 가게 안에서 이런 일은 용납 못 해!" 그러고는 잔뜩 권위를 세우며 덧붙인다. "맥킨 부인, 당신 일이나 신경 써요. 안 그러면 그 인두로 4펜스도 못 받을 테니. 그리고 진킨스, 자네는 딱지는 여기 두고, 가서 술이나 깨게. 자네가 내 가게에 발 들여놓는 건 내가 앞으로 용납하지 않을 테니까, 자네 대패 두 개는 안사람더러 와서 가져가라고 해. 내가 무슨 수를 쓰기 전에, 여기엔 알아서 얼씬도 하지 말라고."

상당한 달변이지만 기대한 효과는 누리지 못한다. 여자들은 한목소리로 아우성을 치고 남자는 사방으로 주먹을 휘두른다. 그곳에서 아예 공짜로 밤을 지새우겠다고 나설 참인데, 그때 그의 아내가 들어오자 비겁한 그의 분노는 좀 더 안전한 쪽으로 방향을 튼다. 폐결핵 마지막 단계처럼 보이는, 지쳐빠진 가련한 인물인 아내는, 최근에 학대를 당한 자국이 여전히 얼굴에 선명하고, 품속에 있는 병약하고 마른 아기의 무게(아마 무척 가벼울 텐데도!)조차 감당할 수 없을 것처럼 보인다. "집으로 가요, 여보." 비참한 여인이 애원하듯 외친다. "제발 집으로 가요. 자자, 집에 가서 누워요." "너나 집에 가!" 화가 머리끝까지 난 망나니가 외친다. "제발 조용히 집으로 가요." 눈물을 쏟으며 아내가 되풀이한다. "너나 집에 가라고!" 남자가 그렇게 외치며 동시에 주먹을 휘두르는 바람에 가여운 여인은 문밖으로 나동그라진다. 그녀의 '법적 보호자'는 막다른 골목까지 그 뒤를 쫓아가며, 여자를 패서 앞으로 나동그라지게 하는가 하면 가뜩이나 불행한 아기의 빈약한 파란색 모자를 쥐어박으며 분통을 터뜨리고, 그러자 그보다 더 빈약하고 파리한 아기의 얼굴이 덮인다.

두 개의 가스등에서 멀찌감치 떨어져서 전당포에

서 가장 어둡고 가장 눈에 띄지 않는 구석인 마지막 방에는 스무 살쯤 되어 보이는 젊고 여린 여성과 나이 지긋한 여성이 함께 있다. 둘이 닮은 것으로 보아 모녀지간인 듯한데, 모친으로 보이는 인물은 마치 직원의 눈에 띄는 일조차 싫은 듯 약간 뒤편에 서 있다. 이들이 전당포를 찾은 것이 이번이 처음은 아닌 것이, 관행적인 질문에 전혀 주저 없이 대답할 뿐 아니라, 이름은 뭐라고 적을까요? 당연히 본인 소유물이죠? 어디 사시죠? 가정부인가요, 세를 사는 건가요? 등등의 질문을 던지는 쪽도 평소보다 목소리를 낮춘 공손한 투이기 때문이다. 그들 역시 그가 처음 제시하려는 액수보다 높은 액수를 원한다. 전당포를 생판 모르는 이라면 그런 일을 하려 하지는 않을 것이다. 모친으로 보이는 여성은 가진 능력을 최대한 발휘해서 그 금액을 받아보라고, 가져온 물품의 가치를 상세히 설명해서 액수를 높여보라고 들릴락 말락 한 목소리로 속삭이며 딸을 종용한다. 그 물품은 자그마한 금목걸이와 '기억' 반지다. 둘 다 모친에게는 너무 작아 보이니 딸의 물건일 것이다. 지금보다 좋은 시절에 받았고, 아마 준 사람을 생각해서 한때는 소중히 간직했지만 이제는 큰 고민 없이 내놓을 수 있는 물건. 모친은 궁핍하게 살면서 무감해졌고 그런 모습을 보며 딸도 무감해졌기 때문에, 그리고 돈이 없어서 함께 겪어야 했던 빈궁함의 기억(오랜 친구들이 내보인 냉담함이나 몇몇의 단호한 거절도 그랬지만 그보다 더 신경에 거슬리는 다른 이들의 동정)도 있는 데다 이제 돈이 생기리라는 기대에 부풀어, 예전이라면 이런 상황에서 그들을 괴롭혔을 굴욕감도 지금은 전혀 의식되지 않는 모양이다.

그다음 방에는 젊은 여성이 있다. 참담하도록 빈궁하지만 극히 요란한 차림새, 전혀 추위를 막아주지 못하지만 호사스럽게 세련된 차림새가 그 지위를 아주 뚜렷이 알려준다. 빛바랜 장식이 달린 사치스러운 공단 드레스와 낡아빠진 얇은 신발, 분홍색 실크 스타킹, 겨울철에 어울리지 않는 여름 모자, 볼연지를 발랐지만 오히려 다 탕진되어 이제 되찾을 수 없는 황폐한 건강과 다시 얻을 수 없는 상실된 행복만 더 도드라질 뿐인 볼이 푹 꺼진 얼굴, 억지스러운 미소가 궁핍한 마음의 참담한 조롱과도 같은 그 얼굴이 나타내는 바는 영락없다. 옆자리에 앉은 젊은 여성이 언뜻 보인 순간, 그녀가 내미는 작고 값싼 장신구가 눈에 들어온 순간, 그 순간의 어떤 면이 이 여성의 내면에 잠들어 있던 모종의 기억을 깨워일으켰는지 잠깐 그녀의 몸가짐이 돌변한다. 그녀가 곧바로 내보인 충동적 행동은 반쯤 가린 옆자리 인물의 외양을 좀 더 자세히 살피려는 듯 몸을 앞으로 내민 것이었는데, 옆자리 인물이 부지불식간에 몸을 움츠리자 그녀는 앉은 자리에서 뒤로 물러나 양손에 얼굴을 묻고 울음을 터뜨렸다.

누구나 마음속에 심금이 있어서, 오랜 세월 사악하고 타락한 삶을 사는 동안 깊이 잠들어 있다가도, 그 자체만으로는 사소해 보이지만 정확히 정의할 수 없는 불분명한 연관 관계를 통해 다시 돌이킬 수 없는 과거라든지 이 세상의 가장 타락한 존재도 절대 피할 수 없는 비통한 회상과 연결되는 사소한 상황을 맞으면 그 줄이 마침내 바르르 떨게 되는 모양이다.

그러는 내내 이곳에는 일반 상점에 있는 여성의 모습을 한 또 다른 구경꾼이 있었으니, 모자도 쓰지 않은 더럽고 단정치 못하면서 뻐기는 듯한, 천하디천한 인물이다. 그녀는 이곳에 모인 사람들을 슬쩍 보고 난 뒤 호기심이 일었고, 곧 주의 깊게 살피게 되었다. 반쯤 취한 듯 곁눈으로 보다가 관심이 솟은 표정으로 바뀌더니 한순간, 단지 한순간일 뿐이지만, 방금 설명한 것과 비슷한 감정이 뻗어나가 그 가슴속까지 닿은 듯했다.

당장이라도 이 여성들이 서로 자리바꿈을 할지 누가 알겠는가? 앞선 여성에게 남은 단계는 병원과 무덤,

단 둘뿐이다. 얼마나 많은 여성들이 지금 전당포에 있는 두 여성의 처지에 놓여 있고, 아마 앞선 여성도 한때 그랬을 것처럼 똑같이 비참한 방식으로 똑같이 비참한 과정을 마치고 말았겠는가! 한 사람은 이미 무시무시한 속력으로 그 길을 따라가고 있다. 다른 사람 역시 금방이라도 그 전철을 밟게 될 텐데! 수많은 여성들이 지금껏 그래왔듯이!

세 가지 표제로 본 일요일

Sunday Under Three Heads

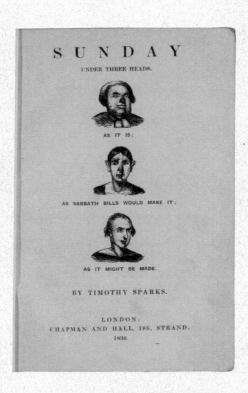

- *1836*년에 '티모시 스파크스Timothy Sparks'라는 가명으로 출판.

안식일 법안이 통과되면 이렇게 된다

As Sabbath Bills Would Make It

앤드류 애그뉴 경이 하원에 제출한 법안은 올해 *5월 18일*에 과반이 넘는 서른두 명의 반대로 제2독회[1] 요청이 그 하원에서 기각되었다. 그 법안에 담긴 조항은 저명한 지도자인 그 준남작께서 이끄는 광신도들이 과연 어디까지 갈 수 있는지를 시험할 좋은 근거이다. 이보다 공정한 시험은 있을 수 없다. 신중하게 숙고하고 오래도록 따져본 끝에 찾아냈다는 개선 방안을 제시하려는 조치인 그 법안이, 앞서 제안했다가 비슷한 운명에 처한 법안과 비교해서 더 낫기는커녕 그와 마찬가지로 가혹한 조

---

1   법률안을 소개하는 제*1*독회 이후 전반적 원칙을 토의하는 단계.

항들을 담고 있으면서도 그것을 최대한 가동한들 실제 운영은 부분적이라는 결론에 이른다면 결국 남작님과 그 친구들이 시달리는 질병이 도저히 치료할 수 없는 전연 가망 없는 병이라는 추론이 아주 합리적으로 도출될 수 있을 것이기 때문이다.

그 법안을 간단히 소개하자면 이러하다. 안식일에는 어떤 업무도 허용되지 않는다. 어길 시 엄중한 처벌을 받고 반복해서 어길 시엔 처벌이 계속 가중된다. 상점 문을 열어도 처벌, 술에 취해도 처벌, 공개적 유흥 장소가 문을 열어도 처벌, 대중 모임이나 집회에 참석해도 처벌, 마차를 빌려주거나 빌려도 처벌, 증기선을 타거나 승객을 실어 날라도 처벌, 일요일에 운행하는 선박도 처벌, 가축 소유자가 안식일에 가축을 타거나 몰아도 처벌, 법안에 따라 행동하지 않는 순경도 처벌, 순경이 집행하는 업무에 저항해도 처벌을 받는다. 이 사소한 사항에 덧붙여 순경은 임의적이고 번거로운 권력을 아주 광범위하게 갖게 된다. 그리고 이 모든 것이 "신의 신성한 의지에 따라 **진정하게 진심을 다해** 신을 받드는 일보다 더 신께서 용인할 만한 일이 없고, 안식일에 어떤 사회 계층이든 다른 계층의 편의나 즐거움, 혹은 있을 법한 이득을 위해 자신의 안락과 건강, 종교적 특권, 양심을 희생하는 일이 없도록 보호함으로써 안식일 준수를 증진하는 것이 의회가 꼭 해야 할 의무"라는, 독실함을 가장한 위선적 선언으로 시작하는 법안에 담긴 것이다! 순경을 동원해서 진정 도덕적 인간을 길러내고 처벌로 겁을 주어 진심으로 종교적인 인간을 길러내겠다는 이런 태도는 이 법안에 가득한 어마어마한 양의 가공할 불합리성을 구성해낸 정신이라면 충분히 할 만한 발상이다.

물론 하원은 그것을 기각했고, 그럼으로써 입법부의 터무니없이 어리석은 행동을 의회 기록에 남기는 망신스러운 상황을 수습(수습할 수 있는 만큼은)했다. 하지만 의회에서 논쟁을 벌이는 과정에서 얼마간의 관용과 배려를 찾아볼 수 있었는데, 의회 논의에서 흔치 않은 그런 배려는 딱히 요구되지도 않았고 필요하지도 않은 일이었다는 것이 내 생각이다. 앤드류 애그뉴 경이 은근슬쩍 그런 정책을 이 나라에 도입하려 시도한 것이 이번이 처음이었다면, 나약하고 우둔한 그의 성정을 생각해서 다들 마음이 약해지고 연민을 보인 것이 충분히 이해가 가고 인정해줄 만도 하다. 그러다 보면 그가 제안한 법안의 진짜 본질이 제대로 드러나지 않고, 그래서 자신의 훌륭한 동기를 직접 입증하겠다고 본인이 나서고 결국 그 법안의 어떤 부분도 채택할 수 없겠다며(그렇게 해보려 했지만) 의장이 유감을 표명할 수도 있을 것이다. 하지만 이런 일이 한두 번이 아니라서 앤드류 애그뉴 경이 회기 때마다 같은 시도를 거듭하는 마당에, 그리고 "재판 때마다 증거를 눈앞에 두고도 내보이는 뻔뻔스러움은 예의라고는 모르고, 명백한 부인否認도 신경 쓰지 않는다"[2]는 사실이 모든 의원에게 손에 잡힐 듯 생생한 마당에, 괜한 예의는 어울리지 않는다고 본다. 보통의 경우라면 당연히 예의를 차리는 게 좋겠지만, 전 국민의 자유와 평안이 위태로운 상황에서는 어울리지 않으므로 지금은 그와 그의 법안에 대해 마땅히 해야 할 말을 할 때이다.

우선 이 법안은 멍청한 실수이지만, 그 점이 이 법안이 지닌 최악의 면은 결코 아니다. 오히려 처음부터 끝까지 의도적인 잔혹함과 교활한 부당성으로 이루어져 있기 때문이다. 만약 이 나라가 전부 부자로만 이루어져 있다면 단 한 사람도 그 법안에서 일말의 영향을 받지 않을 것이다. 단 하나의 예외도 없이 전적으로 가난한 계층의 유흥과 오락을 겨냥하는 법안이기 때문이다.

---

2 18세기 영국 시인 리처드 새비지의 풍자시 〈한 성직자의 진전The Progress of a Divine〉에 나오는 구절.

그것은 가난한 계층의 고통과 힘겨운 삶을 이해하지 못해서 딱히 그들을 향해 공감을 보이지도 않는 일군의 사람들에게 애그뉴 경이 던진 미끼였다. 대중의 관심이 깨어나고 대중의 정서가 흔들려 그것을 막지 못한다면 어느새 사회 전반에 득세할 미끼인 것이다.

일요일에 누구도 일해서는 안 된다는 첫 번째 조항만 봐도 그렇다. "안식일에는 누구도 어떤 식의 노동이나 직업에 따른 일상 업무를 해서도 안 되고, 그런 일을 하도록 다른 사람을 부리거나 고용해서도 안 된다." 이 조항으로 영향을 받는 계층이 누구겠는가? 부자들? 그럴 리가. 집안 하인들은 특별히 이 법안의 적용에서 제외된다. '하인'은 가난한 사람들이다. 법안은 그들에게는 관심이 없다. 일요일에도 누군가는 남작님의 식사를 차려야 하고 주교님의 말을 손질해야 하고 귀족의 마차를 몰아야 한다. 그러니 하인들은 은총의 범위에서 완전히 소외되어 있다. 주인님의 성스러움을 통해 천국에 가지 않는 다음에야 말이다. 아마 그들에게는 그것조차 좀 불확실한 여권으로 여겨지겠지만.

일요일에 오락을 위한 장소를 열면 처벌을 받는다고 한다. 자, 그 법안이 통과되고, 그로 인해 여론이 들끓고 결국 다들 믿기 힘들어하는 상황(전혀 있을 법하지 않은 가정은 아니다)에 이르자 허가가 있는 주류 판매업자 대여섯 명이 그 법에 불복종하여 일요일 오후 내내 술집과 정원을 열어놓았다고 가정해보자. 일을 하거나 사람을 고용하는 행위, 물건을 사고파는 행위, 무엇이든 사고파는 상황을 만드는 행위는 무엇이든 각각 위법 행위가 된다. 이제 어떤 결과가 나오는지 보라. 부부와 아이들로 이루어진 한 가족이 찻집에 들어간다. 밀고자가 옆 건물에 자리를 잡고 앉아 그곳에서 벌어지는 일을 다 목격한다. "웨이터!" 남자 손님이 소리친다. "네." "최고급 에일 파인트로 하나!" "네." 웨이터가 바로 달려가 주인에게서 맥주를 받아온다. 밀고자가 공책에 적는다. 안식일에 웨이터를 부린 남자, 술을 가져다준 웨이터, 술을 판 주인에게 범칙금. 하지만 여기서 끝나지 않는다. 웨이터는 자기에게 범칙금이 쌓여간다는 사실을 전혀 상상하지 못한 채 맥주를 가져다주고 자리를 뜬다. "여기, 웨이터!" 남자가 외친다. "네." "아이에게 비스킷 하나 갖다줘요." "네." 웨이터는 다시 뛰어가고, 또 한 번 사람을 부리고 음식을 갖다주고 물건을 파는 행위가 이루어진다. 그렇게 무한정 이어질 텐데, 요지는 누군가가 일요일에 웨이터를 부르기만 해도 그때마다 *40실링* 이상, *100실링* 이하의 벌금을 물게 된다는 것이다. 그리고

세 가지 표제로 본 일요일

웨이터가 대답할 때마다 웨이터와 주인도 똑같은 액수의 벌금을 물게 된다. 그에 덧붙여 주인은 새롭게 책정된 창문세[3]도 내야 한다. 그러니까 안식일날 문을 닫아야 하는 시간에 문을 열었을 때, 첫 한 시간을 제외하고 그 이후로 시간당 20실링의 세금을 내야 한다.

딱 하나만 예외로 하면, 안식일 여행과 관련된 항목만큼 이 법안의 편파성과 법안 구상자의 의도를 확실히 예시하는 것은 이 법안을 통틀어 없을 것이다. 안식일에 사륜마차를 운행했을 때 그 소유주에게는 10파운드, 20파운드, 30파운드의 벌금이 무자비하게 부과된다. 안식일에 말이나 마차를 빌리거나 빌려준 사람에게는 1파운드, 2파운드, 10파운드의 벌금이 부과된다. 그런데 자기 말과 마차를 가지고 있어서 빌릴 필요가 없는 사람들에 대해서는 단 한 마디 언급이 없고, 개인이 고용한 마부와 하인에게 부과되는 벌금에 대해서도 단 한 마디가 없다. 그보다는 주중에 내내 먼지와 매연에 갇혀 있던 가난한 계층이 몇 시간이나마 거기서 벗어날 수 있는 수단인 대여용 접이식 지붕 소형 마차와

---

3   18~19세기에 영국과 아일랜드, 프랑스에서 부과했던 재산세로, 창문 수에 따라 세액이 결정되었다.

Sunday as Sabbath Bills would make it.

세 가지 표제로 본 일요일

소형 운반마차, 덜거덕거리는 전세마차 따위에 성인군자연하는 양심을 몽땅 들이붓고 있다. 그 사이 법에 반항하는 자들을 순경과 밀고자와 벌금에 맡겨둔 채 문장紋章이 새겨진 마차와 근사한 소형 마차는 돈 많은 주인님을 일요일 파티와 사적인 성가극 공연으로 정신없이 실어 나를 텐데 말이다. 또한 이러이러한 공공 휴양지를 일요일에 방문하면 범죄 행위가 된다고 적힌 부분을 보면, 호사스러운 산책로에 해당될 항목은 하나도 없다. 대중 토론, 공청회, 대중 연설은 깐깐하게 따져 금지한다. 바로 그런 자리에서 대중은 세상 이치를 깨우쳐 편협함과 미신이 벌이는 최후의 발악을 비웃을 것이기 때문이다. 신문 가판대 앞에서 한 시간을 보낸 가난한 사람을 처벌하는 엄중한 규정은 있으면서, 부자들이 동물원에서 종일 한가로이 시간을 보내는 것을 막는 조항은 전혀 없다.

'어떤 동물로든' 안식일의 여행을 금지하는 네 단어짜리 규정이 있긴 한데, 바로 이어서 부자들에게는 그 규정의 적용을 면제해주므로 시늉만 하는 가짜 규정이라 할 만하다. 그러면서 배를 띄우기 좋은 바람이 부는 날씨일지라도 안식일에 어떤 선박이든 운행하는 일에 가담하거나 운행을 통솔하는 자에게는 50파운드 이상 100파운드 이하의 벌금이 주어진다. 다음에 다시 이 법안을 제출할 때는(틀림없이 다음 회기가 열리자마자 그렇게 될 테니) 이 법안이 통과된 이후에는 안식일에 바람이 부는 것 자체를 불법으로 간주한다는 구절로 바꾸는 것이 아마 더 나을 것이다. 그러면 선박 소유주와 선장이 유혹에 시달리는 일은 없을 테니 말이다.

이제 '어류나 다른 야생동물'을 잡거나 죽이는 일을 금하는 앤드류 애그뉴 법안의 주요 제정 조항들(하나만 제외하고)과 모든 의회 법률에서 형식상 삽입하는 일반 조항들을 만나볼 때이다. 여기서 면제 조항에 주목했으면 한다.

면제 조항은 둘이다. 첫 번째는 하인들에게 휴식이란 휴식을 다 면제하고 가난한 사람들에게는 유흥이란 유흥을 다 면제한다. 우유 배달원이 오전 아홉 시 이후에 일하는 것을 금하고 식당도 오후에 단 두 시간만 영업을 할 수 있다. 의료 종사자는 일요일에도 마차 이용을 허용하고 성직자는 자신의 마차를 이용할 수도 있고 빌릴 수도 있다.

두 번째는 교묘하고 교활한 데다 뭔가 꿍꿍이가 있다. 부자들이 덫에 걸리지 않도록 예방하면서 동시에 사회 전체의 이해를 꼼꼼하고 자상하게 배려하는 시능을 하는 것이다. 주장하는 바는 이러하다. "이 법안에 담긴 어떤 내용도 종교와 자선과 관련된 일이나 필수적인 일에 영향을 끼치지 않는다."

이 문구에서 '필수적'이란 무슨 뜻일까? 한마디로 이것이다. 부자들은 주위에서 끌어 모은 온갖 사치를 요일에 상관없이 마음대로 이용할 수 있다는 것. 습관과 관례를 통해 그것이 그들의 편안한 존재 방식에 '필수적'인 것이 되었으니까. 하지만 자신과 가족이 소소한 즐거움을 누리기 위해 열심히 돈을 모은 가난한 사람들은 그 기회를 가끔조차도 누릴 수 없다. 왜냐하면 그것은 그들에게 '필수적'인 일은 아니니까. 단연코 그들은 그런 즐거움도 없이 오랜 세월 살아가는 일이 비일비재하니 말이다. 까놓고 말하면 이런 이야기다. 주교와 귀족에게 마차와 말, 마부, 하인, 도우미, 사육사는 다른 요일에 그렇듯이 일요일에도 '필수적'이다. 그런데 전세 사륜마차나 빌린 이륜마차나 무개無蓋마차가 일요일에 노동자에게 '필수적'일 리가 없다. 다른 때는 없어도 잘 사니까. 저택에 사는 잘난 양반에게 진수성찬과 값비싼 포도주는 '필수적'이지만, 식당에서 사 먹는 고기 한 접시와 맥주 한 잔은 국민성을 타락시킨다는 것이다.

신의 뜻에 따라 신을 진심으로 섬기도록 장려하

고 모든 계층이 안식일에 각자의 건강과 안락을 희생하는 일이 없도록 보호하겠다는 취지의 법안이란 것이 이렇다. 정말로 실행될 경우 불합리할 뿐 아니라 부당할 사례를 들자면 한도 없을 것이다. 그러니 주요 조항들을 짚고 넘어간 것으로 충분하리라 본다. 그러면서도 나는 가능한 경우를 생각해내려고 괜히 상상력을 동원하는 일을 의도적으로 삼갔다. 내가 언급한 조항은 하원의 주문으로 법안에 인쇄된 그대로이므로, 어느 것 하나 부인할 수도 없고 대충 얼버무릴 수도 없을 것이다.

이런 법안이 실제 의회 양원에서 통과된다고 가정해보자. 국왕의 재가를 받고 시행에 들어간다고 가정해보자. 그때 런던 같은 대도시에서 어떤 결과가 나타날지 상상해보자.

일요일이 되면 전반적으로 침울하고 금욕적인 분위기가 시작된다. 일주일 내내 고된 노동에 시달린 남자의 경우 안식일을 기다려봐야 그것은 노동에서 벗어나 휴식과 건전한 오락을 즐길 날이 아니라 통탄할 폭정과 지독한 억압의 날에 불과하다. 창조주께서 은총으로 주신 날인데 인간은 그날을 저주로 바꿔놓았다. 느긋하게 시간을 즐길 환영할 날이 아니라, 모든 안락과 즐거움이 박탈되었다는 사실만 도드라진다. 그 남자에겐 자식이 여럿 있는데, 먹고살기 위해 다들 어린 나이에 사회로 나갔다. 종일 창고에서 일하는 자식은 휴식 시간이 너무 짧아 집에 올 수가 없고, 부두에서 일하는 다른 자식은 4~5마일을 걸어 일터에 가고 또 다른 하나는 심부름꾼이나 배달원으로 일하며 일주일에 몇 실링을 번다. 가장 역시 일터가 집에서 상당히 떨어져 있어서 아침 일찍 나가 밤늦게나 돌아온다. 일요일은 온 가족이 모여 화기애애하고 오붓하게 수수하고 맛있는 식사를 즐길 수 있는 유일한 날인데, 이제 그들은 축 처진 분위기로 차가운 음식 앞에 앉는다. 인간의 구원을 돕는다는 경건한 수호자들이 소중한 본인의 영혼의 안녕을 위해 빵집 문을 닫아버렸기 때문이다. 잘 먹고 잘사는 이 위선자들의 부엌 굴뚝에서는 벌건 불길이 활활 타오르고 맛좋은 음식에서 김이 잔뜩 피어오르며 집안 가득 맛있는 냄새가 감돈다. 저 계층 사람들에겐 요리할 장소가 없고, 있다 해도 그 비용을 댈 수 없다고 말한들 그들이 무슨 신경이나 쓸까?

교회 안을 들여다보자. 신도 수도 줄고 참석자도 별로 없다. 사람들은 시무룩하고 완고해졌고, 이레에 한 번꼴로 이런 날을 견디게 만든 종교에 대한 환멸은 점점 커져만 간다. 의회의 법안으로 대중의 신심을 돈독히 할 수 없고 그렇다고 순경을 동원해 교회로 끌고 올 수도 없을 테니, 사람들은 교회를 멀리하는 식으로 감정을 표현한다.

거리로 나가서 주변을 둘러보면 어디에나 뻣뻣한 우울감이 팽배한 것이 보인다. 거리는 텅 비고 교외를 나가도 아무도 없고 오락을 즐기는 장소는 문을 닫았다. 불만이 가득해 보이는 지저분한 남자들이 무리를 지어 거리 모퉁이에서 빈둥거리거나 양지에서 잠을 잔다. 단정하게 차려입은 서민들이 거리를 오가는 모습은 보이지 않는다. 그들이 걸어서 갈 만한 곳이 어디 있을까? 야외에 나가려면 적어도 한 시간은 걸릴 텐데, 가봐야 눈에 불을 켠 밀고자들 탓에 벌금을 물지 않고는 먹을 것을 구할 수도 없다. 이따금 사륜마차가 한가로이 굴러가거나 말에 올라앉은 사람이 제복 입은 수행원들을 거느리고 타닥타닥 지나간다. 그것들을 빼면, 마치 전염병이 도는 도시처럼 어디나 우울하고 적막하다.

방향을 돌려 집이 빽빽하게 들어선 좁은 골목으로 들어가면, 문간에서 어슬렁거리거나 창가에 축 늘어진 남녀가 보인다. 사람들이 들어찬 방 안의 갑갑함, 하수도와 개집에서 솟아오르는 역겨운 냄새를 주의깊게 잘 살펴보라. 그러고도 맑은 하늘 아래에서 상쾌한 공기를 마시며 먹고 마시는 일을 범죄 취급하여 저들이 이런 진창 속에서 꾸역꾸역 살아가도록 만든 종교와 도덕의 승리를 찬미할 수 있을지. 여기저기 반쯤 열린 창문마다 술 취해 흥청거리며 떠드는 요란한 소리가 튀어나와 귀에 박히고 사방에서 욕하고 싸우는 소리(갑갑하고 열 오른 분위기에서 생겨난 결과)가 들린다. 남자들이 뛰어나가 거리 위를 몰려가는 군중에 합류하는 것을 보라. 점점 가까워질수록 얼마나 요란하게 증오가 표출되는 보라. 가증스럽게 일요일에 물품을 펼쳐놓았다며 몇몇 순경이 가련한 지팡이장수의 물건을 압수하자 지팡이장수가 물건을 돌려달라며 뒤를 따라가고 있었는데, 그 주변으로 군중이 모이기 시작한다. 말싸움이 점점 더 사납고 격해지더니 결국 몇 명이 분을 못 참고 뛰어나와 순경이 든 물건을 빼앗아 지팡이장수에게 돌려준다. 전면적인 충돌이 벌어진다. 순경이 몽둥이를 사방팔방 마구 휘두른다. 새로이 지원 병력이 오고, 피를 흘리는 폭행범 대여섯 명이 발버둥을 치고 욕을 하면서 파출소로 끌려간다. 다음 날 아침 그 사건은 경찰서로 이첩되고 양쪽에서 엄청난 위증이 이루어진 뒤 폭행범들은 경관에 맞선 죄로 형무소로 가고 그 가족들은 굶어 죽지 않도록 구빈원으로 보내진다. 기독교 안식일을 위한 신성한 강제 집행의 영광스러운 전리품으로 그와 그의 가족이 각각 그곳에서 몇 달 동안 지낸다. 이런 광경에 덧붙여, 월요일만 되면 전날의 제약을 보상하려는 마음에 방탕과 게으름과 만취와 악행이 그 누구도 예견하지 못할만큼 만연하게 될 것이다. 이런 안식일 법안을 대중에게 강제로 적용하는 일이 실제로 가능하다고 가정하고, 거기서 어떤 종교적 효과가 생겨날지 떠올리려 해봐야 아주 막연하고 불완전한 그림밖에 떠오르지 않는다.

광신주의의 대의명분을 옹호하는 자들이여, 본인의 노력에서 어떤 결과가 생겨날지 잘 따져보기 바란다. 집요하게 밀고 나가면 의회에서 뜻을 이룰 수야 있겠지만, 과연 국민들 사이에서도 성공할 수 있을지 그 가능성을 신중히 따져보기 바란다. 한동안은 그런 정치적 양보를 부인할 수 있고 국민도 참을성 있게 견딜 수는 있다. 하지만 모든 이의 안락한 난롯가의 급소를 찌르고 모두의 자유를 함부로 건드린다면 한 주가 지나고 한 달이 지나 격한 감정이 들끓기 시작할 테고, 그것을 잠재우려면 국왕이 흔쾌히 왕좌에서 내려오고 귀족도 작위를 포기해야 할 것이다.

이런 조치를 옹호하는 자에게 그 동기는 존중한다거나 그런 일을 추진하게 된 심정은 존중한다는 입에 발린 말을 하는 것은 일종의 관례이다. 하지만 그들은 그런 대접을 받을 가치가 없다. 만약 아무것도 모르고 하는 거라면 그들은 부정직한 범죄자이다. 뻔히 알면서 하는 거라면 고의로 부당함을 저지르는 것이다. 어느 쪽이든 망신살은 종교가 뒤집어쓴다. 하지만 그들은 아무것도 모르고 그러는 것이 **아니다**. 공공 매체와 공인들이 그런 절차에서 생겨날 결과를 거듭 지적해왔기 때문이다. 그런데도 계속 밀고 나가겠다면 본인들이 알아서 모든 뒷감당을 해야 할 것이다.

동료 인간의 안락함에 그렇게 관심이 없고 그들이 원하고 필요로 하는 것에 대한 존중이 그렇게 부족하고 창조주의 은혜에 대해 그렇게 왜곡된 관념을 가진 사람이 어떤 동기에서 그런 일을 하겠다고 나서는 건지, 그런 질문을 할 수도 있다. 그에 대한 내 대답은, 자기보다 낮은 지위로 태어난 사람들의 행복하고 즐거운 모습을 거슬려 하는 무정하고 심술궂은 시기심, 자신이 신에게 아주 중요한 존재라는 옹졸한 자신감과 타인의 결점에 대한 오만한 평가, 기독교를 이 땅에 심은 분의 본보기에 반하고 기독교 정신과 어긋나는 자만, 이기적인 자만이다.

이 세상을 지옥으로 만들고 종교를 고문처럼 만

들려는 근엄하고 음울한 광신도라는 또 다른 계층을 덧붙일 수도 있겠다. 그들은 젊은 날을 방탕과 패륜으로 날려버린 뒤 중년도 되기 전에 악에 흠뻑 절어 다들 혐오스러운 질병처럼 자신을 피한다는 사실을 깨달은 자들이다. 세상에서 버림받아 의지가지없는 몸이 되자, 기억할 것이라고는 허송세월한 시간과 엉뚱한 곳에 쏟은 기운밖에 없게 되자, 그제야 하늘로 눈을 돌리는 자들 말이다. 눈만 돌렸을 뿐 생각이 따르지 않아, 자신들이 경험해본 적 없는 밝은 마음과 한 번도 누려본 적 없는 합당한 즐거움을 맹렬히 비난하면 옛 시절의 죄를 씻고 창조주에게 확고한 권리 주장을 할 수 있으리라(덜 세련된 시기에 수도원을 세우고 교회를 지었던 사람들처럼) 착각하여 불경한 믿음에 빠진 자들 말이다.

·

세 가지 표제로 본 일요일

미국 여행 노트

American Notes
for General Circulation

H Sepleton — PhD.

AMERICAN NOTES

FOR

GENERAL CIRCULATION.

———•———

BY CHARLES DICKENS.

IN TWO VOLUMES.

VOL. I.

LONDON:
CHAPMAN AND HALL, 186, STRAND
MDCCCXLII.

미국 철도, 로웰과 그 공장 시스템

An American Railroad.
Lowell and its Factory System

보스턴을 떠나기 전에 하루를 할애해서 로웰을 찾았는데, 그 일을 별도의 장으로 적으려 한다. 아주 길게 쓸 작정이어서가 아니라 나로서는 그 일이 독자적인 기억이 되었고 독자들에게도 그랬으면 하는 마음에서이다.

나는 그때 미국 기차를 처음으로 접해봤다. 미국 철도와 기차는 미국 어디에서나 엇비슷하므로 일반적인 특성을 쉽게 기술할 수 있겠다.

미국 기차에는 우리와 달리 일등칸과 이등칸의 구분이 없고, 대신 남녀 칸이 따로 있다. 둘의 주요한 차이는 남성 칸에서는 다들 담배를 피우고 여성 칸에서는 아무도 피우지 않는다는 것이다. 여행을 할 때 흑인과 백인이 함께 어울리는 법이 없으므로 흑인 칸도 있다. 거인국에서 걸리버를 집어넣어 바다에 띄웠던 궤처럼 크고 거칠고 어설프다. 엄청나게 덜커덩거리고 엄청나게 시끄럽고, 창문은 몇 개 안 되어 벽만 잔뜩 있고, 엔진 소리와 날카로운 소리와 기적 소리가 들린다.

열차간은 허름한 버스와 비슷한데 더 크다. 서른, 마흔, 쉰 명의 승객을 태운다. 좌석은 벽면으로 길게 놓여 있지 않고 가로로 놓여 있다. 한 좌석에 두 사람이 앉는다. 좌석이 양편에 줄지어 놓여 있고, 가운데에 좁은 통로가 있고, 양쪽 끝에 문이 있다. 기차 칸 중앙에는 대개 숯이나 무연탄(대체로 시뻘겋게 타고 있다)을 때는 난로가 있다. 견디기 힘들 만큼 갑갑하다. 허공에 뜨거운 기운이 넘실거려서, 어쩌다 시선이 닿은 물체와 나 사이로 유령 같은 연기가 떠다닌다.

여성 칸에는 부인들과 동행하는 신사들이 무척 많다. 동행 없이 혼자인 부인들도 무척 많다. 부인들은 미국 어디든 혼자 여행할 수 있고, 틀림없이 정중하고 사려 깊은 대접을 받으리라 기대한다. 승무원인지 집표원인지 경비원인지 뭔지 모르겠는 인물은 제복을 입고 있지 않다. 마음이 동하면 거리낌 없이 오락가락하거나 들락날락한다. 어쩌다 낯선 사람이 있으면 주머니에 손을

미국 여행 노트

찔러 넣고 문에 기대서서 그 사람을 뚫어져라 쳐다본다. 아니면 주변 승객과 대화를 나눈다. 뻔질나게 신문을 꺼내지만 실제로 읽는 경우는 얼마 안 된다. 당신이든 다른 누구든 기분 내키는 대로 말을 건다. 상대가 영국인이라면 미국 기차가 영국 기차와 아주 비슷하지 않냐고 지레짐작한다. "아닌데요."라고 하면 "그래요?"(묻듯이)라고 되묻고는 어떤 면에서 다르냐고 묻는다. 차이를 하나씩 열거하면 각 항목마다 "그래요?"(여전히 묻듯이)라고 한다. 영국에서는 기차가 더 빠르지 않으리라 지레짐작하고, 아니라고 하면 또다시 "그래요?"(여전히 묻듯이)라고 하는데, 미심쩍은 투가 분명하다. 한참 짬을 두었다가 당신에게인지 지팡이 손잡이를 향해서인지 모르게 말하길 "양키도 상당히 앞서가는 민족으로 여겨지죠."라고 한다. 그 말에 **당신이** "그렇죠."라고 하면 그제야 **그도** 다시 "그래요."(이번엔 긍정하는 식으로)라고 한다. 상대가 창밖을 내다보면, 그는 저 언덕 너머 다음 역에서 3마일쯤 떨어진 영리한 위치에 똘똘한 마을이 있는데, 아마 당신의 목적지가 그곳이 아니냐고 묻는다. 아니라고 대답하면 당연히 당신의 경로에 관한 질문이 이어진다. 당신의 목적지가 어디든 당신이 한결같이 듣는 말은 그곳은 가기가 어마어마하게 힘들고 위험하다는 말과 근사한 볼거리는 모두 다른 곳에 있다는 말이다.

어떤 부인이 다른 남성이 앉은 자리를 탐내면 그 부인과 동행한 신사가 그 사실을 상대에게 알리고, 그러면 그 남성은 즉시 정중하게 자리를 내어준다. 정치를 주제로 대화를 많이 나누는데, 은행이나 면화도 단골 주제이다. 조용한 사람이라면 대통령과 관련된 이야기는 피한다. 삼 년 반 뒤에 대통령 선거가 있어서 당파적 감정이 아주 격한 상황이기 때문이다. 미국식 제도의 주요한 구조적 특징이라면, 지난 선거의 악다구니가 끝나면 다음 선거의 악다구니가 시작된다는 것이다. 그리고 힘센 정치가와 진정 이 나라를 사랑하는 국민 모두에게 그것은 이루 말할 수 없는 위안이다. 그러니까 99.25명의 남자들 중에서 99명의 남자들에게 말이다.

지선과 주선이 만날 때가 아니라면 철로가 하나 이상 놓인 경우는 드물다. 그래서 철길이 매우 좁고, 특히 산자락을 깊숙이 깎아 낸 철길이라면 너른 바깥 풍경을 전혀 즐길 수 없다. 그렇지 않더라도 보이는 풍경은 늘 똑같다. 제대로 자라지 못한 나무들이 끝없이 이어진다. 도끼로 베어낸 나무, 바람에 쓰러진 나무, 반쯤 기울어 이웃 나무에 기댄 나무. 습지에 반쯤 잠긴 통나무가 숱하고, 다른 것들은 습기를 잔뜩 먹고 썩어서 조각조각 쪼개져 있다. 바로 그런 자잘한 조각들이 이 땅의 흙이 된다. 물이 고인 웅덩이마다 썩은 식물이 더께를 이룬다. 시선이 닿는 곳마다 모든 가능한 단계의 쇠락과 부패와 방치 상태에 놓인 나뭇가지와 줄기와 그루터기가 보인다. 이제 몇 분간 기차는 탁 트인 시골길을 달린다. 환한 호수나 저수지가 반짝거리는데, 영국의 여느 강만한 규모지만 여기서는 얼마나 작은 축에 드는지 이름조차 없다. 이제 저 멀리 깨끗한 흰색 주택과 근사한 광장, 단정한 뉴잉글랜드 교회와 학교가 있는 마을의 모습이 잠깐 눈에 들어온다. 그러나 제대로 보기도 전에 쌩하니 멀어지고, 주접 든 나무와 그루터기와 통나무와 고인 물이라는 똑같은 어두운 장막이 나타난다. 앞서 본 광경과 얼마나 똑같은지 마술을 부려 이전으로 되돌아간 것만 같다.

기차가 숲속 기차역에 잠깐 선다. 누구라도 기차에서 내릴 이유가 도대체 있을 성싶지 않고 마찬가지로 누구라도 기차를 탈 가망이 없어 보이는 곳이다. 기차가 고속도로를 쌩하니 가로지르는데, 건널목에는 차단기도 없고 경찰도 없고 신호도 없다. "종이 울리면 기차가 지나가니 조심하시오"라고 적힌 거친 나무 홍예문이 있을 뿐이다. 기차는 그곳을 쌩하니 지나서 다시 숲으로 들어갔다가는 환한 빛 속으로 나오고 부실한 다리 위를 덜걱거리며 건너가고 단단한 땅 위를 우르릉거리며 굴러가고 윙크하듯이 잠깐 빛을 가리는 나무다리 아래로 휙 들어가는가 하면 난데없이 커다란 마을의 주도로에서 잠들어 있던 반향反響들을 모두 깨우며 뒤죽박죽 닥치는 대로 무모하게 길 한중간으로 돌진한다. 그곳을, 정비공들이 정비 일을 하고 문과 창문마다 몸을 빼고 내다보는 사람들이 있고 남자아이들이 연을 날리고 구슬치기를 하고 남자들은 담배를 피우고 여자들은 담소를 나누고 아기들은 기어 다니고 돼지들은 코로 땅을 파고 길들지 않은 말들은 울타리 가까이에서 앞발을 들며 펄쩍대는 그곳을, 기차 칸을 줄줄이 매단 광분한 용이 갈가리 찢는다. 활활 타는 땔감에서 솟아오르는 불티를 사방팔방 흩뿌리며, 끼이익 쉭쉭 꽤액 헉헉댄 끝에 마침내 서른 개 괴물이 목을 축이러 지붕 덮인 길 위에 멈추고 사람들이 주위에 몰려들고 당신은 이제야 숨을 쉴 여유가 생긴다.

　　로웰의 공장 관리에 깊이 관여하고 있는 신사 한 분이 나를 마중하러 역에 나와 있었다. 나는 기꺼이 그의 손에 나를 맡겨, 이 방문의 목적인 공장이 자리한 구역으로 곧장 달려갔다. 이제 겨우 성인이 된 나이(내 기억이 맞는다면 그 마을이 공업 도시가 된 것은 겨우 이십일 년 전이니까)지만 로웰은 넓고 인구도 많은 번창하는 도시이다. 맨 처음 눈길을 끄는 점이 바로 그 젊음의 표시인데, 그로부터 진기하고 특이한 특성이 생겨나서 유서 깊은 나라에서 온 방문객에게는 상당히 흥미롭다. 그날은 아주 지저분한 겨울날이었고, 마을 어디를 가든 내 눈에 오래되어 보이는 것은 없었다. 진흙만은 예외여서, 어느 지점은 거의 무릎까지 푹푹 빠지는 바람에 노아의 홍수 시절에 물이 빠지면서 쌓인 진흙이 아닐까 싶었다. 한 곳에는 새로 지은 목조 교회가 서 있었는데, 첨탑도 없고 아직 칠도 되어 있지 않아서 목적지 표시가 없는 거대한 소포 상자처럼 보였다. 다른 곳엔 큰 호텔이 있었는데, 벽과 주랑이 얼마나 얇고 빳빳하고 빈약한지 카드로 지은 건물과 아주 똑 닮은 모습이었다. 나는 그 앞을 지나갈 때 가능하면 숨을 참으려 했고, 지붕 위로 한 일꾼의 모습이 나타났을 때는 그가 생각 없이 발을 쿵쿵 디뎌서 건물이 와르르 무너지면 어쩌나 싶어 몸이 덜덜 떨렸다. 선홍색 벽돌과 페인트칠 된 목재로 지은 건물이 강줄기 주변에 늘어선 탓에 공장 기계를 움직이는 강(모두 수력으로 돌아가고 있었다)조차 새로운 특성을 부여받은 듯했다. 그래서 중얼거리고 굽이치면서 까불거리고 철모르는 활달한 젊은 강, 누구든 보고 싶어 하는 그런 강이 되는 듯했다. '제과점'이든 '식료품점'이든 '제본사'든 종류를 막론하고 모든 상점은 겉모습만 보자면 단연코 어제 처음 장사를 시작해 셔터를 처음으로 내린 것처럼 보였다. 약국 밖 차양 틀에 걸린 간판에 붙어 있는 금색 막자와 막자사발은 방금 미국 조폐국에서 나온 듯했다. 길모퉁이에 선 어떤 여인이 태어난 지 일주일이나 열흘쯤 된 아기를 품에 안고 있는 모습을 보았을 때, 저 아기가 어디서 생겼나 의아한 마음이 은연중에 솟았다. 생긴 지 얼마 되지도 않은 마을에서 어떻게 아기가 태어나지, 그런 생각이 순간적으로 들었기 때문이다.

로웰에는 공장이 몇 개 있는데, 어느 것이나 영국에서는 주식회사라고 부르겠지만 미국에서는 법인이라 불리는 종류의 것이다. 양모 공장, 카펫 공장, 면화 공장 등 몇 군데를 돌아보았다. 구석구석 전부 살펴보았다. 어떤 식으로든 방문객 맞을 준비를 하거나 평소 일상적 공정에서 벗어나지 않는 평소의 공장 모습을 보았다. 내가 영국의 공업 도시를 꽤 잘 알고 맨체스터나 다른 지역 공장을 비슷한 식으로 방문한 경험이 많다는 말도 덧붙일 수 있겠다.

첫 번째 공장에 도착하니 우연찮게도 저녁 식사가

막 끝난 뒤여서 여성 노동자들이 일터로 돌아가고 있었다. 우리가 올라가는 계단은 정말이지 여성 노동자들로 미어졌다. 다들 옷을 잘 입었는데, 내 생각으로는 분수에 맞지 않을 정도는 아니었다. 나로서는 하층 계급 사람들이 복장과 외양에 세심하게 신경 쓰고, 원한다면 분수에 맞는 소소한 장신구로 꾸몄으면 하는 마음이다. 그것을 자존감의 중요한 요소로 보기에 적당한 선을 넘지만 않는다면 나의 피고용인에게도 이런 종류의 자부심을 항상 독려할 것이고 설사 어떤 가련한 여성이 옷치장에 빠져 인생을 망쳤다고 해도 그런 일을 그만두지 않을 것이다. 내가 안식일의 진정한 의도와 의미를 정의할 때, 안식일에 도로 나쁜 행실에 빠진다는 사실을 근거로 동조자들에게 보내는 경고, 뉴게이트 감옥의 살인자에 관한 다소 의심스러운 소식통에서 나왔을 그런 경고에 아무런 영향을 받지 않는 것과 마찬가지로 말이다.

앞서 말했듯이 여성 노동자들은 잘 차려입었다. 그 말에는 무척 깔끔하다는 뜻이 당연히 포함된다. 실용적인 모자를 쓰고 따뜻하고 좋은 외투를 입고 숄을 걸쳤다. 그러면서 나무 덧신도 거리낌 없이 신는다. 게다가 공장 안에는 이런 물건들을 손상되지 않게 잘 보관할 수 있는 장소가 있었다. 그리고 세탁을 위한 편의 시설도 있었다. 다들 건강해 보였고, 아주 건강해 보이는 사람도 많았다. 짐스러운, 천하고 막된 존재가 아니라 젊은 여성의 태도와 몸가짐을 지녔다. 혹시 내가 상상할 수 있는 가장 우스꽝스러운 젊은 여성, 가식이 심하고 고상을 떨고 혀 짧은 소리를 내는 그런 인물을 이곳의 어느 공장에서 보았더라도(매의 눈으로 찾았지만 보지 못했다) 여전히 나는 맥없고 무심하고 난잡하고 저속하고 둔한 그 반대 유형(이런 인물은 **보았다**)을 떠올리며 그런 인물을 흐뭇하게 바라보았을 것이다.

　노동자들만큼 작업 공간도 질서 정연했다. 몇몇 창틀에는 초록 식물이 놓여 있었는데, 일부러 창문을 가리는 방향으로 키웠다. 일의 특성을 감안하면 전반적으로 공기가 상당히 신선하고 깨끗하고 안락했다. 그렇게 많은 여성이 모여 있고, 이제 성인이 될까 말까 한 사람도 많으니, 여리고 섬세한 외양의 인물도 있으리라 충분히 가정할 만하다. 틀림없이 그런 인물이 있긴 하지만, 내 엄숙히 선언하건대, 그날 여러 다른 공장에서 수많은 사람을 보았어도 괴로워하는 인상을 준 젊은 얼굴은 단 하나도 떠올릴 수가 없다. 다들 각자의 손으로 생계를 꾸려갈 수밖에 없는 상황이라고 했을 때, 내가 능력만 된다면 그 일을 그만두게 하고 싶다는 마음이 들었던 경우는 하나도 없었다.

　　그들은 인근의 이런저런 기숙사에서 산다. 공장 소유주는 아주 철저하고 면밀한 조사를 거친 사람만 그곳에서 살 수 있도록 특히 주의를 기울인다. 같은 기숙생이나 다른 누가 특정한 기숙생에 대해 불만을 제기하면 충분한 조사가 이루어진다. 그 결과 그 불만에 상당한 근거가 있다고 밝혀지면 당사자는 기숙사를 나가야 하고, 자격을 갖춘 다른 사람이 그 방에 들어온다. 이곳 공장들에도 일하는 아동이 있긴 하지만 많지는 않다. 주법에 따라 아동은 일 년에 아홉 달 이상 노동하는 것을 금하고 나머지 세 달 동안은 교육을 받아야 한다. 그래서 로웰에는 학교가 있다. 여러 교파나 종파의 교회와 예배당이 있어서 젊은 여성들은 지금껏 배워왔던 종교 생활을 이어갈 수 있다.

　　공장에서 다소 떨어진 곳, 근방에서 가장 높고 유쾌한 언덕 위에 병원, 혹은 병자 기숙사가 서 있다. 그 지역에서 가장 좋은 주택으로, 저명한 상인이 주거용으로 지은 집이다. 앞서 묘사한 보스턴의 시설과 마찬가지로[1] 이곳 병원도 병동으로 나뉘어 있지 않고 편리하게 병

1　《미국 여행 노트》 3장에서 디킨스는 보스턴의 빈민 보호 시설을 묘사했다.

실로 나뉘어 있다. 각 병실마다 안락한 가정에서 찾아볼 수 있는 편의 시설이 다 갖춰져 있다. 주치의가 같은 건물에 살아서, 환자들은 그의 가족이나 마찬가지다. 그보다 더 세심하고 친절하게 환자를 보살피고 돌볼 수는 없을 것이다. 이곳에서 여성 환자 한 사람이 일주일간 지내는 비용은 3달러, 영국 돈으로 12실링이다. 하지만 이 지역의 어느 공장에서라도 일하고 있다면 지불 여력이 없다고 병원에서 거부당하는 일은 없다. 여력이 없는 경우가 빈번하지는 않다는 것은 1841년 7월 기준으로 978명에 이르는 여성 노동자들이 로웰 저축은행에 돈을 예금하고 있다는 사실로 추측할 수 있다. 그들이 저축한 금액은 다 합해서 10만 달러, 영국 돈으로 2만 파운드로 추정된다.

이제 대서양 이쪽 편의 독자들 대다수에게 아주 놀라울 세 가지 사실을 서술하려 한다.

첫째, 아주 많은 기숙사에 공동 출자로 마련한 피아노가 있다. 둘째, 이 여성들은 거의 다 순회도서관에 가입해 있다. 셋째, '공장에 고용되어 일하는 여성들의 글만으로 이루어진 독창적인 글의 보고寶庫'인 《로웰 창작집 The Lowell Offering》이라는 이름의 잡지를 독자적으로 발간하고 있다. 정식으로 인쇄, 출판, 판매된다. 나는 로웰을 떠날 때 400쪽에 이르는 그 잡지들을 가져와서 처음부터 끝까지 다 읽었다.

이 말에 많은 독자들이 깜짝 놀라며 한목소리로 "가당찮아!"라고 외칠 것이다. 내가 정중하게 그 이유를 물으면 "분수에 맞지 않는다"고 대답할 것이다. 그런 반대의 목소리를 들을 때마다 나는 '분수'라는 게 뭐냐고 묻고 싶어진다.

그들의 분수란 일하는 것이다. 그리고 **당연히** 일을 한다. 평균 하루 열두 시간씩 공장에서 노동을 하니 그들은 의심할 바 없이 일을 하고 있는 것이며 그것도 아주 고되게 일한다. 어떤 조건에서든 노동자가 그런 유흥을 즐긴다니 분수에 맞지 않는다고 할 수도 있다. 그런데 일하는 계층에 대한 우리 영국인의 관념이 지레짐작이 아니라 실제 그들의 모습을 살펴본 바에 따라 생겨났다고 과연 확신할 수 있는가? 내 생각에는 우리 자신의 감정을 잘 들여다보면 피아노나 순회도서관, 그리고 《로웰 창작집》조차 우리에게 놀랍게 다가오는 까닭은 단지 신기해서 그렇지, 옳고 그름에 대한 추상적 기준에 따른 것이 아니라는 사실을 깨달을 것이다.

나로서는 오늘의 일을 즐겁게 끝내고 내일의 일을 즐겁게 기대한다면, 앞서 말한 취미 활동이 인간답고 칭

찬할 만한 일이 될 수 없는 신분은 어디에도 없다고 본
다. 무지를 동료로 삼았을 때 그 신분 내에 있는 자가 자
기 신분을 더 참을 만하다고 여기게 되거나 그 신분 밖
에 있는 자가 더 안전함을 느끼게 되는, 그런 신분은 없
다고 본다. 나는 상호 지도와 개선과 합리적 오락의 수
단을 독점할 권리를 지닌 신분을 알지 못하고, 그런 일
을 시도해서 자기 신분을 오래 유지할 수 있었던 경우도
알지 못한다.

　　문학 생산이라는 기준에서《로웰 창작집》의 장점
과 관련해 한마디만 하자면, 종일 고된 노동을 하고 난
젊은 여성들이 쓴 글이라는 사실을 일절 참작하지 않더
라도 수많은 영국의 연감과 비교해서 더 낫다. 잡지에
실린 많은 이야기가 공장과 공장 노동자에 대한 것이라
참 좋다. 자제와 만족을 심어주고 선행을 장려하는 것
이라 참 좋다. 글쓴이가 고향에서 혼자만의 시간을 누
릴 때 느꼈을 자연의 아름다움에 대한 열렬한 애정의 숨
결이 건강한 시골 마을의 공기처럼 책장 곳곳에서 느껴
진다. 순회도서관을 찾는 사람들이 좋아하는 주제인 화
려한 옷이나 근사한 결혼, 멋진 집과 화려한 삶을 내비
치는 경우는 거의 없다. 그럴싸해 보이는 필명을 쓰는
이들이 간혹 있다고 비판하는 사람들이 있는데, 그건 미

국 스타일이다. 자식들의 미감이 부모 세대보다 더 나아짐에 따라 흉한 이름을 예쁜 이름으로 바꾸는 것이 매사추세츠주 입법 기관의 주요 임무 중 하나이다. 이름을 바꾸는 데 돈이 드는 것도 아니라, 매 회기마다 수많은 메리 앤Mary Anne이 엄숙하게 베블리나Bevelina로 바뀌고 있다.

이 마을을 방문했다는 잭슨 장군인지 해리슨 장군인지(어느 쪽인지 잊었는데, 중요한 사항은 아니다)의 말에 따르면 3마일 반을 걸어 내려가는 중에 마주친 젊은 여성들이 전부 옷을 잘 차려입고 실크 스타킹을 신고 양산을 들었더라고 했다. 하지만 나로서는 거기서 무슨 나쁜 결과가 생긴다고 해봐야 갑자기 다들 시장에서 양산과 실크 스타킹을 찾는 일 정도이지 않을까 싶다. 뉴잉글랜드 사람 가운데 투기심 강한 사람이 수요의 증가를 기대하며 가격을 따지지 않고 그 물건들을 사재기했다가 팔리지 않아서 파산하는 일은 있을 수 있겠지만. 그런 사정이야 나는 관심 없고.

이렇게 간단히 로웰을 그려 보이면서, 그곳에서 내가 받은 만족감, 자국 노동자들의 상황에 관심을 가지고 근심하는 외국인이라면 반드시 느낄 그런 만족감을 부족하게나마 표현하면서 그곳의 공장과 영국의 공장을 비교하는 일은 애써 삼가려 했다. 영국의 공업 도시에서 수년 동안 강한 영향력을 발휘해온 많은 상황들이 이곳에서는 일어나지 않았다. 게다가 로웰에는 이른바 제조업 종사 인구가 없다. 이곳의 여성 노동자들(주로 소농의 딸들)은 다른 주에서 와서 공장에서 몇 년 일한 뒤 다시 고향으로 돌아가기 때문이다.

둘을 비교하자면 선명한 대비가 될 텐데, 선과 악, 환한 빛과 아주 짙은 어둠의 대비일 것이라 그렇다. 그래서 그런 일은 삼가는 것이 정당하다고 보았다. 하지만 그렇기 때문에 이 글을 읽는 모든 독자가 이 마을이 절망적인 빈곤이 만연한 곳과 얼마나 다른지를 잠시 생각해주었으면 하는 바람이 더욱 간절하다. 옥신각신 정쟁만 일삼는 중에도, 할 수만 있다면 그들의 고통과 위험을 어떻게 덜 수 있을까 생각해달라고, 그리고 마지막으로 가장 중요하게는 귀중한 시간이 쏜살같이 지나가고 있음을 기억해달라고 말이다.

나는 똑같은 기차로 똑같은 종류의 객실에 앉아 밤에 돌아왔다. 영국인이 집필하는 미국 여행기는 이런저런 진정한 원칙에 근거해야 한다며 한 승객이 내 동료(당연히 내게는 아니고)에게 장황하게 떠들고 싶어 안달하는 바람에 나는 잠든 척했다. 하지만 사실은 내내 실

미국 여행 노트

눈을 뜬 채 창밖을 내다봤고, 기관차 보일러에서 장작이 타면서 생겨나는 인상(아침에는 안 보였지만 이제 어둠 속에서 오롯이 선명하게 나타나는)을 기차 여행이 끝날 때까지 한껏 즐겼다. 밝은 불똥이 소용돌이치면서 불붙은 눈보라처럼 쏟아져 내리는 사이로 기차가 달리고 있었던 것이다.

뉴욕

미국의 아름다운 대도시 뉴욕은 보스턴만큼 깨끗한 도
시는 전혀 아니지만 많은 거리가 똑같은 특성을 보인다.
주택의 색깔이 그만큼 선명하지 않고 간판이 그만큼 화
려하지 않고 금박 글자도 그만큼 눈부신 금색이 아니고
벽돌은 그만큼 붉지 않고 돌은 그만큼 희지 않고 블라
인드와 구역 울타리는 그만큼 초록색이 아니고 거리를
향한 문의 손잡이와 명패도 그만큼 환하고 반짝거리지
않는다는 점만 빼면 말이다. 샛길도 무척 많은데, 깨끗
한 색은 런던의 샛길만큼이나 거의 무채색이고 더러운
색은 더 도드라져 보인다. 그리고 통상적으로 파이브포
인츠[1]라고 부르는 구역이 있는데, 더럽고 끔찍한 점에서

라면 세븐다이얼스나 명성이 자자한 세인트자일스[2]의
어떤 부분을 떼어 와도 충분히 견줄 만하다.

잘 알려져 있듯이 주요 산책로이자 주도로는 브로
드웨이다. 왕래가 많은 넓은 길로, 배터리 가든[현재는 배
터리 파크로 불린다]에서 시작해서 시골길이 나오는 반대쪽
끝까지 4마일에 이른다. 칼튼하우스 호텔(뉴욕의 주 동
맥이라 할 이 도로에서 가장 좋은 위치를 차지한)의 상층부에
앉아서 눈 아래 펼쳐진 삶을 바라보다 싫증이 나면 함께
팔짱을 끼고 밖으로 나가 도로의 흐름 속으로 들어가보
면 어떨까?

온화한 날씨다! 열린 창문으로 들어와 정수리에 내
리쬐는 햇볕이 마치 볼록 렌즈를 통과한 빛처럼 뜨겁다.
하지만 지금은 한낮이고 이 계절답지 않은 날씨라 그렇
다. 브로드웨이처럼 해가 잘 드는 거리가 또 있을까! 보
도는 행인의 발걸음으로 윤이 나게 닦여 다시 반짝인
다. 주택의 붉은 벽돌은 아직도 뜨겁고 바짝 마른 가마
속에 있는 듯하다. 버스 천장에 물을 뿌리면 쉭쉭 소리
와 함께 김을 뿜으며 불이 반쯤 꺼진 냄새를 풍길 듯하

---

1 Five Points. 지저분하고 범죄가 만연했던 맨해튼 남부의 빈민 구역.
2 Seven Dials, St. Giles. 두 곳 모두 런던의 빈민 구역.

다. 이곳에는 버스가 참 많다! 오륙 분마다 대여섯 대의 버스가 지나다닌다. 전세마차와 사륜마차도 많다. 이륜 경마차, 사륜 쌍두마차, 무개 이륜마차도 있는데 다소 투박한 만듦새에 대중교통 수단과 크게 다르지 않은데 도심의 포장도로가 아닌 교외의 거친 길에 적합하게 만든 것들이다. 흑인 마부도 있고 백인 마부도 있다. 모자도 밀짚모자, 검은 모자, 하얀 모자, 표면이 반짝이는 모자, 털모자 등 다양하고, 외투도 담갈색, 검은색, 갈색, 녹색, 파란색, 담황색, 줄무늬 진과 린넨 등 다양하다. 한번은 제복을 입은 마부도 보았다(지나갈 때 잘 봐야지 안 그러면 놓치고 만다). 자기 집 흑인에게 제복을 입히고 술탄처럼 위엄과 권력을 자랑하는 남부 공화당 부류인가보다. 저쪽에 털이 잘 다듬어진 회색 말 한 쌍이 묶인 사륜 쌍두마차가 멈춰 선 곳에는 요크셔 마부가 있는데, 지금 말 앞에 서 있는 그는 여기 산 지 얼마 안 되는지 주위를 둘러보며 긴 장화를 신은 동료를 애타게 찾지만 반년 동안 이 도시를 돌아다닌다 한들 만나기 힘들 듯하다. 여성들의 복장은 또 어떤지! 다른 곳에서라면 열흘에 걸쳐 볼 수 있는 것보다 더 다양한 색깔이 여기서는 십 분 만에 눈에 들어왔다. 양산은 또 얼마나 다양한지! 무지갯빛 실크와 새틴! 온갖 문양으로 장식한

얇은 스타킹이며 끝이 뾰족한 굽 낮은 신발이며, 팔랑대는 리본과 실크 술에, 요란한 후드와 안감을 단 화려한 망토들! 젊은 신사들은 셔츠 깃을 내려 입고 수염 기르길 좋아하는데, 특히 턱수염을 잘 기른다. 하지만 진실을 말하자면 그 둘은 상당히 다른 족속이라 옷차림이나 태도에서 여성을 따라갈 수 없다. 책상과 계산대의 바이런들은 지나가시고 그대들 뒤의 인물들이 어떤 부류인지 한번 보자. 휴일 복장을 한 노동자 두 명인데, 한 명은 구깃구깃한 종잇조각을 손에 들고 거기 적힌 어려운 이름을 읽으려 애쓰고, 다른 한 명은 주위의 문과 창문에서 그 이름을 찾고 있다.

둘 다 아일랜드에서 왔군! 반짝이는 단추가 달린 푸른 연미복과 담갈색 바지로 숨기려 해도 다 알아볼 수 있다. 그런 옷을 입어봐야 워낙 작업복에 익숙해서 다른 옷은 전혀 편치 않은 사람으로 보이니까. 모범적인 공화국이라도 이들의 동포들이 없다면 제대로 굴러가기 힘들 것이다. 땅을 파고 단순 노동을 하고 집안일을 하고 운하를 건설하고 길을 놓고 '국내 발전'[3]의 위대한

---

3 Internal Improvement. 미국 혁명 이후부터 19세기에 걸쳐 도로, 철도, 운하 등 기반 시설에 집중적으로 투자하던 과정을 일컬음.

사업을 수행할 사람이 달리 누가 있겠는가! 아일랜드 출신인 두 사람은 원하는 것을 찾지 못해 몹시 곤혹스러운 모양이다. 우리가 가서 도와줘야겠다. 모국에 대한 사랑으로, 그리고 정직한 사람에게 정직한 일을 행하고 무엇이 되었든 정직한 빵을 위한 정직한 일을 할 수 있게 하는 자유의 정신을 위해서.

잘됐군! 펜이 아니라 그가 펜보다 더 잘 아는 뭉툭한 삽자루로 적었으나 싣게 정말 요상한 글씨체로 적혀 있었지만, 마침내 원하는 주소를 찾았다. 바로 저곳인데, 어떤 용무로 거기에 가려는 걸까? 예금한 돈을 들고 있는 걸 보니, 저축하려는 걸까? 아니다. 두 사람은 형제이다. 한 사람이 먼저 배를 타고 건너와 반년 동안 열심히 일하고 고생스럽게 산 끝에 다른 사람을 이곳으로 데려올 수 있을 만큼의 돈을 모았다. 그 뒤로 두 사람이 함께 일하면서 한동안 고된 노동과 고된 삶을 만족스럽게 나누었다. 그다음에는 누이들이 왔고, 또 다른 남동생이 왔고, 마지막으로 노모가 왔다. 그런데 왜? 타국에 마음을 붙이지 못한 불쌍한 노모가 고향으로 돌아가 일가친척 사이에 뼈를 묻고 싶다고 한단다. 그래서 두 사람은 노모가 돌아갈 배표를 사려는 것이다. 그 노모와 아들들, 모든 순박한 이들, 그리고 젊은 시절의 예루

미국 여행 노트

살렘으로 돌아가 차갑게 식은 조상의 화롯가에 불을 피울 모든 이에게 신의 은총이 있기를.

　　뜨거운 햇살 아래 바싹 구워지고 갈라 터진 이 좁은 주도로는 월스트리트이다. 뉴욕의 증권 거래소와 은행의 거리. 이 거리에서 많은 사람이 삽시간에 큰돈을 벌고, 그에 못지않게 많은 사람이 삽시간에 파산한다. 지금 여기서 얼쩡대는 이 상인들 중에도《천일야화》속 등장인물처럼 금고 안에 자기 돈을 꼭꼭 넣어두었는데 나중에 열어보니 시든 나뭇잎이 되어버린 그런 사람들이 있다. 저 아래쪽, 보도를 가로질러 아예 창문까지 뚫을 기세로 범선의 기움돛대가 뻗어 있는 강가에 전 세계에서 가장 훌륭한 우편 업무를 가능하게 하는 고귀한 미국 선박이 자리 잡고 있다. 이 배로 실어 나른 외국인들이 거리마다 그득하다. 다른 상업 도시보다 더 많은 건 아니겠지만, 다른 도시에서는 그들이 특정한 지역에 주로 밀집해 있어서 일부러 찾아야 한다면, 뉴욕의 경우에는 전 도시에 퍼져 있다고 하겠다.

　　우리는 다시 브로드웨이를 건너야 한다. 상점과 술집으로 들어가는 거대한 얼음덩이와 판매용으로 잔뜩 내놓은 파인애플과 수박을 보며 뜨거운 열기를 좀 식힌다. 여기 널찍한 주택들이 늘어선 근사한 거리(월스트리트는 수시로 수많은 주택을 제공하고 다시 해체한다)가 있지 않나! 그리고 여기는 짙은 녹음이 우거진 광장이다. 열린 대문 사이로 마당의 예쁜 화초들이 들여다보이고 눈웃음을 짓는 아이들이 창문 아래쪽으로 강아지를 내다보고 있는 저 집은 집안사람들을 늘 정겹게 기억할 만한 친절한 집이 분명하다. 자유의 여신상이 머리에 쓴 관과 비슷한 것이 달린 이 높은 깃대를 보면 뭣에 쓰는 물건인가 의아할 만하다. 나도 그러니까. 하지만 이 주변 사람들은 높은 깃대를 얼마나 좋아하는지, 마음만 먹는다면 오 분 만에 똑같은 것을 만나볼 수 있다.

다시 브로드웨이를 건너서, 형형색색의 군중과 번쩍거리는 상점을 지나 또 다른 긴 주도로인 바우어리[4]로 들어간다. 저편에 기찻길이 있는데, 몇십 명의 사람을 태운 거대한 목조 방주를 튼튼한 말 두 마리가 수월하게 끌고 간다. 이곳의 상점은 좀 빈곤해 보이고 행인들도 별로 활달하지 않다. 이 구역에서는 기성복과 이미 요리된 고기를 판다. 사륜마차가 지나가는 활기찬 소리 대신 덜컹거리는 수레와 짐마차의 둔탁한 소리가 들린다. 장대에 높이 매달린, 부표나 작은 풍선처럼 생긴 광

---

4 Bowery. 뉴욕에서 싸구려 술집, 하숙집, 떠돌이 들이 많았던 구역.

고가 지천인데, 올려다보면 '온갖 종류의 굴'이라는 글씨가 적혀 있다. 그것은 특히 밤에 배고픈 사람을 유혹한다. 그 시간이면 실내의 희미한 촛불이 맛깔스러운 글자들을 비추고, 그 글씨 앞에서 자리를 뜨지 못한 채 어슬렁거리는 사람들의 입에 침이 고이게 하는 것이다.

멜로드라마에 나오는 마법사의 궁전처럼 음산한 전면이 웅장하게 늘어선 이 아류 이집트식 건물은 대체 무엇인가? '무덤'이라고도 불리는 유명한 형무소라고 한다. 들어가볼까?

이곳은 흔히 그렇듯 난로를 땔 때는 길고 좁고 높은 건물이다. 2층으로 된 네 개의 회랑이 돌아가며 놓여 있고 그 사이는 계단으로 이어진다. 건너가기 쉽게 각 회랑의 두 면 사이와 중앙에 다리가 놓여 있다. 다리마다 남자 한 명이 앉아 있는데, 졸거나 책을 읽거나 한가한 동료와 잡담을 한다. 각 층마다 서로 마주 보는 작은 철문이 일렬로 늘어서 있다. 그것은 화로 문처럼 생겼는데, 불이 한참 전에 꺼진 듯 시커멓고 차갑다. 열린 문 두세 개가 있어서 들여다보니 고개를 푹 숙인 여자들이 재소자와 이야기를 나누고 있다. 조명은 채광창이 전부인데 채광창은 굳게 닫혀 있다. 그리고 천장에 매달린 쓸모도 없는 송풍통 두 개가 힘없이 늘어져 있다.

우리를 안내할 남자가 열쇠를 들고 나타난다. 잘생기고, 그 나름으로는 예의 바르고 친절한 친구이다.

"저 검은 문이 감방인가요?"

"네."

"다 차 있나요?"

"뭐, 거의 다 차 있습니다. 그게 사실이니 아니라고 할 순 없겠죠."

"맨 아래쪽 방은 환경이 좋지 않겠죠, 당연히?"

"그곳엔 유색인만 수감합니다. 사실이 그렇죠."

"재소자들은 언제 운동을 하나요?"

"대체로 안 하고 살죠."

"마당에 나가 산책하는 일이 없어요?"

"거의 없습니다."

"아마 가끔은 하겠죠?"

"뭐, 거의 안 한다고 봐야죠. 안 해도 꽤 명랑합니다."

"하지만 이곳에서 열두 달을 지낸다고 합시다. 이곳은 재판을 기다리거나 재판이 진행 중인 중범죄자만 수용하는 형무소라고 알고 있어요. 그런데 여기 법에 따르면 여러 수단을 써서 날짜를 미룰 수도 있다지요. 재심 청구나 판결 중지나 어떤 다른 명분으로 재소자가 열두 달을 머물 수도 있잖아요. 그렇지 않나요?"

"뭐, 그럴 수도 있겠죠."

"그런데 그 기간 내내 저 작은 철문을 나와 밖에서 운동하는 일이 전혀 없다는 뜻인가요?"

"좀 걸어 다닐 수는 있겠죠, 한참은 아니라도."

"방 하나 열어주실 수 있나요?"

"원하시면 다 열어드리죠."

쇠가 끼이익 덜컹덜컹 하더니 문 하나가 천천히 열린다. 안을 들여다보자. 저 높이 벽 틈새로 빛이 들어오는 작고 휑한 방이다. 대충 씻을 수 있는 도구와 탁자와 침대가 있다. 예순 살쯤 된 남자가 침대에 앉아 책을 읽고 있다. 그가 잠깐 올려다보더니, 짜증스러운 듯 완강히 고개를 젓고는 다시 책에 시선을 고정한다. 우리가 들이밀었던 고개를 빼자 문은 다시 닫히고 예전처럼 굳게 잠긴다. 이 남자는 부인을 살해해서 아마도 교수형에 처해질 거라고 한다.

"언제부터 있었나요?"

"한 달 전이요."

"재판은 언제죠?"

"다음 회기에."

"그게 언제인데요?"

"다음 달이요."

"영국에서는 사형 선고를 받은 수감자도 매일 잠깐이라도 바깥바람을 쐬고 운동을 하게 되어 있어요."

"그럴 리가요?"

여기에 옮길 수조차 없을 정도로 얼마나 냉담한 말투였는지, 그런 뒤 얼마나 한가로이 여성 감방으로 나아갔는지! 게다가 그렇게 지나가면서 마치 철제 캐스터네츠라도 되는 양 열쇠로 계단 난간을 두드리는 모습이라니!

이쪽 편 감방에는 문마다 사각형 구멍이 있다. 발소리가 들리자 몇몇 여성이 걱정스럽게 그 구멍으로 내다본다. 또 다른 이들은 창피한지 몸을 움츠린다. 열 살이나 열두 살밖에 안 되어 보이는 저 외로운 아이는 대체 무슨 죄로 여기 갇혀 있는 거죠? 오, 저 남자애요? 방금 본 재소자의 아들입니다. 아버지의 죄를 증언할 증인이라 재판 때까지 여기서 안전하게 보호하는 거죠. 그뿐이에요.

하지만 아이가 기나긴 밤낮을 보내기엔 끔찍한 장소인데, 어린 증인에게 좀 심한 처사가 아닐까요? 당신 생각은 어때요?

"아주 시끌벅적한 삶은 아니죠. **그건** 사실이에요!"

그가 다시 철제 캐스터네츠를 짝 울리고는 한가로

이 앞장선다. 그 뒤를 따라가다가 궁금한 것이 생겼다.

"그런데 이곳을 왜 '무덤'이라고 부르죠?"

"그냥 은어예요."

"그건 아는데, 이유가 뭐죠?"

"처음 세워진 뒤 자살이 몇 건 있었어요. 아마 그래서 그런 이름이 붙었을 거예요."

"방금 본 그 재소자 감방 말이에요, 옷이 바닥에 흩어져 있던데, 재소자들이 자기 물건을 치우고 방을 정돈하도록 지도하지 않나요?"

"어디에 치워요?"

"당연히 바닥은 아니죠. 벽에 거는 건 어때요?"

그가 걸음을 멈추더니 자기 말을 강조할 셈으로 주변을 둘러보며 말한다.

"바로 그래서예요. 고리가 있으면 다들 목을 맬 게 **뻔하고** 그런 식으로 다들 감방을 나가면 재소자가 있었다는 흔적만 남겠죠!"

그가 이제 걸음을 멈춘 구치소 마당은 끔찍한 일이 실행되어온 장소이다. 무덤처럼 좁은 장소인 이곳에 그들은 죽으러 끌려 나온다. 불쌍한 자들이 바닥에 세워진 교수대 아래 선다. 목에 줄이 걸리고 신호가 떨어지면 반대편 추가 아래로 쑥 내려가며 그는 허공으로 획

솟는다-그리고 시체.

법이 정한 바에 따라 이 암울한 현장에는 판사와 배심원과 스물다섯 명의 시민이 참석해야 한다. 전체 사회에서는 감춰져 있다. 방탕하고 못된 자에게 그 일은 여전히 무시무시한 불가사의다. 그들과 범죄자 사이에는 음울하고 두터운 베일처럼 형무소 담장이 가로놓여 있다. 그것은 그가 임종을 맞는 침대와 수의와 무덤을 가리는 장막이다. 그로부터 삶을 가로막고, 그 마지막 순간에도 배짱 좋게 회개하지 않을 모든 동기를 차단한다. 그것이 여기 있어서 볼 수 있다면 충분히 배짱을 부릴 수 있을 텐데 말이다. 그를 담대하게 만들 담대한 눈이 없고 예전에 깡패의 명성을 떨치던 깡패들도 없다. 무자비한 돌담 너머는 전부 미지의 공간이다.

이제 다시 경쾌한 거리로 나가보자.

다시 브로드웨이! 화사하게 차려입고 혼자서나 짝을 이뤄 돌아다니는 여성들이 보인다. 우리가 호텔에 앉아 있는 동안 창밖으로 열 번 스무 번 지나가던 똑같은 하늘색 양산이 저쪽에 있다. 우리는 여기서 길을 건넌다. 돼지를 조심해야 한다. 이 마차 뒤로 둥실둥실한 암돼지 두 마리가 빠른 걸음으로 따라가고 품질 좋은 수돼지 대여섯 마리가 방금 모퉁이를 돌았으니까.

여기 혼자 천천히 집으로 돌아가는 돼지 한 마리
가 있다. 귀가 하나뿐이다. 도심을 돌아다니다가 떠돌
이 개에게 한쪽 귀를 뜯겼겠지. 하지만 한쪽 귀가 없어도
꽤 잘 지낸다. 이리저리 떠도는 신사다운 방랑자의 삶을
영위하는지라 영국의 클럽 남자들의 삶과 약간 닮은 바
가 있다. 그 돼지는 매일 아침 특정한 시간에 집을 나와
도심으로 들어와 스스로 꽤 만족스러운 방식으로 하루
를 보낸 뒤 밤이면 질 블라스[5]의 불가사의한 주인처럼
어김없이 자기 집 문 앞에 다시 나타난다. 유유자적하고
만사태평인 돼지라서 같은 성격을 지닌 친구 돼지도 아
주 많다. 하지만 굳이 가던 걸음을 멈추고 상냥한 인사
를 주고받는 일은 거의 없는 데다, 꿀꿀거리며 배수로를
내려가 양배추 속대나 내장의 형태로 도시의 소식과 한
담을 쑤석거리기나 할 뿐 자기 꼬리 외에 다른 꼬리에는
관심이 없으므로 그 돼지들과 말을 튼 사이라기보다 안
면만 익힌 사이일 뿐이다. 그의 숙적인 개가 꼬리까지 공
격한 탓에 그 꼬리는 아주 짧아져서 맹세를 걸 만한 정
도도 남지 않았다. 그 돼지는 어디를 보나 공화주의 돼

---

5   1715~1735년 프랑스 작가 알랭-르네 르자주가 쓴 피카레스크 소설
     《질 블라스 이야기 Gil Blas》의 주인공.

지로, 맘 내키는 대로 아무 데나 다니고, 우월하지는 않더라도 최고의 사교계와 동등한 관계에서 어울린다. 그가 나타나면 누구나 길을 터주고 가장 도도한 사람도 그가 원하면 안전한 안쪽 길을 내어준다. 그는 위대한 철학자이고, 앞서 언급한 개들만 아니면 꿈쩍하지 않는다. 살육당해 정육점 문설주에 매달려 있는 친구를 보고 그 작은 눈이 반짝하는 모습이 가끔 눈에 띄긴 하지만, "사는 게 그렇지. 고기라곤 전부 돼지고기니!"라고 꿀꿀거리며 다시 진흙탕에 코를 박고 배수로를 첨벙거리며 내려간다. 아무튼 음식 쓰레기를 찾아다니는 코가 하나 줄었군, 이런 생각으로 자위하면서.

이 돼지들은 도시에서 쓰레기 더미를 뒤지는 존재이다. 추한 짐승들이다. 낡은 말 털 궤의 뚜껑처럼 대부분 등의 털이 다 빠져 다갈색이고 불건강해 보이는 검은 반점이 군데군데 보인다. 다리도 말라비틀어져서 길쭉하고 주둥이는 얼마나 뾰족한지, 그 옆모습만 본다면 그것이 돼지의 옆모습이라고 알아보는 사람은 아무도 없을 것이다. 그 돼지들은 자신을 돌보거나 먹이거나 몰거나 붙잡는 사람 하나 없이 어릴 적부터 알아서 살아가도록 방치되었고, 그 결과 어린 나이부터 영악해졌다. 누가 말해주지 않아도 자기 사는 곳은 다들 잘 안다. 저녁 어스름이 내리는 이 시간이면 무리를 지어 끝까지 먹을 것을 찾아 먹다가 천천히 잠자리로 돌아가는 돼지 수십 마리를 만날 수 있다. 이따금 너무 먹었거나 개들에게 시달린 어린 돼지들이 돌아온 탕아처럼 몸을 움츠리고 종종걸음을 하기도 한다. 하지만 완벽한 냉정함과 독립심과 확고한 평정심이 그들의 가장 중요한 특성이기에 그런 경우는 드물다.

이제 거리와 상점에 불이 켜진다. 밝은 가스등 불빛이 점점이 찍힌, 길게 뻗은 주도로를 눈으로 따라가면 옥스퍼드 스트리트나 피커딜리가 떠오른다. 여기저기에서 널찍한 지하 돌계단이 나타나고 알록달록한 등불이 볼링장이나 텐핀 볼링장으로 가는 길을 가리킨다. 텐핀은 운과 기술이 모두 요구되는 경기로, 나인핀을 금지하는 법률이 통과된 뒤 고안되었다. 지하로 내려가는 다른 계단 앞에는 석화─지하실─유쾌한 은신처의 위치를 알리는 다른 등이 있다. 내가 이렇게 부르는 까닭은 거의 치즈 접시만큼(혹은 원한다면 가장 푸짐한 그리스 고전학 교수의 접시만큼) 커다랗고 근사한 굴 요리 때문만이 아니라, 이쪽에서 가능한 모든 어류나 육류나 조류의 제공자 중에서 오로지 굴 먹는 사람들만 다른 사람과 잘 어울리지 않기 때문이다. 말하자면 그들은 지금 당면

한 자신들의 일의 특성에 맞게 마음을 가라앉히고 자신이 먹는 굴의 수줍음을 모방하여 커튼이 내려진 공간 안에 따로 앉고, 이백 명이 아니라 두 명씩 어울린다.

그런데 거리는 얼마나 조용한지! 순회 악단도 없고, 관악기나 현악기도 없나? 전혀 없다. 한낮에도 꼭두각시 인형극도 없고 춤추는 개나 저글러나 마술사나 손풍금도 없는 걸까? 전혀 없다. 아, 기억나는 것이 하나 있다. 손풍금과 춤추는 원숭이. 본래 명랑해야 했으나 빠른 속도로 공리주의 학파의 둔하고 멍청한 원숭이라는 미미한 존재가 되었다. 그것 말고는 생기발랄한 것은 하나도 없다. 그래, 쳇바퀴 속 생쥐 한 마리도 없다.

오락거리도 없는 걸까? 오락거리는 있다. 건너편에 강당이 있어서, 거기서 눈부시게 밝은 빛이 나오고, 아마 일주일에 사흘이나 그보다 자주 여신도의 저녁 예배가 있을 것이다. 젊은 신사에게는 회계 사무실과 상점과 술집이 있다. 여기 창문으로 들여다보니 술집에 사람이 가득하다. 이 소리! 망치로 얼음덩이를 깨는 쨍 소리, 잔에서 잔으로 옮기며 섞을 때 잘게 부서진 조각이 시원하게 쿨렁거리는 소리를 들어보라. 오락이 없다고? 생각해낼 수 있는 온갖 방식으로 모자와 다리를 비틀고 꼰 채 시가를 빨고 독한 술을 들이켜는 이들이 오락을 즐기는 게 아니면 뭐란 말인가? 거리마다 조숙한 부랑아가 목청껏 소리치며 들고 다니기도 하고 실내에 잔뜩 쌓여 있기도 한 쉰 가지 신문이 오락이 아니면 무엇이란 말인가? 김 빠지고 싱거운 오락이 아니라 꽤나 독한 오락. 거침없는 욕설과 불한당이 등장하고, '절름발이 악마'[6]가 스페인 에서 하듯이 개인 가정의 지붕을 뜯어내고, 온갖 수준의 사악한 취미에 포주처럼 영합하고, 가장 게걸스러운 위 장으로 날조된 거짓을 먹어대고 공인에게 가장 비열하 고 음탕한 동기를 들씌우고, 칼에 맞아 쓰러진 정치 집 단, 깨끗한 양심을 가지고 선행을 하는 모든 사마리아 인을 보면 질겁하며 도망가고, 고함을 지르고 휘파람을 불고 더러운 손으로 박수를 치며 가장 비열한 해충과 최 악의 맹금을 부추기는데, 오락이 없다니!

가던 길을 계속 가보자. 유럽의 극장이나 런던 오 페라 하우스에서 주랑을 걷어낸 것처럼 보이는, 아래층 에 상점이 늘어선 정신 사나운 호텔을 지나 파이브포인 츠로 쑥 들어가보자. 그런데 먼저 우리를 호위할 경관 두 명이 있어야 한다. 광대한 사막에서 마주쳐도 잘 훈

---

6 알랭-르네 르사주의 동명의 소설에서 악마인 아스모데우스는 가정집의 지붕을 뜯어 그 안에서 남몰래 벌어지는 상습적인 악행을 보여준다.

련된 예리한 경관임을 알아볼 수 있을 사람들이다. 어떤 직업의 경우 일하는 지역이 어디든 그 종사자가 똑같은 특성을 갖게 된다는 것은 정말 사실이다. 이 두 경관은 보 스트리트[즉결 심판소가 있던 런던 거리]에서 잉태되고 태어나고 자랐다고 봐도 무방하다.

밤이든 낮이든 길거리에서 거지는 눈에 띄지 않았다. 하지만 거리를 배회하는 다른 부류는 많다. 지금 우리가 향하는 지역은 빈곤과 비참함과 악행이 만연한 곳이다.

여기다. 좌우로 갈라지는 좁은 길에는 어디든 배설물과 쓰레기로 악취가 진동한다. 이런 곳에서 영위되는 삶에서 생겨나는 결과는 어디서든 똑같다. 문간에 있는 퉁퉁 부은 거친 얼굴이 영국에도 똑같이 있고 세상천지 어디에나 있다. 방탕한 생활로 집은 일찌감치 낡아버렸다. 썩은 기둥이 쓰러져가고, 술 취해 싸우다가 다친 눈처럼 여기저기 때운 깨진 유리창이 노려보는 어둑한 눈길을 보라. 아까 본 돼지들은 대부분 여기에 산다. 돼지들은 자기 주인들이 왜 네 발로 기지 않고 꼿꼿이 서서 걷는지 의아하게 여긴 적이 있을까? 왜 꿀꿀거리지 않고 인간의 말을 하는지?

지금까지 눈에 띈 주택은 거의 다 야트막한 주막

이다. 실내 벽에는 조지 워싱턴과 영국 빅토리아 여왕과 미국을 상징하는 흰머리독수리 컬러 사진이 붙어 있다. 술병이 꽂혀 있는 벽장에 판유리와 색종이가 군데군데 놓여 있다. 여기에도 일종의 장식 취향은 있는 것이다. 선원들이 많이 드나드는 장소라 그런지 해양 그림이 몇 십 장이나 있다. 애인과 이별하는 선원 그림부터 민요에 등장하는 윌리엄과 검은 눈의 수전의 초상,[7] 악명 높은 밀수왕 윌 워치나 해적 폴 존스[8]의 그림 따위. 거기에 빅토리아 여왕의 색칠된 눈에 워싱턴의 색칠된 눈까지 그들이 뜬금없이 등장하는 대부분의 장면에서처럼 기이한 동반자로 자리 잡고 있다.

지저분한 거리를 따라가다 다다른 이곳은 어떤 장소인가? 나병 환자 주거 구역이라 몇몇 집은 밖에 놓인 황당한 목조 계단을 올라가야 들어갈 수 있다. 발을 디딜 때마다 삐걱거리는 위태로운 이 계단 너머에 무엇이

---

7 영국의 백인 장교 스위트 윌리엄Sweet William과 북아메리카 원주민 추장의 딸 검은 눈의 수전Black-eyed Susan의 사랑과 이별 이야기로, 1720년에 영국의 극작가 존 게이John Gay가 발표한 발라드.

8 존 폴 존스John Paul Jones. 스코틀랜드 태생의 영국 해군 장교였고, 미국 독립 전쟁에 참전했으며 후에 '미국 해군의 아버지'라고 불린 인물. 그의 생애 중에는 세간에 알려지지 않은 약 18개월의 공백기가 있는데 전기 작가들은 이 기간에 그가 해적으로 활동했을 것이라고 추측했다.

있을까? 형편없는 침대 속에 안락함이 웬 말이냐는 듯 안락함이라고는 찾아볼 수 없는, 흐릿한 촛불 하나만 타고 있을 뿐인 끔찍한 방. 침대 곁에 한 남자가 앉아 있다. 팔꿈치를 무릎에 대고 양손에 얼굴을 묻고 있다. "어디가 아픈가요?" 맨 앞에 선 경관이 묻는다. "열병이요." 그가 고개도 들지 않고 무뚝뚝하게 대답한다. 이런 장소에서 열병에 시달리기까지 하니 그 뇌 속에 어떤 생각이 있을 수 있겠는가!

흔들리는 판자 위에서 발을 잘못 디디지 않도록 주의하며 나와 함께 칠흑같이 어두운 이 계단을 올라 손으로 더듬더듬 길을 찾으며 빛 한 줄기 바람 한 가닥 들어오지 않는 듯한 이 늑대 소굴로 들어와보라. 흑인 소년이 경관의 목소리(그에게 익숙한 목소리다)에 화들짝 놀라 잠에서 깨었다가 용무가 있어서 온 것이 아님을 깨닫고 안도하며 초에 불을 붙인다. 성냥에 불이 확 타오르면서 바닥에 잔뜩 쌓인 더러운 넝마 더미가 나타났다가 이내 사라지고, 그전보다 더 짙은 어둠이 내려앉는다. 더 짙은 어둠이 있을 수 있다면 말이다. 아이가 비틀거리며 계단을 내려가더니 곧 불붙은 양초를 손으로 가리며 돌아온다. 그러자 넝마 더미가 들썩거리며 천천히 일어서는 것이 보인다. 바닥에는 잠에서 깬 흑인 여성들이 가득하다. 하얀 이가 딱딱 맞부딪치고, 깜짝 놀란 흑인의 얼굴 하나가 기괴한 거울 속에서 무수히 반사되듯이 번들거리고 반짝이는 눈들이 사방에서 놀라움과 두려움으로 깜박거린다.

역시 조심스럽게 다른 계단(우리처럼 제대로 호위를 받지 않는 사람을 겨냥한 덫과 함정이 있다)을 올라 지붕으로 간다. 밖으로 드러난 기둥과 서까래가 머리 위에서 만나고, 지붕 틈새로 차분한 밤하늘이 올려다보인다. 잠든 흑인들이 빽빽하게 들어찬 토끼우리 하나를 들여다보자. 하! 안에 석탄 화로가 있다. 얼마나 가까이 모여 앉아 있는지, 옷인지 살인지 타는 냄새가 난다. 그리고 부옇게 김이 올라 앞이 안 보이고 숨이 막힌다. 이 어둑한 구석방에서 주위를 돌아보니, 심판의 날이 가까워 음란한 무덤마다 죽은 자를 뱉어내듯 여기저기서 잠이 덜 깬 형상이 기어 나온다. 그곳에서는 개들이 자리에 눕겠다고 울부짖고 남녀노소가 잠을 자려고 슬그머니 기어 들어 오면 보금자리를 빼앗긴 쥐들이 더 나은 다른 거처를 찾아 자리를 옮겨야 한다.

안내자가 계단 아래에서 '얼맥스'[9]의 걸쇠에 손을 얹고는 우리를 부른다. 파이브포인츠에서 잘나가는 사람들이 모이는 장소는 계단을 내려가야 한다. 같이 한번 들어가볼까? 잠깐이면 된다.

　한창 물이 올랐다! 얼맥스의 주인장은 아주 잘나가는구나! 이곳의 주인장은 풍만하고 살집 있는 물라토 여성으로 눈은 반짝거리고 머리는 알록달록한 손수건으로 멋들어지게 장식했다. 남편도 화려함으로 치면 별로 뒤지지 않아서, 여객선 승무원처럼 말쑥한 푸른 재킷을 입고 새끼손가락에 두툼한 금반지를 끼었으며 목에는 번쩍이는 금 시곗줄을 걸고 있다. 우리를 보고 얼마나 반가워하는지! 무엇을 원하시나요? 춤? 당장 대령하겠습니다. '보통의 브레이크다운'으로.

　뚱뚱한 흑인 바이올린 연주자와 탬버린을 흔드는 그의 친구가 바닥을 약간 높인 좁은 악단석에 앉아 마룻바닥을 발로 구르며 신나는 곡을 연주한다. 쾌활한 젊은 흑인이 불러들인 대여섯 쌍이 무대에 오른다. 그 흑인은 이곳의 재담꾼이자 가장 뛰어난 춤꾼이다. 한시도 얼굴을 가만히 두지 않고 우스꽝스러운 표정을 지어서 다들 연신 함박웃음을 지으며 한껏 즐거워한다. 춤추러 나온 사람들 가운데 주인장과 비슷한 머리 장식을

9　Almack's. 파이브포인츠 오렌지 스트리트(현재는 백스터 스트리트) 67번지 지하실에 있던 얼맥스 댄스홀을 말한다. 후에 이 댄스홀은 탭댄스의 발상지로 불리게 된다.

　　　　　　　　　　　　　　　　미국 여행 노트

하고 커다란 검은색 눈을 내리깐 젊은 물라토 여성 두 명이 있다. 한 번도 춤을 춰본 적 없는 양 수줍어하면서, 혹은 그런 척을 하면서 방문객 앞에서 시선을 떨구고만 있어 춤 파트너에게는 인조 속눈썹을 붙인 긴 눈썹밖에 보이지 않는다.

춤이 시작되었다. 원하는 신사들은 다들 맞은편 숙녀에게로 가고 상대편 숙녀도 맞은편 신사에게로 향 하는데, 한참을 그러다 보면 흥이 잦아들고 그 순간 생 기발랄한 주인공이 분위기를 바꾸려 난데없이 뛰어든 다. 즉시 바이올린 연주자가 활짝 웃더니 있는 힘을 다 해 활을 켠다. 탬버린도 다시 힘이 넘친다. 춤추는 사람 들도 새로이 웃음을 터뜨리고 여주인도 새로이 미소를 띠고 주인장도 새로이 자신감을 얻고 촛불도 새로이 밝 게 타오른다.

옆으로 한 발, 옆으로 두 발, 가로지르고, 반대로 가로지르고, 손가락을 튕기고 눈을 굴리고 무릎을 구 부린 채 돌고, 뒤쪽이 보이도록 다리를 올려 차고, 탬버 린 위에서 노니는 손가락처럼 발끝과 발뒤꿈치로 자유 자재로 빙글빙글 돌고, 두 다리가 다 왼다리인 양, 두 다 리가 다 오른다리인 양, 두 다리가 목발인 양, 두 다리가 스프링 다리인 양, 온갖 종류의 다리거나 다리가 없는 양 춤을 추는데, 그에게 이건 무엇일까? 파트너를 공중으로 들어 올리고 자기도 폴짝 뛰어 바 카운터로 뛰어오르더니 흉내도 낼 수 없이 독특한 투로 수많은 모조 짐 크로우[10]의 키득거리는 웃음을 내뱉으며 마실 것을 달라면서 춤을 끝내자 그에게 우레 같은 박수갈채가 쏟아지는데, 어느 부류의 삶에서건 그렇게 고무적인 박수갈채를 받을 사람이 또 누가 있겠는가!

앞서 숨 막히는 집 안 분위기를 거쳐온 탓에 이렇게 문란한 구역의 공기가 신선하기만 하다. 이제 탁 트인 거리로 나오니, 더 깨끗한 공기가 얼굴을 부딪고 하늘의 별도 다시 환히 빛나는 듯하다. 다시 '무덤'이 보인다. 건물 한편은 구치소이다. 방금 목격했던 광경에 자연스럽게 따라 나올 법한 곳이다. 그곳을 둘러본 뒤에 잠자리에 들자.

뭐라! 경범죄를 저지른 자를 이런 구덩이에 집어넣는다고? 아직 죄가 확증되지도 않았는데 당신이 들고 있는 후줄근한 불빛 주변을 가득 메운 고약한 수증기

---

10 19세기 초 백인인 토머스 다트머스 '대디' 라이스가 얼굴을 검게 칠하고 짐 크로우Jim Crow라는 흑인 인물 역할을 하는 춤과 노래 공연으로 큰 인기를 얻었고, 이후 게으르고 멍청하고 굽실거리는 희화화된 흑인상의 전형이 되었다. 이는 흑백 분리 정책인 '짐 크로우 법'의 어원이 되었다.

에 갇혀 이 더럽고 역겨운 악취를 들이마시며 칠흑 같은 어둠 속에서 밤을 지낸다니! 이 정도로 흉하고 혐오스러운 지하 형무소는 세상에서 가장 포악한 폭군을 집어넣기에도 망신스럽지 않은가! 열쇠를 차고 밤마다 저들을 지켜보는 당신, 저들을 한번 봐요. 저들이 어떤지 보여요? 길 아래 놓인 배수구가 어떤지 알죠? 늘 고여 있다는 점 외에 이 인간 하수관이 그것과 어디가 다른가요?

그는 모른다. 이 감방에 젊은 여성 스물다섯 명이 한꺼번에 갇혀 있는데, 그중에 얼마나 잘생긴 얼굴이 있는지 거의 알아보지 못한다.

제발 지금 그 안에 갇힌 비참한 자들이 안 보이게 문을 닫고, 유럽 최악의 고도시의 온갖 악과 방치와 극악무도함이 따라잡지 못할 이 장소에 장막을 치기를.

재판도 받지 않은 사람들이 진정 이 캄캄한 돼지우리에서 밤을 보낸단 말인가? 매일 밤을? 지금은 저녁 일곱 시다. 치안 판사의 법정은 아침 다섯 시에 열린다. 수감자가 첫 번째로 가장 빨리 풀려날 수 있는 시각이 그때이다. 경관이 어깃장을 놓기라도 하면 아홉 시나 열 시까지도 나오지 못한다. 하지만 일전에 한 남자가 그랬듯이 그 사이 누가 죽기라도 하면? 그러면 한 시간 만에 시궁쥐들이 그를 반은 먹어치울 것이다. 그 남자의 경우처럼. 그러면 끝이다.

멀리서 들리는 참을 수 없이 요란한 종소리와 마차 굴러가는 소리와 고함 소리는 무엇인가? 화재다. 반대편의 저 짙붉은 빛은 뭐지? 또 다른 화재. 그러면 우리 앞을 막고 선 이 검게 그을린 벽은 뭐지? 예전에 화재가 있었던 주택. 얼마 전 공식 보고서가 꽤 분명하게 밝혔듯이 그 대화재[1835년의 뉴욕 대화재] 가운데 일부는 우연적인 것만은 아니었고, 투기 자본과 기업은 화염 속에서도 돈 벌 길을 찾았다고 한다. 그건 그렇다 치고 간밤에 화재가 한 건 있었고, 오늘 밤에도 두 건이 생겼다. 내일도 최소한 한 건이 일어나리라 내기를 걸 수도 있다. 그러니 그 점을 위안으로 삼아 이제 밤 인사를 하고 위층으로 올라가 잠자리에 들자.

뉴욕에 머무는 동안 하루는 롱아일랜드인지 로드아일랜드에 있는(어느 쪽인지 잊었다) 다른 수용소를 방문한 적이 있었다. 하나는 정신병원이었다. 건물은 말끔했고, 널찍하고 멋들어진 계단이 특히 눈에 띄었다. 아직 완공되지도 않았는데 이미 규모와 크기가 상당해서 엄청난 수의 환자를 수용할 수 있다.

그 시설을 살펴보고 상당한 위안을 받았다는 말은 못 하겠다. 더 깨끗하고 더 정연한 다른 병동이 있었을지는 모른다. 하지만 다른 유사한 장소에서 내게 좋은 인상을 주었던 그런 위생 체계는 전혀 눈에 띄지 않았다. 그리고 모든 것에서 기운 없고 무기력한 정신병동의 분위기가 풍겨서 무척 괴로웠다. 헝클어진 긴 머리를 늘어뜨리고 몸을 웅크린 맥없는 천치, 손가락질을 하며 아주 기분 나쁜 웃음과 함께 횡설수설하는 광인, 멍한 눈, 제정신이 아닌 사나운 얼굴, 침울하게 손과 입술을 뜯고 손톱을 물어뜯는 모습. 모두가 흉하고 끔찍한 모습을 적나라하게 드러내고 있었다. 텅 빈 벽 외에 시선을 둘 만한 대상 하나 없는 휑뎅그렁하고 칙칙하고 음울한 식당에는 여성 한 명이 혼자 갇혀 있다. 자살할지 몰라서라고 했다. 그런 삶의 견딜 수 없는 단조로움 탓에 오히려 자살하겠다는 결심이 더 확고해지지 않을까 싶었다.

복도와 방에 그득한 끔찍한 무리가 얼마나 충격적이던지, 나는 방문 일정을 가능한 한 줄여서 다루기 힘든 폭력적 환자를 엄격하게 통제하는 구역은 보지 않겠다고 했다. 내가 이 글을 쓰던 당시에 시설을 감독하던 대표가 그곳을 관리할 적임자이고 그곳의 쓸모를 증진시키기 위해 할 수 있는 일은 다 했을 것임을 나는 의심하지 않는다. 하지만 처참하게 고통에 시달리는 인간의 서글픈 피난처인 이곳까지 참담한 당파적 정쟁이 파고들었다면 믿을 수 있을까? 인간 본성에 찾아드는 가장 끔찍한 재앙을 맞아 방황하게 된 정신을 감시하고 통제해야 할 눈에 정치라는 참담한 편 가르기의 안경을 씌운다면 믿을 수 있을까? 정권이 이 당에서 저 당으로 오락가락하고 그 가증스러운 풍향계가 이리저리 움직임에 따라 이런 시설의 이사가 임명되고 물러나고 영원히 바뀐다는 것을 믿어야 할까? 아무리 건전한 삶이라도 자신의 반경 안에 들어오면 다 병들게 하고 망가뜨려버리는 미국의 모래 폭풍인 편협하고 해로운 당파심이 아주 너절하게 새로이 드러나는 상황은 지금까지 매주 허다하게 마주쳤다. 하지만 이 정신병원의 문지방을 넘어섰을 때처럼 그렇게 지독한 혐오감과 헤아릴 수 없이 깊은 경멸감을 느끼며 그것에 등을 돌린 적은 없었다.

이 시설 인근에 빈민 구호소, 곧 미국의 구빈원인 시설이 또 하나 있다. 마찬가지로 규모가 큰 시설이다. 내가 방문했을 당시 그곳에 머물고 있던 빈민이 천 명에는 이르렀을 것이 확실하다. 환기가 잘되지 않고 조명도 어둡다. 별로 깨끗하지 않고, 전반적으로 무척 불편해 보인다는 인상이었다. 하지만 뉴욕은 거대한 상업 중심지이기도 하고, 미국 전역은 물론 세계 곳곳에서 사람들이 찾아오는 유명한 휴양지라서 먹여 살려야 할 극빈층이 늘 넘쳐난다는 사실을 기억해야 한다. 그래서 이런 면에서 독특한 어려움에 시달리는 것이다. 또한 뉴욕은 대도시이고, 대도시에는 엄청난 양의 선과 악이 마구 뒤섞여 존재한다는 사실도 잊어서는 안 된다.

인근에는 어린 고아들을 보살피고 키우는 농장이 있다. 직접 찾아보지는 않았지만 관리가 잘되고 있으리라 믿는다. 호칭 기도를 할 때 병자와 어린이들을 언급하는 아름다운 구절에 미국이 무척 마음을 쓴다는 것을 알기에 더욱 수월하게 그런 신뢰를 보낼 수 있었다.

시설에 갈 때 우리는 이 섬의 형무소에서 사용하는 보트를 탔다. 죄수들이 노를 저었는데, 검은색과 담황색 줄무늬 죄수복을 입어서 빛바랜 호랑이처럼 보였다. 구치소에 갈 때에도 역시 같은 이동 수단을 이용했다.

오래된 형무소이지만, 앞서 설명한 설계에 따라 지은 꽤 선구적인 시설이다. 그 말을 미리 들어 다행이었는데 의심의 여지 없이 아주 무심한 시설이라 그렇다. 하지만 가지고 있는 수단을 최대한 활용하고 형무소치고는 잘 관리되고 있었다.

여성 재소자들은 지붕이 덮인 헛간에서 일을 하는데, 작업장으로 쓰려고 지은 건물이었다. 내 기억이 맞다면 남성 재소자의 작업장은 없었다. 하지만 대부분 근처 채석장에서 일한다고 했다. 아주 궂은 날이라 채석장 일이 중단되어 재소자들은 감방에 있었다. 감방 수가 이삼백에 이르는데 어디에나 사람이 갇혀 있다고 상상해보라. 바람을 쐬려고 문에 딱 붙어서 창살 사이로 손을 내민 사람, 침대에 누워 있는(지금은 한낮인데도 말이다) 사람, 짐승처럼 창살에 머리를 박고 짐짝처럼 바닥에 엎어져 있는 사람. 게다가 바깥에는 비가 억수같이 내린다고 해보자. 건물 한가운데에는 난로가 한시도 꺼지지 않고 타고 있다. 마녀의 가마솥처럼 뜨겁고 김이 펄펄 나고 숨이 막힐 것이다. 거기에 곰팡이 핀 축축한 우산 천 개와 빨다 만 침구류가 가득 든 빨래 광주리 천 개를 더해보라. 그것이 바로 그날의 형무소이다.

그와 달리 싱싱 주립 형무소는 모범적인 형무소이다. 그 형무소와 오번의 형무소가 침묵제[11]에 있어서 확실히 가장 규모가 크고 모범적인 사례라고 본다.

도시 반대편에 극빈자 쉼터가 있다. 남녀와 흑백 인종을 가리지 않고 어린 범법자를 갱생하는 시설이다. 유용한 직업 교육을 하고 좋은 주인 아래에서 수습생

---

11 1823년 미국 뉴욕주 오번 교도소에서 처음 시행해 오번제라고도 불리는 제도로 주간에는 수형자를 공장에서 노역시키되 대화를 엄격하게 금지하고 야간에는 독방에 구금하는 제도.

으로 일하게 함으로써 사회의 훌륭한 일원으로 만든다. 앞으로 보겠지만 설계 방식은 보스턴의 시설과 유사하고, 그에 못지않게 가상하고 훌륭한 시설이다. 이 고귀한 자선 기관을 돌아보다가 의문이 하나 떠올랐다. 나이로 보나 지금까지의 생활로 보나 사실상 성인 여성이라고 봐야 할 여자아이들을 마치 어린애처럼 다루는 것은 큰 실수가 아닌가, 이곳의 감독관이 세상살이와 세속성에 대해 제대로 알고는 있나, 그런 의문이었다. 그 상황이 내 눈에는 분명 우스꽝스러웠고, 내 짐작이 크게 벗어나지 않는다면 당사자들 눈에도 그럴 것이었기 때문이다. 하지만 이런 기관이란 늘 총명하고 경험 많은 일단의 신사들이 눈에 불을 켜고 검사하니 제대로 잘 관리되지 않을 리가 없다. 이 사소한 문제에서 내가 옳건 그르건, 아무리 높이 평가해도 과하지 않을 그 성과와 특성의 측면에서는 별로 중요하지 않다.

이 시설들이 아니라도 뉴욕에는 훌륭한 병원과 학교들, 문예 협회와 도서관들, 나무랄 데 없는 소방서(마땅히 그래야 하듯, 쉼 없이 훈련하는) 한 곳과 온갖 종류의 자선 기관이 있다. 교외에는 넓은 묘지가 있다. 아직 완공되지 않았지만 하루가 다르게 나아지고 있다. 내가 그곳에서 본 가장 서글픈 묘지명은 "이방인들의 무덤. 이

도시의 여러 호텔에 바친다"였다.

　　주요 극장은 세 군데이다. '파크 극장'과 '바우어리 극장' 두 곳은 거대하고 품격 있는 근사한 건물인데, 참 안타깝게도 대체로 텅텅 비어 있다. 세 번째 극장인 올림픽 극장은 보드빌이나 해학극을 주로 올리는 자그마한 공연장이다. 런던 관람객도 잘 알고 높이 평가하는, 진지한 표정의 유머와 독창성에서 독보적인 희극 배우인 미첼 씨[12]가 뛰어난 경영 실력을 발휘하고 있다. 이 훌륭한 배우에 대해 기쁜 마음으로 적자면, 그의 공연은 대개 만석이고 그의 극장은 밤마다 유쾌한 떠들썩함으로 들썩거린다. 정원과 야외 오락 시설을 갖춘 '니블로'[13]라는 자그마한 여름철 극장도 있는데 빼먹을 뻔했다. 그러나 그곳 역시 '공연용 건물' 혹은 그런 유머러스한 이름이 지칭하는 분야가 불행하게도 최근 고전을 면치 못하게 하는 전반적인 침체에서 자유롭지 않다.

　　뉴욕 주변의 시골은 빼어나게, 절묘하게 아름다운 풍경이다. 이미 언급했듯이 기후는 상당히 따뜻하다. 저

12　존 H. 미첼John H. Mitchell. 희극 배우이자 극장 경영자로 바우어리 극장을 비롯한 여러 극장의 경영자를 역임했다.

13　니블로 가든Niblo's Garden. 뉴욕 맨해튼 소호의 브로드웨이와 프린스 스트리트 모퉁이에 있던 극장.

녁 시간에 아름다운 만에서 불어오는 해풍이 없다면 어떠할지, 그런 괜한 질문을 던져서 나 자신이나 독자들의 열이 오르게 하지는 않으려다.

이 도시에서 가장 뛰어난 사교계는 보스턴의 사교계와 비슷한 분위기다. 여기저기에 상업 정신이 더 많이 스며들어 있긴 하지만 전반적으로 잘 다듬어져 있어서 세련되고 항상 반갑게 맞아준다. 주택과 음식 차림새는 우아하고, 사람들은 더 늦은 시간까지 더 방탕한 시간을 보낸다. 그리고 겉모습과 관련해서, 값비싼 생활 방식과 부를 내보이는 일에서 더 경쟁심이 두드러진다. 숙녀들은 특출하게 아름답다.

나는 뉴욕을 떠나기에 앞서 유월 출항을 알린 조지워싱턴 우편선에 귀국 배편을 확보해놓았다. 미국을 돌아다니는 중에 딱히 돌발적인 변수가 없다면 그 달에 미국을 떠날 작정이었다.

영국으로 돌아가는 날, 내게 소중한 모든 이들과 부지불식간에 내 본성의 일부가 된 나의 일로 되돌아가는 그날, 뉴욕에서 그곳까지 마중 나와준 친구들과 배위에서 마침내 작별 인사를 하면서 그렇게 커다란 슬픔이 밀려들리라고는 미처 생각지 못했다. 그렇게 머나먼 장소, 최근에야 알게 된 장소의 이름들과 그 주위로 뭉게뭉게 솟은 수많은 애정 어린 기억들이 내 마음속에서 이제 와 한데 어울릴 줄은 생각지 못했다. 이 도시에는 희미하게 깜박거리던 빛이 결국 잦아드는 라플란드[북극권에 속한 유럽 최북단 지역]의 칠흑 같은 겨울날을 환히 밝혀 줄 이들이 있다. 그들 앞에서 우리의 모든 생각과 행동과 어우러진 그 괴로운 작별의 말을 함께 나누자니 고향조차 흐릿해졌다. 갓난아이 때 우리의 요람 머리맡에 수시로 등장하고 노년에 우리 삶의 앞길을 닫아버리는 그 말을.

미국 여행 노트

맺는 말
Concluding Remarks

이 책에는 나의 추정과 결론을 독자에게 들이밀고 싶은 유혹에 빠지지 않으려고 나름 노력했던 구절이 많다. 내가 제공한 전제들을 근거로 각자 알아서 판단했으면 하는 바람에서였다. 처음부터 내가 지녔던 단 한 가지 목표는 어디를 가든 독자를 충실히 데리고 다니는 일이었다. 그리고 그 임무를 잘 이행했다고 본다.

그래도 이 책을 끝내기에 앞서 이방인의 눈에 비친 미국 국민의 전반적 특성과 미국 사회 체제의 전반적 특성이라는 주제에 대해 나 자신의 의견을 몇 마디 덧붙이고 싶은데, 그 정도는 독자들이 양해해주지 않을까 싶다.

미국인은 천성적으로 솔직하고 용감하고 화기애

애하고 다정하고 이방인을 따뜻이 맞아준다. 교양 있고 세련된 경우라도 오히려 따뜻한 마음과 뜨거운 열정이 더욱 강한 듯하다. 학식 있는 미국인이 아주 관대하고 다정한 친구가 될 수 있는 까닭은 바로 그렇게 두드러진 열정과 따뜻한 마음을 지니고 있기 때문이다. 난 그 계층에게 완전히 사로잡혔는데 지금껏 누구에게도 그런 적이 없었다. 그렇게 기꺼이, 유쾌하게, 내 신뢰와 존경을 몽땅 쏟아부은 적이 없었다. 반평생 동안 소중히 여길 친구를 반년 사이에 그렇게 많이 사귀는 일은 앞으로 다시는 없을 것이다.

미국의 전 국민이 그런 특성을 타고났다고 나는 전적으로 믿는다. 그렇지만 꼭 짚고 넘어가야 할 진실이 있다면, 그것이 군중 속에서 자라면서 안타깝게도 수액이 빠져나가고 잎마름병에 걸린다는 점, 그들을 더욱 위태롭게 할 영향력이 존재하고 현재로서는 건강한 상태를 회복할 가능성이 미미하다는 점이다.

결점에 과민 반응을 하고 미덕이나 지혜로움의 표식을 침소봉대하는 것은 모든 민족이 지니는 본질적 특성이다. 미국 민심에 무수한 악을 양산하는 한 가지 큰 결점이 있는데 그것은 보편적 불신이다. 그런데 미국 시민은 그것이 만들어내는 폐허를 냉철하게 인식할 때조차 그런 면을 자랑스러워한다. 자신의 이성적 판단과 다를지라도, 그것을 자기 민족의 위대한 현명함과 예리함, 우월한 명민함과 독립심으로 내세운다.

　　이방인은 이렇게 말한다. "당신들은 그런 시샘과 불신을 공적 삶의 모든 관계로 끌고 들어가잖아요. 충분히 그 자리에 앉을 만한 인사를 의회에서 쫓아내고 대신 투표를 통해 선출될 후보자 부류를 키워내는데, 그들의 행동은 당신네 제도와 국민의 선택에 먹칠을 하겠죠. 그렇게 해서 얼마나 변덕스럽고 툭하면 바뀌는지 조변석개라는 특성이 아예 상투적 어구가 되었잖아요. 떠받들 우상을 튼튼하게 세우나 싶으면 바로 다시 끌어내려 산산조각을 내니까 말이죠. 그것은 어떤 후원자나 공무원에게 보상을 해주고는 보상을 받았다는 그 이유 하나로 그 사람을 불신하기 때문이에요. 너무 후하게 인정해준 게 아닌가, 그의 공적에 허점이 있지는 않나, 그런 점을 찾아내느라 여념이 없어요. 대통령을 필두로 그 아래 누구든 일단 높은 지위에 오르는 순간 다시 추락할 날을 손꼽아야 할 거예요. 악명 높은 불한당 기자가 한 인간의 인성이나 행동까지 대놓고 공격하는 일도 불사하며 불신을 선동하면 대중은 그 말을 믿을 테니까요. 그러면 신용과 신뢰의 문제에서 사소한 것들에 좌우되겠죠. 당신이 그것을 아무리 정당하게 얻었더라도, 당신에게 충분한 자격이 있더라도 말이에요. 하찮은 의심과 비열한 의혹이 아무리 가득하더라도 커다란 마차를 통째로 삼켜버리겠죠. 이런 일이 온당한 일이며, 통치자나 통치를 받는 사람의 인격을 높여주리라 생각하나요?"

그에 대한 대답은 늘 한결같다. "아시다시피 이곳엔 견해의 자유가 있습니다. 각자 알아서 생각하고 우리는 쉽게 속아 넘어가지 않아요. 그래서 우리가 의심이 많아진 거죠."

또 다른 두드러진 특성은 '영리한' 거래를 대단히 좋아한다는 점이다. 그래서 많은 사기 행각이나 중대한 신뢰 위반이나 공적, 사적 횡령들이 번지르르한 금칠을 입고, 교수형에 처해 마땅한 수많은 악당들이 최고의 인물들과 어깨를 나란히 하는 것이다. 공적 신뢰를 훼손하고 공적 자원에 해를 입히는 문제에서, 아둔한 솔직함이 아무리 무모한들 한 세기에 저지를 수 있는 정도 이상을 이런 영리함은 단 몇 년 새에 저질렀으니 감안할 점이 없지는 않지만 말이다. 계약 파기된 투기나 파산, 성공적인 악당 등의 가치는 '남이 내게 해줬으면 하는 대로 남에게 하라'는 금과옥조에 비추어 판단되지 않고 그 영리함의 차원에서 판단된다. 미시시피강을 건너다 불운한 카이로[1]를 지나치던 두 번 모두 나는 그렇게 고약한 기만행위가 결국 터져버리면 외국의 신뢰를 떨어뜨리고 외국 자본의 투자 의지를 꺾는 나쁜 영향을 끼칠 것이라고 말했는데, 그럴 때마다 돌아오는 대답은 그것이 큰돈을 버는 아주 영리한 책략이라는 주장이었다. 해외에서 그런 일은 금세 잊혀서 다시 기꺼이 투자를 하기 때문에 무엇보다 영리하다고 했다. 이런 대화가 수백 번은 오갔다. "아무개라는 자가 아주 파렴치하고 밉살스러운 수단을 동원해 엄청난 재산을 모았다는데 너무 수치스러운 일 아닌가요? 그렇게 많은 범죄를 저지른 인물인데, 시민들이 어떻게 그걸 용인하고 방조할 수가 있어요? 그런 자는 사회의 골칫거리예요, 안 그런가요?" "맞아요." "확실한 사기꾼이죠?" "맞습니다." "두들겨 팬 뒤에 수갑을 채워 가둬야 할 자이죠?" "그래요." "게다가 순전히 부도덕하고 저질이고 방탕한 자이죠?" "맞아요." "그럼 대체 그가 가진 장점이 뭐예요?" "음, 영리한 사람이잖아요."

마찬가지로 현명하지 못하고 결함 있는 온갖 종류

---

1 미시시피강과 오하이오강의 합류 지점에 있는 일리노이주 최남단 도시. 남북전쟁 시기에 노예로 살던 흑인이 대거 이주했다.

의 관행이 미국인의 유난한 상업 사랑 탓으로 여겨진다. 참 희한하게도 외국인이 미국인을 상업적 민족이라고 부르면 심각한 비판을 감수해야 하지만 말이다. 결혼한 부부가 자기 화롯가도 없이 호텔에 살면서 식당에서 급히 먹어 치우는 식사 때를 제외하고는 이른 아침부터 늦은 밤까지 얼굴을 마주하는 일이 거의 없는 풍습, 미국의 어느 도시에서나 만연한 그런 쓸쓸한 풍습은 상업 사랑 탓으로 여겨진다. 또한 미국에서 문학이 영원히 보호받지 못하는 것도 상업 사랑 탓이다. "우리는 상업적 민족이라 시는 딱히 좋아하지 않거든요." 그러면서도 자기네 시인들이 당연히 자랑스럽다고 한다. 그러는 사이 상업의 근엄한 공리주의적 즐거움 앞에서 건전한 재미와 신나는 오락과 유익한 상상은 모두 사라져야 한다.

이 세 가지 특성이 어디를 가든 등장해서 이방인의 시선에 가득 들어찬다. 하지만 미국의 왜곡된 성장은 이보다 더 뒤엉킨 뿌리를 가지고 있어서, 음란하고 방종한 언론 깊숙한 곳에 잔뿌리를 내리고 있다.

사방팔방 학교를 세우고, 수많은 학생을 가르치고 교사를 길러내고, 대학이 번창하고 교회는 미어터지고 금주 습관이 퍼지고 모든 다른 형태의 발전된 지식이 성큼성큼 이 땅을 활보할 수는 있겠지만, 미국의 언론이 현재의 비루한 상태를 확실히 벗어나지 못한다면 이 나라의 도덕성은 나아질 가망이 없다. 해마다 후퇴할 것이고 그럴 수밖에 없을 것이다. 해마다 민심은 점점 더 바닥으로 떨어질 것이다. 해가 갈수록 하원과 상원은 모든 양식 있는 사람들의 외면을 받게 될 것이다. 미국의 위대한 헌법 제정자들은 해마다 타락하는 후세의 형편없는 삶을 보며 점점 분개할 것이다.

군이 말하지 않아도 독자들은 알겠지만, 미국에서 수두룩하게 출판되는 잡지 가운데 품격 있고 믿을 만한 잡지가 없는 것은 아니다. 이 부류의 출판업에 종사하는 걸출한 인물들과 직접 만나보니 즐거웠고 소득도 많았다. 하지만 그런 잡지는 극소수이고 다른 부류가 수두룩하다. 그리고 선한 영향력은 나쁜 영향력의 도덕적 해악에 맞설 힘이 없다.

미국의 상류층 사이에서, 박식하고 온건한 사람들 사이에서, 학계에서, 법조계에서, 이 악명 높은 언론의 사악한 본성과 관련해 내세우는 의견은, 아니나 다를까 딱 하나여서, 방문한 외국인이 생각하는 만큼 그 영향력이 대단하지 않다고 주장(그런 망신스러운 상황에 대해 핑계를 찾는 것이 당연하므로 그리 이상한 일도 아니지만)하곤 한다. 미안하지만 나로서는 그것이 근거 없는 항변이라고, 모든 사실과 정황이 정반대의 결론을 가리킨다고 말해야겠다.

미국 내에서 지적으로든 인격적으로든 얼마간 공적을 쌓은 인물이 그 종류를 막론하고 특별한 공적 지위에 오를 경우 일단 땅에 납작 엎드려 이 패륜적 괴물 앞에 무릎을 꿇지 않아도 될 때, 뛰어난 개인이 그 괴물의 공격에 위협받지 않을 때, 그로 인해 사회적 신뢰가 깨어지지 않고 품위 있고 명예로운 사회적 유대 관계가 최소한의 존경을 받을 때, 그 자유로운 나라의 국민 누구나 견해의 자유가 있어서, 자신이 극히 혐오하고 마음 속 깊이 경멸하는 걷잡을 수 없이 무지하고 저열하도록 부정직한 괴물의 검열에 구차하게 신경 쓰지 않고 각자 알아서 생각하고 발언할 수 있을 때, 그 괴물로 인해 자국에 쏟아지는 오명과 비난을 누구보다 첨예하게 느끼는 사람들, 자기들끼리 그것을 맹렬히 비난하는 사람들이 누구나 보는 앞에서 공개적으로 과감하게 발을 들어 그 괴물을 짓밟아 박살 낼 때, 그럴 때야 비로소 나는 그 영향력이 축소되고 국민들이 인간다운 상식을 되찾아간다는 사실을 믿을 것이다. 하지만 그 언론이 사악한 눈으로 집집마다 들여다보고 대통령부터 집배원에 이르기까지 행정부 구석구석 그 시커먼 손을 들이미는 한,

미국 여행 노트

팔 수 있는 상품이라고는 상스러운 음담패설밖에 없는 주제에, 읽을거리라고는 신문밖에 없어 달리 아무것도 읽지 않는 어마어마한 규모의 대중을 향해 일반적 문학을 자처하는 한, 그 오명은 나라 전체가 뒤집어쓸 것이고 결국 그것이 공화국에 자행하는 악이 명백히 드러나게 될 것이다.

영국의 주요 잡지나 유럽 대륙의 점잖은 잡지에 익숙한 이들이라면, 그렇지 않더라도 출판과 언론에 어떤 식으로든 익숙한 이들이라면, 상당량의 발췌문을 제시하지 않는 다음에야 미국의 이 무시무시한 기제를 제대로 이해하지 못하겠지만, 지금 그럴 지면도 없을뿐더러 내게 그럴 마음도 없다. 하지만 런던 시내 어디에서나 그런 출판물을 여기저기에서 찾아볼 수 있을 테니, 이 주제와 관련한 내 주장을 확인하고자 하는 사람은 각자 확인하고 생각하기 바란다.

미국 국민이 전체적으로 실재를 향한 사랑이 덜하고 이상을 향한 사랑이 조금 더하다면 큰 문제가 없으리라는 점은 의심할 바 없다. 가벼운 마음과 흥겨움이 더 권장되거나, 직접적이고 두드러진 유용성이 없어도 아름다움이 전반적으로 육성되는 분위기라면 별문제 없을 것이다. '우리는 신생국'이라는 항변은 어딜 보나 구체제의 특성이 느리게 자라나는 것이 분명하여 정당화되기 어려운 단점들에 대한 변명으로 너무 자주 등장하기는 하지만, 여기서는 꽤 적절한 항변이 될 듯하다. 나로서는 미국에 신문 정치 말고도 다른 민족적 오락거리가 있다는 이야기가 들리기를 간절히 바란다.

미국인은 확실히 유머를 즐기는 민족이 아니고 내가 그들의 성정에서 받는 인상은 늘 칙칙하고 우울하다. 약삭빠른 말을 던지고 어딜 보나 야무진 면에서는 양키, 혹은 뉴잉글랜드 사람이 단연 선두이다. 인간의 지력을 증명하는 다른 특성에서도 대체로 그렇지만. 하지만 이 책 전반부에서 다루었듯이, 큰 도시가 아닌 이런저런 장소를 다닐 때 심각하고 우울한 사업적 분위기가 얼마나 만연하던지 상당히 숨이 막혔다. 그런 분위기는 워낙 보편적이고 한결같아서 처음 찾아간 마을이라도 항상 직전의 마을에서 방금 헤어진 바로 그 사람들을 다시 만난 기분이었다. 내 생각에 민족적 관습에서 감지되는 단점들은 상당정도 이로부터 기인하는 것 같다. 그로 인해 세련되지 못한 관례를 따분하고도 침울하게 고집하고, 삶의 세련된 면모는 관심 둘 가치가 없다며 무시하는 것이다. 의례라는 면에서 항상 무척 세심하고 빈틈없던 조지 워싱턴은 이미 그 당시에도 이런 잘못된 경향을 감지

했고 그 잘못을 바로잡으려 최선을 다했다.

　이 주제와 관련하여 일각에서는 미국에 다양한 비국교도가 널리 퍼진 이유가 어떤 식으로든 이미 확립된 국교가 없기 때문이라고 주장하는데 나로서는 그 의견에 동의할 수 없다. 미국 국민은 혹시 그런 제도가 자리 잡게 그냥 두었다 해도 그들의 기질상 그것이 확립된 제도라는 이유만으로도 그것을 버릴 것이 당연하기 때문이다. 설사 그런 것이 존재한다고 가정하더라도 이미 어마어마한 수의 비국교도 사이에서 방황하는 양을 한 마리라도 자기 우리로 불러들일 수 있을지 회의적이다. 미국에서 내가 본 종교 가운데 유럽에서, 아니면 영국에서라도 예전에 만나보지 못한 형식의 종교는 없었다. 누구나 다 그랬듯이, 비국교도들 역시 피신처를 찾아 대규모로 미국에 왔다. 그리고 그 이전에 인간의 창조물은 없던 그곳에서 토지를 구입하고 마을과 촌락을 키워나갈 수 있었기에 커다란 정착지가 건설되었던 것이다. 그러나 셰이커 교도도 영국에서 이주했고, 모르몬교의 주창자인 조세프 스미스나 무지몽매한 그의 제자들도 영국이 모르던 존재가 아니었다. 인구가 많은 영국의 여러 마을에서 미국의 전도 집회에 못지않은 종교적 장면을 나 자신이 직접 목격한 적도 있으니까. 내가 아는 한, 한

쪽의 미신을 이용한 사기와 다른 쪽의 미신적 맹신이 미국에 근원을 두고 있지는 않다. 우리에게도 사우스코트 부인이나 토끼 사육사 메리 토프스, 캔터베리의 쏜[2] 같은 선례가 있고, 쏜은 암흑의 시대가 끝나고도 한참 뒤에 등장한 인물이었으니까.

미국의 공화주의 제도가 국민들이 자존감과 평등을 주장하도록 이끄는 것은 틀림없는 사실이다. 하지만 미국 방문객은 이런 제도를 명심해서, 영국에서라면 서로 만날 일이 없어 잘 모르는 계층의 인물이 가까이 다가오더라도 성마르게 분개하지 말아야 한다. 나로서는 명청한 자존심의 기미가 없고 정직한 봉사에 모자람이 없다면 그런 일로 기분이 상한 적이 없었다. 그 특성이 무례하거나 부적절하게 나타난 경우를 만나긴 했지만 아주 드물었다. 우스꽝스럽게 나타난 경우는 한두 번 있어서 다음의 일화가 한 사례인데, 모두 재밌는 우연적 사건이지 일반적인 경향과는 거리가 멀다.

어떤 마을을 방문하던 중 장화 한 켤레를 살 일이 있었다. 가진 장화라고는 두터운 코르크 밑창을 댄 장

---

2 세 명 모두 종교나 미신을 이용해 대중을 현혹한 사이비 교주, 사기꾼들이다.

화뿐인데, 증기선의 뜨거운 갑판 위에서 신기엔 너무 더운 신발이었기 때문이다. 그래서 그곳의 장화 제화공에게 나의 정중한 방문을 허락한다면 만나보고 싶다는 내용에 그에 대한 칭찬의 말을 덧붙인 전갈을 보냈다. 그는 친절하게도 그날 저녁 여섯 시경 "들르겠다"는 답을 보냈다.

그 시각쯤 나는 와인 잔을 곁에 둔 채 책을 들고 소파에 누워 있었다. 그때 문이 열리면서 스카프를 두르고 모자와 장갑을 착용한 서른 살 안팎의 신사가 들어왔다. 그는 거울로 다가가 머리를 매만진 뒤 장갑을 벗더니, 외투 주머니 깊숙이에서 천천히 자를 꺼내고는 께느른한 말투로 장화를 "풀어달라"고 내게 요청했다. 나는 그가 요청한 대로 장화를 풀면서도 그의 머리에 여전히 얹힌 모자를 신기하게 바라보았다. 그래서였는지, 아니면 더워서였는지 모르겠지만 그가 모자를 벗었다. 그러곤 내 맞은편 의자에 앉았다. 그는 양 무릎 위에 팔을 얹은 채 몸을 앞으로 푹 숙여 내가 방금 벗은 대도시 장인의 제작품을 힘겹게 들어올렸다. 그러면서 경쾌하게 휘파람을 불었다. 내 장화를 이리 돌리고 저리 돌리며, 어떤 언어로도 형용할 수 없는 경멸의 표정으로 살펴보더니 **이런** 걸 만들어달라는 거냐고 물었다. 나는 장화

크기가 넉넉하기만 하다면 나머지는 알아서 하시라고 정중히 대답했다. 가능하고 번거롭지 않다면 지금 앞에 놓인 신발과 비슷한 모양이면 나로선 좋겠지만 그의 판단과 재량에 오롯이 맡길 테니 전부 알아서 하시라고 말했다. "그렇다면 굽에 이렇게 쑥 들어간 부분이 없어도 된다는 건가요?" 그가 물었다. "여기서는 꼭 그렇지 않아도 됩니다." 내가 앞서 한 말을 되풀이했다. 그가 다시 거울을 들여다보았다. 얼굴을 가까이 들이대고 눈꼬리에 붙은 먼지를 털어낸 뒤 스카프를 다시 매만졌다. 내 다리와 발은 내내 허공에 들린 채였다. "대충 다 되었나요?" 내가 물었다. "대충 다 되었습니다. 가만히 계세요." 그가 말했다. 나는 발은 물론 얼굴 표정도 가능한 한 가만히 두었다. 그때쯤 먼지를 다 털어냈는지 그가 필통을 찾아서 내 발을 재고는 치수를 적었다. 그 일을 마친 뒤 다시 앞선 태도로 돌아가, 내 장화를 다시 집어 들고 한동안 생각에 잠겼다. "그러니까 이것이 영국 장화군요, 그렇죠?" 마침내 그가 입을 열었다. "이게 런던 장화라는 거죠?" "그게 런던 장화입니다." 내가 대답했다. 그는 요릭의 두개골을 손에 든 햄릿처럼 다시 장화를 들고 생각에 잠겼다. '이런 장화를 제작하게 하는 사회 제도라니, 참 안쓰럽구먼!' 이런 투로 고개를 주억거렸다. 그리고 자리에서 일어나 연필과 메모와 종이를 집어넣고(그러는 내내 거울을 들여다보면서) 모자를 쓰고 천천히 장갑을 끼더니 마침내 걸어 나갔다. 나간 지 일분 쯤 되었을까, 다시 문이 열리더니 모자 쓴 그의 얼굴이 다시 쑥 들어왔다. 그는 방 안을 둘러보고 여전히 바닥에 놓여 있는 내 장화를 보더니 "안녕히 계세요"라고 말했다. 나도 인사를 했고, 그렇게 그 면담은 끝났다.

내가 거론하고 싶은 주제가 한 가지 더 있는데, 공중위생과 관련된 것이다. 아직 개간되지 않아 아무도 정착하지 않은 광활한 땅이 펼쳐진 나라이고, 그런 곳이 늘 그렇듯 식물의 분해가 매년 일어나는 거대한 나라이니, 너른 강이 수없이 많고 극과 극의 기후가 존재하는 나라이니, 특정한 계절마다 대규모 질병이 발생할 수밖에 없을 것이다. 미국의 의료계 인사들과 이야기를 나누고 나니, 그래도 몇몇 일반적 예방책만 지킨다면 미국에 만연한 질병은 상당 정도 피할 수 있겠다는 내 생각이 그리 특이한 것은 아니었다는 말은 할 수 있겠다. 그런 결과를 얻으려면 개인위생을 위한 방책들이 훨씬 더 많아야 한다. 삼시세끼 다량의 동물성 식품을 급히 삼킨 뒤 식사가 끝나자마자 책상머리 일자리로 돌아가는 생활 습관은 바꿔야 한다. 여성은 좀 더 건강을 생각하는 복장을 하고 건강에 좋은 운동을 좀 더 해야 한다. 운동이 필요한 것은 남성도 마찬가지이다. 무엇보다 공공기관에서, 그리고 모든 도시와 마을 전체에서 환기와 배수와 청소 체계를 철저히 재점검해야 한다. 미국의 지역입법 기관들이 영국 노동자 계급의 위생 상태에 관한 채드윅[3]의 훌륭한 보고서를 연구하면 분명 커다란 이득이 있을 것이다.

이제 이 책을 마무리할 때이다. 영국에 돌아온 뒤 내가 들어온 경고를 생각하면, 미국 국민이 이 책을 애정을 가지고 호의적으로 받아들이리라 믿을 근거는 거의 없다. 각자 판단하고 각자 의견을 개진하는 그 대중과 관련된 나의 글에 진실이 아닌 것은 없으니, 본질에서 벗어난 수단으로 대중의 박수갈채를 얻으려 애쓸 마음이 내게 전혀 없다는 것을 알게 될 것이다.

여기 적힌 내용으로 인해 어느 면에서나 그 이름에 값하는 대서양 건너편의 친구를 단 한 명이라도 잃는 일은 없으리라는 사실을 아는 것만으로도 내겐 충분하다. 나머지에 대해서는 이 글을 고안하고 글로 적었던 내 정신을 암묵적으로 신뢰하고자 한다. 그리고 기다리겠다.

---

3 에드윈 채드윅Edwin Chadwick. 영국의 위생 개혁 운동을 선도한 법률가.

내가 받았던 대접은 거론하지 않았고, 그것이 내가 쓴 글에 영향을 주는 일은 없도록 했다. 나의 예전 책을 읽어준, 나를 편애하는 대양 너머 독자들, 한 손에 강철 재갈을 든 것이 아니라 두 팔 벌려 나를 맞아준 독자들을 향한 내 마음속 고마움에 비하면 어느 쪽이든 내 감사 표현이 한참 부족할 것이기 때문이다.

- *1842년 미국 보스턴에 도착한 직후 스물아홉 살의 찰스 디킨스. 미국의 초상화 화가 프랜시스 알렉산더Francis Alexander의 그림.*

이탈리아 풍경

Pictures from Italy

PICTURES FROM ITALY.

BY

CHARLES DICKENS.

———•———

The Vignette Illustrations on Wood. by Samuel Palmer.

The Street of the Tombs: Pompeii.

LONDON:

PUBLISHED FOR THE AUTHOR,

BY BRADBURY & EVANS, WHITEFRIARS.

MDCCCXLVI.

피사와 시에나를 거쳐 로마로
To Rome by Pisa and Siena

내가 보기에 제노바와 라스페치아를 잇는 해안 도로보다 아름다운 풍광은 이탈리아에 없는 것 같다. 한쪽으로는 광활한 푸른 바다가 때로는 한참 아래쪽에, 때로는 도로와 거의 같은 높이에서 별의별 형태로 깎인 돌을 휘돌며 출렁거리고, 군데군데 그림 같은 소형 범선이 천천히 미끄러지며 나아간다. 반대쪽에는 높은 산마루들이 솟아 있는데, 하얀 오두막들과 군데군데 무리 지은 올리브 나무와 사방이 열린 산뜻한 탑을 지닌 시골 교회와 화려하게 칠한 시골집들이 골짜기마다 흩뿌려져 있다. 길가의 둑과 둔덕마다 야생 선인장과 알로에가 풍성하게 자라고 있다. 그리고 길을 따라 이어지는 화사한

마을의 정원마다 여름철에는 벨라도나가 발갛게 무리
지어 피고 가을과 겨울이면 황금색 오렌지와 레몬의 향
이 공기 중에 가득하다.

　　어떤 마을은 주민이 거의 다 어부다. 해안에 끌어
올려놓은 커다란 어선들이 작은 조각 그늘을 드리운 모
습이 참 보기 좋다. 어부들은 해변에 누워 잠을 자기도
하고, 그들이 기슭에서 그물을 손보는 동안 여자와 아
이들이 해변에 앉아서 먼 바다를 내다보거나 즐겁게 뛰
어논다. 도로에서 수백 피트 아래쪽 바닷가의 작은 항
구 마을인 카모글리에는 선원 가족들이 사는데, 그들
은 까마득한 옛날부터 그곳에서 연안선을 타고 나가 스
페인을 비롯한 다른 곳과 무역을 했다. 위쪽의 도로에
서 보면 둥글게 바닷물이 들어온 해안 가장자리의 마을
이 햇빛에 반짝이는 조그만 모형처럼 보인다. 구불구불
한 노새 길을 따라 마을로 내려가 보니, 원초적 어촌의
완벽한 모형이라 할 만하다. 이보다 더 짠 내가 나고 더
거칠고 더 해적 마을처럼 보이는 장소는 지금껏 본 적이
없다. 녹슨 거대한 쇠고리와 계류용 사슬과 계류용 밧
줄, 그리고 낡은 돛대와 목재 조각들이 길에 잔뜩 쌓여
있다. 악천후 때 쓰는 단단한 보트들이 있고, 어부의 의
복이 작은 항구에서 펄럭이거나 해가 잘 드는 바위 위에

펼쳐져 있다. 대충 만든 잔교棧橋의 난간 위에는 양서류처럼 보이는 친구들 몇몇이 마치 땅이나 물이나 매한가지라는 듯 담 위로 다리를 늘어뜨린 채 잠들어 있다. 그러다 미끄러져 물에 빠져도 여전히 졸면서 물고기들 사이를 편안하게 떠가겠지. 폭풍우를 만나고 난파를 당했어도 살아남았던 일을 기리는 바다의 전리품과 봉헌물로 교회가 반짝거린다. 항구에 바로 면해 있지 않은 주택에 닿으려면 컴컴하고 야트막한 아치 아래 길을 따라간 뒤 몹시 꾸불꾸불한 계단을 올라가야 한다. 마치 배의 짐칸이나 바닷물에 잠긴 불편한 선실과 마찬가지로 어둡고 닿기 어려운 게 마땅하다는 듯이. 그리고 생선과 해초 비린내와 오래된 밧줄 냄새가 어디서나 풍긴다. 카모글리가 까마득히 아래쪽으로 내려다보이는 해안 도로는 따뜻한 계절이면 반딧불이로 유명한데, 제노바에서 가까운 곳이 특히 더 그렇다. 나도 캄캄한 밤에 그곳을 걷다가 그 아름다운 곤충들이 창공 가득 반짝이는 불빛을 수놓는 모습을 본 적이 있다. 올리브 나무와 산비탈을 수놓으며 허공에도 가득한 그 빛이 얼마나 눈부시던지 저 멀리 별빛마저 파리해 보였다.

하지만 우리가 이 길을 따라 로마로 향했던 때는 그런 계절이 아니었다. 일월 중순을 막 지난 데다, 날씨

마저 무척 음울하고 칙칙했다. 게다가 비도 많이 내렸다. 브라코의 멋진 산길을 넘을 때 안개와 비가 섞인 폭풍우를 만나서 우리는 내내 구름을 가르며 나아갔다. 난데없는 돌풍으로 한순간 눈앞에서 연무가 사라졌을 때를 제외하면, 그 길을 가는 동안 시야에 들어온 것이라고는 까마득한 아래쪽에서 파도가 거세게 출렁이며 저 멀리 바위를 후려쳐 하얀 거품이 솟구치는 모습뿐이었으니 지중해라는 것이 이 세상에 존재하지 않는다고도 할 수 있었다. 비는 하염없이 쏟아져, 개울이고 하천이고 전부 엄청나게 불어나 귀가 먹먹할 정도로 솟구치며 천둥 치듯 요란하게 흘러갔으니 생전에 그런 굉음은 들어본 적이 없었다.

그래서 우리가 라스페치아에 도착했을 때, 피사로 가는 주요 경로인 마그라강은 다리가 놓여 있지도 않은 데다 워낙 수위가 높아져 페리보트로 안전하게 건널 수 없었다. 어쩔 수 없이 다음 날 오후까지 기다렸고, 그때는 수위가 어느 정도 낮아졌다. 그런데 라스페치아는 그런 식으로 지체하기에 좋은 장소였다. 우선 아름다운 만을 지녔고, 그다음으로 귀신 나올 듯한 여관 때문에 그랬다. 세 번째 이유는 여성들의 머리쓰개인데, 인형 모자 같은 작은 밀짚모자를 머리 한쪽에 고정해놓은 그 모습을 보면 지금까지 머리에 쓸 것으로 발명된 물건 중에서 가장 희한하고 가장 악동처럼 보이는 것임이 분명했다.

물이 많이 불고 파도가 세차서 결코 즐거운 여정은 아니었지만 페리보트로 안전하게 마그라강을 건너서 몇 시간 뒤 카라라에 도착했다. 다음 날 아침 적당한 시간에 우리는 조랑말을 빌려서 대리석 채석장을 보러 나갔다.

채석장은 너덧 군데에서 거대한 협곡을 이루고 있었는데, 높은 산줄기를 뚫고 나가다가 어느 지점에서 더 나아가지 못하고 자연에 의해 돌연 목이 졸려 멈춰 선 형상이었다. 대리석을 얻기 위해 그런 산길 양편의 높은 산 중턱에서 발파를 하거나 흙을 파내서 만든 수많은 구멍인 채석장을 그곳에서는 '동굴'이라고 부른다. 굴을 팠을 때 대리석이 있을 수도 있고 없을 수도 있어서, 단번에 큰돈을 벌 수도 있지만 많은 비용을 들이고도 얻는 것이 없어 파산에 이를 수도 있다. 그 동굴 중 일부는 고대 로마인들이 만든 것인데, 지금까지도 그때 상태 그대로다. 그것 말고도 현재 뚫고 있는 것이 많고, 내일이나 다음 주나 다음 달에 새로 시작될 것도 있고, 아직 매입하지도 않았고 채굴할 생각이 없는 것도 있다. 처음 누군가가 그 장소를 찾은 이래 흐른 시간만큼 앞으로 쓰고도 남을 대리석들이 자신들이 발견될 차례를 참을성 있게 기다리며 어디에나 묻혀 있다.

　　그 가파른 협곡 하나를 기를 쓰고 기어 올라가다
보면(조랑말은 1~2마일 아래쪽 물속에 허리까지 잠긴 채 놔
두고) 이따금 나지막한 곡조로 언덕 사이에서 메아리치
는 울적한 경고의 나팔 소리가 들리는데, 직전의 적막보
다 더 적막한 느낌이다. 그 소리는 광부들에게 밖으로
나가라는 신호로, 곧 천둥 같은 굉음이 고개마다 메아
리치고, 어마어마한 돌의 파편들이 허공으로 한꺼번에
튀어 오를 수도 있다. 다시 기를 쓰고 올라가다 보면 또
다른 곳에서 다시 나팔 소리가 들리고, 그러면 그 폭발
이 미치는 반경에 들어가지 않도록 곧바로 그 자리에서
멈춰야 한다.

　　파낸 대리석 덩어리를 운반할 길을 내기 위해 높은
산중턱마다 수많은 일꾼들이 부서진 돌과 흙을 아래로
내려보내며 길을 치우고 있었다. 손은 보이지 않는데 돌
과 흙만 협곡으로 굴러떨어지는 모습을 보면서 나는 거
대한 새 로크가 신밧드를 내버려두고 떠난 깊은 협곡(그
것과 똑닮은 협곡이다), 다이아몬드가 들러붙도록 상인들
이 저 높은 곳에서 고깃덩어리를 집어던지던 바로 그 협
곡이 떠오르지 않을 수 없었다. 활짝 펼친 날개로 해를
가리며 날아와 그들을 덮치는 매는 없었지만, 그런 매가

수백 마리나 있는 것처럼 사납고 험악한 광경이었다.

　　아무리 거대한 대리석 덩어리라도 거뜬하게 굴러 내려가는 그 길이란! 그 나라의 천재성과 그 제도의 정신이 길을 닦는다. 고치라, 지켜보라, 계속 작동하게 하라! 온갖 크기와 형태의 돌무더기가 쏟아져 내려오는 수로, 암반 위로 길게 이어지고 계곡 한가운데를 따라 구불구불 내려가는 수로를 상상해보라. **그것이** 바로 그 길이다. 그것도 오백 년 전에 닦은 길! 오백 년 전에 만든 어설픈 마차가 지금도 사용되고, 오백 년 전에 자기 조상이 노역에 시달리다 죽었듯이 그 불행한 후손이 여전히 일 년 열두 달 마차를 끌며 그 잔인한 노역에 시달리며 고통스러워한다는 사실을 상상해보라! 크기에 따라 두 쌍이나 네 쌍이나 열 쌍이나 스무 쌍의 황소가 동원된다. 이런 방식으로 산 아래까지 내려가야 한다. 극도로 무거운 짐을 끌다가, 바닥의 돌을 이리저리 피해 다니다가 그 자리에서 숨을 거두는 일도 잦다. 죽는 건 황소만이 아니다. 마차를 모는 사람도 때로 열정이 너무 지나치다 보면 떨어져서 바퀴 아래 깔려 죽기 때문이다. 하지만 오백 년 전에 아무래도 좋았으니 지금도 분명 아무래도 좋을 것이다. 이 가파른 경사면 한 곳에 철도를 놓는다면(세상에서 제일 쉬운 일일 텐데) 틀림없는 신성모

독일 테니까.

　우리가 한쪽으로 비켜선 채 고작 한 쌍의 황소가 끄는 마차(작은 대리석 덩어리 하나만 실려 있었다)가 내려오는 모습을 바라보고 있자니 그 불쌍한 짐승의 목에 씌운 육중한 멍에에 걸터앉은 남자(그는 앞쪽이 아닌 뒤쪽을 보고 있었다)는 진정 폭정을 행사하는 악마 자체로 보였다. 그는 끝에 쇠가 박힌 굵직한 막대를 들고 있었다. 황소들이 돌과 흙이 섞인 급류를 더 이상 헤치며 나아가지 못하고 걸음을 멈추면, 그는 그 막대로 황소의 몸을 쿡쿡 찌르고 머리를 내려치고 콧구멍에 집어넣고 쑤셔댔다. 그러면 황소는 참을 수 없는 고통에 몸부림치며 1~2야드를 더 나아간다. 그러다 또 멈추면 다시 같은 식으로 강도를 더해서 들들 볶는 일을 반복하며 한 번 더 나아가도록 억지로 몰아서 급한 경사가 시작되는 지점에 이른다. 너무 고통스러워 몸을 비틀던 황소들이 뒤에 매단 짐의 무게까지 더해져, 결국 흩뿌리는 물안개가 구름처럼 걸린 절벽 아래로 곤두박질치면 그는 무슨 대단한 일이라도 이룬 양 막대를 머리 위에서 빙빙 돌리며 요란하게 야호 함성을 질러댄다. 황소들이 몸을 흔드는 바람에 여차하면 자기도 마차에서 떨어져, 최고로 기세등등한 순간 앞도 못 본 채 길바닥에 처박혀 머리가 깨질 수도 있다는 생각은 전혀 하지 못하는 것이다.

그날 오후 카라라의 수많은 작업실 중 한 곳(그곳은 우리가 아는 온갖 인물과 무리와 흉상이 그 모습 그대로 아름답게 마무리된 대리석 모형이 가득한 위대한 작업실이었다)에 서 있자니, 우아한 모습으로 생각에 잠기거나 그윽한 휴식을 즐기는 그 섬세한 형상들이 이 모든 노역과 땀과 고문에서 나온다는 사실이 처음에는 얼마나 기이하게 느껴졌던지! 하지만 나는 곧 비참한 기반에서 생겨나는 모든 미덕, 슬픔과 고통에서 태어나는 모든 선한 것들에서 그와 병행하는 사실이자 그에 대한 설명을 찾아냈다. 저무는 햇빛에 붉게 타오르면서도 끝까지 근엄하고 침통한 대리석 산을 조각가의 위대한 창문을 통해 바라보던 내 머릿속에 이런 생각이 떠올랐던 것이다. 세상에! 훨씬 더 아름다운 결과물을 생산할 수 있는 인간의 마음과 영혼의 채석장 중에서 닫힌 채로 퇴락해가는 것이 얼마나 많을까! 즐거움만을 쫓는 삶의 여행자들은 이곳을 지날 때 고개를 돌리고, 그런 것들이 감춰진 바위투성이의 침울한 모습에 치를 떨지 않겠는가!

이 지역 일부를 소유한, 당시 이곳의 통치자인 모데나 공작은 루이 필리프를 프랑스 왕으로 인정하지 않은 유일한 영주로 유명했다. 재미 삼아 그런 것이 아니라 사뭇 진지했다. 그는 또한 철도에도 무척 반대했다. 자기 영지의 어느 편에서건 다른 영주들이 심사숙고하다가 실제 철도를 놓았다면, 십중팔구 별로 넓지 않은 자기 영토를 가로지르는 삯마차를 운행하며 승객을 양쪽 역으로 실어 날랐을 것이다.

높은 산으로 둘러싸인 카라라는 얼마나 선명한지 그림처럼 아름답다. 여행객 중에 그곳에 머무르는 이는 거의 없고 주민들은 거의 다 어떤 식으로든 대리석 작업과 관련되어 있다. '동굴' 사이사이 일꾼들이 사는 마을도 있고, 마을엔 새로 지은 아름다운 작은 극장도 있다. 채석장 일꾼들의 흥미로운 관습으로 합창이 있는데, 다들 귀동냥으로 배운 것이다. 어떤 희극 오페라의 '노르마Norma' 장에서 그 합창을 들은 적이 있는데, 다들 제역할을 잘해냈다. 일부 나폴리 사람들만 예외일 뿐 이탈리아 사람들은 대부분 아주 듣기 싫을 정도로 화음이 맞지 않고 노래할 때의 목소리도 듣기 안 좋은데 그들과는 달랐다.

카라라를 지나 높은 산봉우리에 오르자 피사가 자리 잡은 비옥한 평야가 먼저 눈에 들어오는데 참으로 매혹적이다. 멀리 발아래로 펼쳐져서 그런 것만도 아니다. 풍요로운 시골, 울창한 올리브 숲과 그 사이로 이어

이탈리아 풍경

지는 길은 무척 유쾌하다.

우리가 피사에 다가갔을 때는 달이 환히 빛나고
있었고, 그래서 성벽 뒤로 흐릿한 달빛 아래 더욱 비틀려
보이는, 기울어진 탑의 모습을 오랫동안 바라볼 수 있
었다. '세계의 불가사의'를 소개하는 교재에 실린 오래
된 사진의 흐릿한 실재. 학교에서 교재를 통해 처음 접
한 것들이 대부분 그렇듯이 이 탑도 정말 작았다. 작아
도 너무 작다는 느낌이었다. 내가 기대했던 것처럼 담 위
로 높이 솟은 모습이 전혀 아니었다. 런던 세인트 폴 대
성당 마당 한구석에 자리한 서점 주인인 해리스 씨가 부
렸던 수많은 속임수에 또 하나가 더해진 셈이었다. 그
의 탑은 한갓 허구였을 뿐, 이것이 실재였다. 비교하자
면 작달막한 실재였다. 그래도 무척 볼 만했다. 아주 기
이했고, 해리스 씨가 재현한 만큼이나 꽤 기울어져 있었
다. 또한 피사의 고요한 분위기, 작은 군인 두 명만 지키
는 성문 옆 커다란 위병소, 사람이라고는 눈에 띄지 않
는 거리, 그리고 마을 한가운데를 가르며 예스럽게 흘러
가는 아르노강은 참으로 멋들어졌다. 그래서 나는 해리
스 씨에게 악감정을 품지 않고(그의 선의를 떠올리며) 저
녁 식사 전에 그를 용서했다. 그리고 다음 날 아침 자신
만만하게 탑을 보러 나갔다.

어느 정도 짐작했어야 했는데. 어쩐지 나는 그 탑이 행인들이 종일 바삐 오가는 도로에 긴 그림자를 드리우며 서 있을 것만 같았던 것이다. 그랬으니 도심에서 떨어진 어두침침하고 으슥한 장소에, 부드러운 초록 잔디가 깔린 마당에 우뚝 선 뜻밖의 모습에 놀라지 않을 수 없었다. 하지만 초록 잔디가 깔린 마당 주변에 여러 건물이 무리 지어 서 있었다. 탑과 세례당, 대성당, 그리고 캄포산토[공동묘지]였다. 아마 세상에서 가장 인상적이고 아름다운 풍경일 것이다. 마을의 자질구레한 일상생활에서 떨어져 따로 무리 지어 있기에 특히 성스럽고 인상적이다. 평범한 삶과 평범한 거주지를 밖으로 밀어내고 걸러낸, 풍요로운 고도시의 건축적 핵심이다.

시몽[1]은 보통 아동 도서에서 묘사된 바벨탑 그림과 이 탑을 비교하는데, 꽤 적절한 비유라고 본다. 몇 장에 걸쳐 이 탑을 공들여 묘사한다 해도 그가 했던 비교만큼 이 건축물을 더 잘 이해시키지 못할 것이다. 이 건축물의 우아함과 경쾌함을 능가할 것은 없다. 전반적인 외양을 봤을 때 이보다 두드러진 것도 없다. 꼭대기까지 오르는 과정(계단으로 쉽게 오를 수 있다) 중에는 딱히 경

---

1 루이 시몽Louis Simond. 프랑스에서 태어나 미국으로 입양된 여행 작가.

이탈리아 풍경

사가 체감되지 않는다. 하지만 꼭대기에 이르면 그 느낌이 사뭇 확연해서, 썰물이 빠져나가면서 한쪽으로 기울어지는 배에 타고 있는 기분이다. 이른바 **기울어진 쪽**에서 경험하는 효과(바깥 난간 너머 아래쪽으로 건물 옆면이 사라지는 모습을 볼 때)는 정말 깜짝 놀랄 만하다. 아래를 내려다보다가 불안해진 여행객이 마치 쓰러지는 건물을 붙잡으려는 듯 자기도 모르게 난간을 꽉 붙드는 것을 보았다. *1*층 내부에서 위를 올려다봐도 마치 기울어진 관 속을 들여다보는 것처럼 무척 신기하다. 아무리 담대한 사람이라도 더 기울어지기를 바라기 힘들 만큼 기울어져 있는 것은 확실하다. 건물 아래편 잔디에 앉아서 느긋하게 근처 건물을 살펴볼 마음이 들 때, 기울어진 쪽에 앉으려는 사람은 아마 백 명 중 한 명도 안 될 것이다. 정말 상당히 기울어져 있으니 말이다.

대성당과 세례당의 다양한 아름다움을 굳이 여기에 또 적을 필요는 없을 것 같다. 많은 경우가 그렇듯 이 경우에도 그것을 다시 떠올리며 나 자신은 무척 즐겁겠지만, 그것을 다시 들어야 하는 여러분의 지루함과 내 즐거움을 분리하기 어려울 테니 말이다. 특히 내 마음을 강하게 잡아끈 것은 대성당 내부에 안드레아 델 사르토가 그린 성 아그네스 그림과 세례당 내부의 여러 화려한 기둥들이었다.

　　그래도 캄포산토는 언급하고 싶은데, 상세한 설명을 자제하겠다는 내 결심과 어긋나지 않기를 바란다. 지금은 풀이 자라고 있는 무덤은 육백여 년 전에 성지에서 가져온 흙에다 만든 것이다. 주위를 둘러싼 회랑의 섬세한 장식 무늬를 통과한 빛과 그림자가 돌이 깔린 길 위로 얼마나 멋지게 노니는지 아무리 기억력이 안 좋은 사람이라도 절대 잊을 수 없을 환상적인 광경이었다. 엄숙하고 멋진 이곳 벽에 고대의 프레스코 벽화들이 있는데 많이 지워지고 쇠락했지만 무척 흥미롭다. 이탈리아에서 그 종류를 막론하고 회화 작품을 모아둔 경우가 흔히 그렇듯, 인물 두상이 많으면 그중에는 우연찮게 나폴레옹과 놀랍도록 닮은 것이 적어도 하나는 있다. 나로서는 작업을 하던 고대 화가들이 언젠가 권좌에 올라 예술에 엄청난 참사를 초래할 인물을 예감처럼 알고 있었던 게 아닐까, 하고 상상의 나래를 편 적도 있었다. 후에 그의 병사들이 훌륭한 작품을 표적 삼아 군사 훈련을 하고 찬란하고 웅장한 건축물을 마구간으로 썼으니 말이다. 하지만 요즘 이탈리아 곳곳에는 코르시카섬 출신인 그 인물과 똑닮은 얼굴이 워낙 많아서, 우연히 그렇게 되었다는 좀 더 평범한 해석을 피하긴 힘들다.

　　　　　　　　　　　　　　　　이탈리아 풍경

피사의 탑 덕택에 피사가 세계의 일곱 번째 불가사의가 되었다면, 도시의 거지 수로 따져볼 때 적어도 두세 번째 자리는 충분히 차지할 법하다. 발길을 돌리는 곳마다 불행한 방문객을 불러 세우고, 어느 건물을 들어가건 입구까지 따라오고, 어차피 나올 구멍이 한 곳이면 출입문마다 더 많은 거지들이 진을 치고 기다린다. 삐걱하고 문 열리는 소리를 신호 삼아 한꺼번에 아우성을 치고, 방문객이 모습을 드러내면, 각자의 방식으로 일그러진, 넝마 걸친 무리들이 주위를 둘러싸며 몸을 던진다. 피사의 거래와 사업은 전부 거지로 구현되고 있지 않나 싶다.

훈훈한 공기를 빼면 그 무엇도 꿈쩍하지 않는다. 거리를 내려가며 보면, 졸린 듯 나른한 주택의 앞면은 마치 뒷면 같다. 얼마나 적막하고 고요한지, 실제 사람이 사는 집과 얼마나 다른지, 도시 대부분이 새벽녘이거나 주민이 다들 낮잠 자는 시간인 듯한 분위기다. 혹은 창문과 문이 네모로 표현되고 원근법으로 끝이 보이지 않는 길에 홀로 걸어가는 하나의 인물(당연히 거지)이 그려진, 흔한 판화 그림이나 오래된 판화에서 배경을 이루는 주택들처럼 보인다.

하지만 스몰레트[2]의 묘지로 유명해진 리보르노는 다르다. 그곳은 상업이 게으름을 밀어내며 나아간, 사무적이고 사실에 충실한 번성하는 도시이다. 그곳에서 준수하는 거래와 상인 관련 규율은 무척 너그럽고 자유롭다. 그리고 당연히 그로부터 마을이 혜택을 입는다. 리보르노는 자객 때문에 평판이 나빴는데, 그 평판에는 정당한 면도 있다. 왜냐하면 몇 년 전에 그곳에 암살 클럽이 있었기 때문이다. 그 클럽 회원들은 딱히 악감정이 있지도 않으면서 그저 자극적인 놀이를 즐기며 재미를 보려고 한밤중에 거리를 지나는 일면식 없는 사람들을 칼로 찔렀다고 한다. 이 쾌활한 단체의 회장이 아마 제화공이었을 것이다. 그가 붙잡히면서 클럽도 해체되었다. 그러지 않았더라도 아마 리보르노와 피사를 잇는 철도가 놓이기에 앞서 자연스럽게 사라졌을 것이다. 그 훌륭한 철도는 벌써부터 정확한 시간과 질서 정연함, 숨김없는 일 처리와 발전(그 무엇보다 위험하고 이단적인 놀라운 특성)의 선례로 이탈리아에 경이로움을 선사하기 시작했다. 이탈리아에 처음 기차가 달리기 시작했을 때 바티칸에는 지진이 난 듯 약간의 돌풍이 일었을 것이 분명하다.

피사로 돌아온 우리는 우리를 로마로 데려다줄 성

---

2 토비아스 스몰레트Tobias Smollett. *18세기 스코틀랜드 작가.*

격 좋은 마부와 그의 말 네 마리를 고용했고, 경쾌한 토스카나 시골 마을과 쾌적한 풍경 사이를 종일 달렸다. 이탈리아의 이쪽 지역에는 길가마다 꽂아놓은 십자가가 무수히 많은데, 그 모양이 신기하기도 하다. 가끔 얼굴이 그려진 것도 있지만 인물 형상을 지닌 것은 거의 없는데, 예수의 죽음과 관련되는 대상은 전부 작은 나무 모형으로 만들어 십자가를 장식한 모습이 눈에 띈다. 베드로가 예수를 세 번 부정했을 때 울었다는 수탉이 대개 십자가 꼭대기에 앉아 있는데, 조류학적인 관점에서 보면 대체로 상당히 신기한 현상이다. 그 아래쪽에 글씨가 새겨져 있다. 십자가 가로대에는 식초와 물을 적신 스펀지를 꽂은 갈대, 창, 병사들이 서로 차지하려고 주사위를 던졌던 예수의 이음새 없는 겉옷, 그때 던졌던 주사위 상자, 못을 박아 넣었던 망치, 못을 빼낼 때 썼던 펜치, 십자가에 기대 놓았던 사다리, 가시면류관, 태형에 썼던 도구, 마리아가 무덤을 찾았을 때 들고 갔던 등불(내 추측으로는), 베드로가 제사장의 하인을 베었던 칼 따위가 주렁주렁 걸려 있다. 자잘한 물건이 걸린 완벽한 장난감 가게라 할 이런 것들이 4~5마일 간격으로 길가에 계속 세워져 있다.

피사를 떠난 지 이틀째 되는 날 저녁에 우리는 아

름다운 옛 도시 시에나에 도착했다. 그들이 카니발이라고 부르는 행사가 열리고 있었다. 혹시라도 비밀스러운 의미가 숨겨져 있다 한들, 눈에 보인 것은 울적한 인상의 사람들 수십 명이 장난감 가게에서 파는 평범한 가면을 쓰고 주도로를 오르내리는, 가능할지는 모르겠지만 영국에 있는 같은 부류의 사람들보다 더 울적해 보이는 광경이었으니, 그에 대한 언급은 하지 않겠다. 다음 날 아침 늦기 전에 대성당을 보러 나갔다. 안이나 밖이나 놀랍도록 고풍스러운 아름다움으로 가득했는데 특히 바깥이 그랬다. 큰 광장인 피아자와 시장도 뒤지지 않았다. 광장에는 코가 떨어져나간 커다란 분수대와 예스러운 고딕풍 저택과 높은 사각형 벽돌 탑이 있는데, 탑 꼭대기에는 **바깥쪽으로** 거대한 종이 매달려 있었다. 이탈리아에서 볼 수 있는 신기한 특성이다. 물이 없다뿐이지 약간 베네치아와도 비슷했다. 무척 오래된 신기한 옛 궁전도 있다. 베로나나 제노바처럼 주목을 끌 만한 것은 없어도(내게는 그렇다) 매우 몽롱하고 환상적이라 무척 흥미롭다.

이것들을 다 보자마자 다시 길을 나서서 다소 황량한 시골길(그때까지 보이는 것이라고는 포도 덩굴뿐인데 그 계절엔 지팡이와 다를 바 없다)을 가다가, 여느 때처럼 말이 휴식을 취하도록 한낮에 한두 시간 쉬었다. 그곳에서 마부와 마차를 고용하면 언제나 계약이 그렇다. 다시 길을 나서자 갈수록 더 황량하고 더 거친 지역이 이어지더니 스코틀랜드 황야 지대만큼이나 헐벗고 황량한 지역에 이르렀다. 날이 저문 뒤 곧 숙박을 위해 라스칼라 여관에 들었다. 완전히 외진 건물로, 주인 가족은 부엌에 불을 피워놓고 그 주위에 모여 앉아 있었다. 3~4피트 높이에 걸린, 황소를 통째로 구울 수 있을 만큼 큰 석조 받침 위에서 불이 타고 있었다. 이 2층짜리 건물의 2층에 제멋대로 뻗은 정신 사나운 커다란 응접실이 있었다. 외진 쪽으로 아주 작은 창문이 하나 있고 이쪽저쪽으로 난 시커먼 문 네 개를 통해 네 개의 시커먼 침실로 들어가게 된다. 이것 말고도 또 다른 널찍한 시커먼 응접실로 이어지는 또 하나의 커다란 시커먼 문도 있었는데, 그곳의 계단은 가다가 난데없이 바닥 문으로 사라지고 위쪽으로는 지붕 서까래가 어렴풋이 보였다. 어둑한 한구석에 미심쩍은 장롱이 숨어 있고 집 안의 칼이란 칼은 모두 여기저기 널려 있었다. 벽난로는 순전히 이탈리아식이라 연기가 얼마나 심한지 모습이 보이지 않았다. 여종업원은 연극에 나오는 산적의 부인처럼 보이는 데다 쓰고 있는 두건도 똑같았다. 개들이 미친 듯이 짖어대고 그 메아리가 칭찬처럼 개들에게 다시 쏟아졌다. *12마일* 거리에 다른 집이라고는 없어, 음산하고 흉악한 분위기였다.

　며칠 전에 대담하고 힘 좋은 도둑들이 인근에 출몰해서 우편 마차를 멈춰 세웠다는 소문이 있었으니 상황은 나아지지 않았다. 같은 도둑들이 얼마 전에 베수비오산에서도 여행객을 덮쳤다며 길가 여관마다 그에 관한 이야기가 무성했다. 우리와는 상관없는 일이었으므로(우린 잃을 것이 거의 없었으니까) 우리는 재미있게 이야기를 들었고 곧 마음도 편안해졌다. 이 외딴집에서 평소의 저녁 식사를 했는데, 익숙해지기만 하면 정말로 훌륭한 식사이다. 야채인지 쌀인지가 섞인 뭔가를 간단하게 또는 되는 대로 만든 수프랍시고 내놓았는데, 치즈를 엄청 갈아 넣고 소금과 후추도 엄청 뿌리면 맛은 꽤좋다. 수프를 끓인 국물에서 건져낸 듯한 가금 반 마리가 나온다. 삶은 비둘기 요리는 모래주머니와 간은 물론 다른 조류의 것들까지 들러붙어 있다. 작은 모닝롤만 한 크기의 로스트비프 조각도 나온다. 파마산 치즈작은 조각과 시들시들한 작은 사과 다섯 개가 작은 접시 위에 함께 놓여 있는데, 마구 겹치고 섞여 있는 품이 웬만하면 먹지 말라고 애를 쓰는 것만 같다. 그런 뒤 커

　　　　　　　　　　　　　　이탈리아 풍경

피가 나오고 그다음엔 침실로 간다. 벽돌 바닥은 괜찮다. 제대로 닫히지 않는 문도, 쾅쾅거리는 창문도 괜찮다. 내가 타고 온 말들이 쉬는 마구간 바로 위에 침대가 있는 것도 괜찮다. 얼마나 가까운지 말이 기침을 하거나 재채기를 할 때마다 잠에서 깨도 말이다. 당신이 주변 사람들에게 상냥한 인물이라면, 유쾌한 말투와 활기찬 표정을 지녔다면, 장담하건대 당신은 최악의 이탈리아 여관에서도 아주 즐거운 시간을 보내며 늘 감사하는 마음을 가질 수 있을 테고, 어디서든 인내심을 심하게 시험받는 일 없이 이 나라의 이 끝에서 저 끝까지 갈 수 있을 것(그와 반대되는 온갖 이야기에도 불구하고)이다. 특히 오르비에토와 몬테풀치아노에서처럼 아주 훌륭한 와인을 병으로 맘껏 즐길 수 있다면 말이다.

우리가 이 여관을 나서던 아침은 날씨가 좋지 않았다. 영국의 콘월처럼 돌투성이의 척박하고 거친 시골길을 20마일 달려 라디코파니에 이르렀다. 그곳엔 한때 토스카니 공작 소유의 사냥용 별장이었던 귀신 나올 듯한 도깨비 여관이 있다. 수많은 복도가 사방으로 뻗어 있고 삭막한 방들이 무수히 많아, 살인이 일어나고 유령이 등장하는 세상 이야기는 전부 이 집 하나에서 기원했다고 할 수도 있을 듯했다. 제노바에도 무시무시한 옛성이 몇 군데 있고, 특히 그중 한 곳은 외양이 이와 크게 다르지 않다. 하지만 이 라디코파니 호텔처럼 구불구불하고 삐걱거리고 부스럭거리는 곳, 벌레가 들끓고 문이 확확 열리고 발을 디딜 때마다 계단이 부서질 것 같은 곳은 지금껏 세상 어디에서도 본 적이 없다. 마을이라고 할 만한 장소는 이 주택 위쪽의 언덕배기에, 그것도 앞쪽에 무리 지어 매달려 있다. 주민은 전부 거지이다. 마차가 눈에 띄자마자 맹금처럼 달려든다.

그 마을 너머 산길에 이르자 여관에서 미리 경고했던 대로 바람이 얼마나 거세게 부는지, 마차에 탄 채 어딘지 모를 곳으로 통째로 날아가버리지 않도록 우리는 바람이 불어오는 쪽으로 몸을 반쯤 내밀어(웃으면서 할 수 있는 만큼) 매달리듯 가야 했다. 바람 세기로 치면 이 육지의 폭풍우는 대서양의 강풍과 겨룰 만한 데다, 그것을 이길 가능성도 다분했다. 돌풍은 오른편 산맥의 거대한 계곡을 휩쓸며 몰려왔는데, 왼편의 거대한 습지를 겁에 질려 바라보는 우리 눈에는 붙잡을 수 있는 관목 한 그루, 나뭇가지 하나 들어오지 않았다. 일단 바람에 휩쓸려 땅에서 발이 떨어지면 바다로 날려가거나 저 먼 우주 공간으로 솟구칠 것만 같았다. 눈과 우박과 비와 천둥 번개가 다 있었다. 믿을 수 없이 빠른 속도로 움직이

이탈리아 풍경

는 안개도 있었다. 달랑 우리뿐이었고 극도로 컴컴하고 끔찍했다. 성난 구름에 가린 산이 첩첩이 앞을 막아섰다. 성난 듯 급하고 사납고 떠들썩한 움직임이 사방에서 솟아 말할 수 없이 흥미진진하고 장엄한 광경이 펼쳐졌다.

그래도 그곳을 빠져나와 음울하고 지저분한 교황령의 경계까지 넘으니 그제야 안심이 되었다. 작은 마을 두 개를 지나쳤는데, 그중 하나인 아쿠아펜덴테에서도 '카니발'이 열리고 있었다. 여장을 하고 여자 가면을 쓴 남자 한 명과 남장을 하고 남자 가면을 쓴 여자 한 명이 발목까지 진창에 빠진 채 아주 울적하게 진창길을 걸어가고 있었다. 어스름이 내릴 무렵 볼세나 호수가 보이는 곳에 이르렀다. 호수 제방 위로 같은 이름의 작은 마을이 있는데, 말라리아가 창궐해서 널리 이름을 알린 곳이다. 이 불쌍한 마을을 빼면 호수 제방이나 그 근방 어디에서든 오두막 한 채도 볼 수 없다. 호수 위에 보트 한 척 없고 27마일에 이르는 광활한 호수의 음울한 단조로움을 깨는 나뭇가지 하나, 말뚝 하나 없다. 비가 많이 와서 길이 엉망이라 늦은 시간에야 마을에 들어선 탓에, 어둠이 내린 뒤의 칙칙한 광경은 견디기 힘들 정도였다.

다음 날 해 질 무렵 우리는 그와 아주 다른, 황량하면서도 멋진 풍경을 마주했다. 포도주로 유명한 몬테

피아스코네와 분수로 유명한 비테르보를 지난 뒤 8마일인지 10마일쯤 이어진 긴 언덕길을 오르니 눈앞에 문득 고적한 호숫가가 펼쳐졌다. 한쪽에는 울창한 숲이 아주 아름답게 자리를 잡았는데 다른 쪽은 음산한 화산 언덕에 가로막혀 무척 황량했다. 그 호수가 있는 곳에 예전에는 도시가 있었다. 어느 날 그 도시가 땅속으로 꺼지고 이젠 도시 대신 물이 찰랑거린다. 물이 맑은 날이면 폐허가 된 도시가 들여다보인다는 오랜 전설(세계 어디서든 흔히 들을 수 있는)이 있지만, 설사 그렇더라도 어차피 이 지상에서는 흔적도 없이 사라진 도시이다. 그 위로 땅이 솟고 물도 차올라, 저쪽 세상이 갑자기 닫혀버리는 바람에 다시 돌아갈 수 없게 된 유령 처지가 되었다. 오랜 세월이 흘러 그 자리에 다시 지진이 일어나기를 기다리고 있는 듯도 하다. 땅이 입을 쩍 벌리는 순간 아예 땅속으로 곤두박질쳐서 다시는 모습을 찾아볼 수 없을 그때를. 절망적이고 을씨년스럽기로 치면 도시 위에 고인 물과 불에 탄 이 언덕들이 물에 잠긴 불행한 도시보다 덜하지 않다. 있는 것이라고는 동굴과 어둠뿐이라는 사실을 아는 듯 그 위를 비추는 붉은 태양 빛도 기이하다. 고대의 탑과 지붕을 집어삼키고 그곳에서 나고 자란 고대의 백성을 모두 죽음으로 몰았던 일이 여전히 양

이탈리아 풍경

심을 무겁게 짓누르는 듯 울적한 물기가 진흙에서 비어져 나와 풀과 갈대가 가득한 습지를 조용히 꾸물거리며 흘러간다.

호수에서 조금 더 가니 커다란 돼지우리 같은 작은 마을인 론치글리오네가 나타나, 그곳에서 하룻밤을 묵었다. 다음 날 아침 일곱 시에 우리는 로마로 출발했다.

돼지우리에서 나오자마자 로마 평원으로 들어섰다. 사람이 거의 살 수 없는, (여러분도 알다시피) 완만한 언덕이 한없이 이어지는 평지이다. 아무리 가도 끔찍한 단조로움과 음울함을 덜어줄 것이 없다. 로마 성문 밖에 존재할 만한 온갖 시골 풍경을 다 따져봐도 죽은 도시의 무덤으로 이보다 더 알맞고 적절한 것은 생각할 수 없을 것이다. 그렇게 애처롭고 그렇게 적막하고 그렇게 침울하다. 어마어마한 규모의 폐허를 덮어서 숨기니 그렇게나 은밀하다. 그 옛날 예루살렘에서 귀신 들린 사람들이 찾아가 울부짖으며 자기 몸을 쥐어뜯는다는 황무지와 무척 닮았다. 우리는 이 평원을 가로질러 30마일을 가야 했고, 그다음 22마일은 아무리 가도 외딴집과 악당처럼 보이는 양치기만 이따금 보일 뿐 달리 보이는 것이 없었다. 양치기는 머리칼이 얼굴에 딱 달라붙은 채 꾀죄죄한 갈색 망토를 턱까지 끌어올려 뒤집어쓰고 양을 돌보고 있었다. 그 긴 여정을 다 끝낸 뒤에야 점심도 먹고 말도 쉬게 할 겸 한 술집에 들렀다. 말라리아에 시달린 듯 풀죽은 술집이었다. 실내의 벽과 기둥이 하나도 빠짐없이 전부 (관습에 따라) 색칠과 장식이 되어 있었는데, 얼마나 참담한 모습인지 방이란 방은 모두 다른 방의 뒷면 같고 커튼이랍시고 걸린 형편없는 휘장과 한쪽으로 기울어진 어설픈 리라 그림까지 더해져 마치 순회서커스단의 무대 배경을 몰래 뜯어온 것처럼 보였다.

그곳에서 어지간히 벗어난 뒤 우리는 이제 눈을 부릅뜨고 열정적으로 로마를 찾았다. 그리고 *1~2*마일 더 가자 마침내 저 멀리 '영원한 도시'가 모습을 드러냈는데, 그 모습은 마치(이 단어를 적기가 좀 두렵지만) **런던**처럼 보였다! 구름이 잔뜩 낀 사이로 수많은 탑과 첨탑과 주택 지붕들이 높이 솟아 있고, 그 위로 하나의 원형 지붕이 우뚝 솟아 있었다. 그런 비유가 얼토당토않다는 것은 나도 확실히 느꼈지만, 맹세컨대 그렇게 멀찍이서 바라 본 로마는 정말이지 런던과 비슷했고, 혹시 누군가 망원경을 내 눈에 들이댔더라도 딱 런던이라고 여겼을 것이다.

이탈리아 풍경

축사와 연설

The Speeches of Charles Dickens

Literary and Social

맨체스터 문예발전회관 연설

맨체스터, 1843년 10월 5일
Manchester, October 5, 1843

1843년 10월 5일에 맨체스터 문예발전회관Manchester Athenaeum 회원 만찬에서 한 연설. 디킨스가 사회를 맡았고 다른 연설가 중에 콥던[1]과 디스레일리도 있었다.

신사 숙녀 여러분, 지금 제가 얼마나 뿌듯하고 행복한 지, 여러분들이 모인 이런 자리에 초청을 받아 얼마나 영 광스러운지, 그런 말은 굳이 할 필요가 없겠죠. 제 눈앞 의 광경 자체도 찬란하고 아름답지만, 마치 유토피아 공화국의 대중 집회인 양 정당의 어려움이라든지 이편

---

1 리처드 콥던Richard Cobden. 경제학자이자 정치가.

과 저편, 이 사람과 저 사람 사이의 공적 적대관계를 알지 못하는 중립적 기반에서 우리가 여기 함께 모였다는 사실이야말로 가장 찬란하고 아름다운 상황으로 환영하고 싶으니 말입니다.

신사 숙녀 여러분, 바로 그런 근거에서, 그리고 수백의 다른 근거에서 저는(비록 개인적으로는 여기서 이방인일 뿐이지만) 여러분만큼이나 이 모임에 대단히 관심이 있습니다. 나아가 지역 사회의 전반적인 도덕적, 사회적 지위의 격상, 무해한 휴식, 공동체의 평화와 행복과 향상에 관심을 갖게 된 사람들도 지금 이 자리에 있는 우리 못지않게 여기에 관심을 가진다고 봅니다. 처음 문예 발전회관의 초석이 놓이던 광경을 직접 본 사람들, 자라나는 유기체를 보듯 애정을 가지고 이 기관이 쑥쑥 자라서 아름다운 전면을 드러내고 마을의 영광이 되어가는 진행 과정을 지켜본(정말 그랬다는 것은 저도 압니다) 사람들, 심지어 이 사면의 벽 안에서 유용함을 맛보고 그것을 증명해 보인 여러분들까지 다들 이 회관이 생겨서 가슴 벅차고 앞으로도 번창해나가기를 바라는 마음이 다들 강렬하겠지만, 저 멀리에서 이곳의 성공과 눈부신 모범 사례라는 원칙과 관련하여 개인적으로 깊이 염려하는(의식적이건 무의식적이건 그건 중요하지 않습니다)

수천 명의 사람들에게 그 마음이 덜하다고는 볼 수 없을 것입니다.

　그런 대의명분에서 이 마을이 앞장을 서고 가장 두드러진 자리를 차지한다는 사실은 작은 노동의 세계이자 진취적인 이 마을에 특히 잘 어울립니다. 이곳에 고귀한 공공 기관이 무수히 많지만 무엇보다 여러 유용한 직업에 종사하며 국부를 생산하고 전 세계에 이름을 드높이는 데 보탬이 되는 다수 계층의 교육과 향상을 추구하는 훌륭한 신전이 있다는 사실도 잘 어울립니다. 공장마다 거대한 엔진이 돌아가는 소리와 웅웅거리고 덜커덕거리는 기계 소리가 요란한 가운데도 신이 직접 제작한 불멸의 기제인 인간의 정신이 그 소음과 소동 속에서 잊히지 않고 그것만을 위한 왕궁에 거처를 정하고 돌봄을 받고 있다는 사실도 가히 대단한 일입니다. 지금 제 눈앞의 광경과 간단하게나마 제가 알게 된 이 기관의 역사로 미루어 보건대, 우리를 둘러싼 사면의 벽과 주위로 우뚝 솟은 기둥이 실재인 것만큼이나 지역 사회의 공공심에 깊고 단단히 뿌리내린, 오래 지속될 구조물로 건설되었다는 사실도 의심의 여지가 없습니다.

　여러분도 잘 아시다시피, 문예발전회관이 처음 기획되었던 때는 상업이 대단한 번성을 누리고 특히 상업에 종사하는 사회 계층이 다들 고용되어 정기적으로 수입이 들어오던 시기였습니다. 그러다가 거의 전례가 없을 경기 침체가 닥쳐서 창고와 사무실에 고용되었던 수많은 젊은이들이 한순간에 직장을 잃어 아주 궁핍하고 어려운 처지에 빠지게 되었습니다. 이렇게 상황이 변해서 많은 회원이 어쩔 수 없이 탈퇴하고 기대했던 기금도 그에 비례하여 감소해서 3천 파운드의 빚을 떠안게 되었다고 들었습니다. 관계자들의 강한 열의와 정력으로, 그리고 그들이 도움을 청했던 이들의 관대함으로 빠르게 빚을 갚아나가는 중입니다. 한편에서 지칠 줄 모르는 노력을 좀 더 기울이고 다른 한편에서 공동체 의식을 좀 더 발휘한다면 앞으로 그런 일은 없을 것입니다. 빚을 영원히 탕감할 수 있을 것이고 그 뒤로 문예발전회관은 영원히 여러분의 것, 여러분 후손의 것이 될 수 있습니다.

하지만 신사 숙녀 여러분, 유쾌한 공간을 지닌 이곳, 즐겁고 유익한 강연과 교양을 높이는 6천 권의 장서, 외국어와 웅변술과 음악 수업, 토론과 논쟁의 기회, 건전한 운동의 기회, 그리고 마지막으로 다른 것 못지않게 중요한 떳떳하고 합리적인 오락(저는 이것을 아주 새롭고 훌륭한 양식으로 여겨 아주 존중하기 때문입니다)이 있는 이곳은 지금처럼 번창하는 상황에서든 그보다 덜한 상황에서든 이 위대한 마을의 모든 주민에게 열려 있습니다. 제공되는 모든 혜택과 그로써 얻게 될 헤아릴 수 없이 좋은 결과를 위해 매주 6펜스만 따로 떼놓을 수 있다면 이 거대한 벌집의 모든 벌이 누릴 수 있는 것이지요. 기부금은 줄어들었지만 최근 일 년간 회원 수가 두 배가 훨씬 넘게 증가했다는데, 제게는 그것이 최고 문명이 나아가는 길 위의 커다란 발걸음이자 인류 역사의 풍요로운 약속의 장으로 여겨집니다.

　　이제 우리 앞에 미래가 활짝 열려 있는 지금, 이 자리에 모인 우리가 더욱 발전시키려 하는 이런 기관에 반대하는 케케묵은 과거의 주장을 굳이 들춰낼 필요는 없을지도 모르겠습니다. 그런 주장은 당파를 가리지 않는데, 그 철학은 언제든 짧은 문장 하나를 무의미하게 끌어오는 것으로 요약될 수 있습니다. 질 떨어지는 동전을 유통시키는 것을 유일한 목적으로 삼는 범죄자처럼 해로운 단편적 지혜와 위조 화폐를 유통시키는 것이 이 세상에 태어난 유일한 이유인 듯한 사람들, 그러면서도 당대의 현자인 양 행세하는 이들이 마치 아주 자명한 주장인 양 "약간의 배움은 위험하다"고 떠드는 말을 얼마나 자주 들어왔습니까? 그 권위자들의 주장에 따르면 약간의 교수형도 위험할 겁니다. 단지 이런 차이가 있을 뿐이죠. 약간의 교수형은 위험하다며 수많은 사람의 목을 매달겠지만, 학식의 경우 약간 배우면 위험하니까 아예 배워서는 안 된다고 주장하는 겁니다. 그렇게 잔인하고 황당한 주장이 진지하게 반복되는 것을 들으면 정말이지 사회의 앵무새가 사회의 맹금만큼이나 해롭지 않나 하는 의심도 이따금 들곤 합니다. 그런 자들이 '약간의 배움'과 어마어마한 양의 무지를 비교했을 때 어떤 추정치를 내놓을지 무척이나 듣고 싶습니다. 어느 쪽이 빈곤과 범죄를 더 양산하리라 여기는지 알고 싶습니다. 저로서는 그들을 데리고 계층의 계단을 몇 계단 내려와서 제가 아는 수용소나 야간 피난처를 보여주며 그 계산을 기꺼이 도울 의향이 있습니다. 그곳에서 우리의 위대한 시인이 이름 붙인 바, 영원한 지옥불에 이르는 '앵초꽃길'[2]이 아니라, 사악한 이 격언이 오랜 세월에 걸쳐 잔혹한 무지로 바위처럼 단단히 뭉쳐놓은 신물 나는 부싯돌과 자갈길을 달리 대안도 선택권도 없이 평생 밟고 살아갈 수밖에 없는 수천 명의 불멸의 영혼들을 볼 때마다 저는 가슴이 싸늘하게 식는 느낌입니다.

---

2   셰익스피어의 《햄릿》에서 오필리어가 레어티즈에게 안락하고 즐거운 길로 보이는 길이 결과적으로 파멸에 이른다고 경고하면서 사용한 표현.

축사와 연설

생각이든 행동이든 강직한 상인이라면, 깨우친 사람 대신 무지한 사람을 직원으로 고용할 사람이 있을까요? 아, 그 대답은 바로 이 자리에서 들을 수 있겠네요. 여기에 모인 여러분이 대답해줄 수 있으니까요. 문예회관을 설립하자는 제안이 처음 나왔을 때, 업종과 분파를 막론하고 맨체스터의 상인들이 아낌없이 후한 기금을 내놓았다는 사실에서 확실한 대답을 찾아볼 수 있는 것이죠. 그런데 대중이 이런 기관에서 얻을 수 있는 이득이 부정적인 것이기만 할까요? 약간의 배움이 무해하다면 그것이 인간의 정신에 뚜렷하고 건전하고 즉각적인 영향을 전혀 주지 못한다는 뜻일까요? 책의 첫머리에서 많이 인용하는 옛날 엉터리 시에 이런 구절이 있습니다.

> 집과 땅을 다 탕진해버렸을 때
> 그때 비로소 학식은 가장 탁월하다.

저는 이것을 이렇게 바꾸고 싶은 마음이 굴뚝같습니다.

> 집과 땅을 결코 갖지 못할지라도
> 학식은 그것들이 주지 **못하는** 것을 줄 수 있다.

이건 제가 확실히 아는데, 문예발전회관 같은 곳에서 자기 계발을 위해 노력하는 사람들이 가장 먼저 얻게 되는, 돈으로 살 수 없는 축복은 바로 자존감입니다. 일단 얻어서 그것을 정당하게 지키게 되면 그 무엇도, 아무리 고된 노역이나 아무리 지독한 궁핍함도 짓밟아 없앨 수 없는 내면의 위엄입니다. 얼마간은 굶주림이라는 늑대가 문 앞에 서성이는 일을 막기 어렵겠지만, 일단 무지라는 용을 집 안에서 내쫓기만 하면 그에게는 자존감과 희망이 남습니다. 두 눈이 뽑히더라도 태양의 찬란한 빛에 대한 내적 인식은 빼앗기지 않듯이, 아무리 세속적인 소유물이 다 상실되고 파괴되더라도 삶을 지탱해주는 이런 자질을 그에게서 빼앗을 수는 없을 것입니다.

손이나 머리를 쓰는 일상적인 활동으로 생계를 이어가면서도 문예발전회관 같은 장소에서 자기 계발을 꾀하는 사람은 영혼의 자산을 얻게 됩니다. 지위를 막론하고 분투하는 삶을 사는 사람이라면 누구나 그렇겠지만 특히 자수성가하는 사람들이 변함없이 떠받쳐왔던 그런 자산이지요. 지위와 명망을 누리는 사람이라도 자격만 된다면 환한 표정을 건네지만, 지위도 낮고 거의 절망적인 처지에 빠진 이들에게 누구보다 밝은 위안을 건네는 충직한 동료를 확보하게 되는 것이지요. 그 동

축사와 연설

료는 런던탑의 지하 감옥에서 연구를 하던 월터 롤리 경의 곁을 늘 지켰고, 토머스 모어와 함께 벽돌을 베고 누웠습니다. 그러면서도 양치기 아들인 퍼거슨과 함께 별을 올려다보는 일을 꺼리지 않았고, 크랩[3]과 함께 허름한 차림새로 거리를 걸었으며, 랭커셔에서 아크라이트[4]와 함께 가난한 이발사로 살았습니다. 벤저민 프랭클린과 마찬가지로 수지 양초 제작자의 아들이었고 블룸필드[5]와 함께 다락방에서 제화공으로 일하고 번즈[6]와 함께 밭을 갈았습니다. 그리고 지금 셰필드와 맨체스터에서 요란하게 울리는 방직기와 망치의 소음 속에서도, 제가 이름을 댈 수 있는 누군가의 귀에 용기를 불어넣고 있습니다.

그런 곳에서 짬을 내어 자기 계발을 하는 사람은 많이 배우면 배울수록 더 상냥하고 친절하고 나은 사람이 됩니다. 시대를 막론하고 위대한 정신의 소유자들이

---

3 조지 크랩George Crabbe. 영국의 시인이자 성직자로, 영국의 시골 생활을 현실적으로 그려낸 작품인 《마을 *The Village*》이 유명하다.

4 리처드 아크라이트 경Sir Richard Arkwright. 수력 방적기를 발명해서 최초의 공장 시스템을 시작한 인물로 그전 직업이 이발사였다.

5 로버트 블룸필드Robert Bloomfield. 제화공을 하며 시를 쓴 영국의 시인.

6 로버트 번즈Robert Burns. 스코틀랜드의 시인.

진실을 추구한다는 이유로 얼마나 고통받았는지, 그들의 견해가 얼마나 참담한 박해를 받았는지를 알게 되면 어떤 문제에서건 다른 사람의 믿음에 좀 더 관대해지고, 어쩌다 자신과 다른 정서를 마주했을 때에도 더 너그러울 수 있습니다. 고용주와의 관계가 상호 의무와 책임의 관계임을 이해하기에 암묵적 계약 관계에서 자신의 몫을 명랑하고 정직하게, 만족하며 수행할 것입니다. 모든 유용한 삶의 역사가 그런 방향으로 나아가라고 알려주기 때문이지요.

그런 장소에서 얻은 혜택은 그 자신에게만 국한되지 않고 자기 가정과 가족에게로 확대됩니다. 거기서 듣고 읽은 내용이 틀림없이 난롯가에서 주고받는 대화의 주제로 이따금 등장할 것이고, 더 넓은 인간적 공감대와 이 경이로운 우주를 창조하신 조물주에 대한 더 깊은 경외심으로 나아갈 테니까요. 그의 가정과 가족애에 주는 다른 방식의 영향도 있습니다. 간혹 아내나 딸, 여동생, 혹은 눈빛이 반짝이는 연인을 동반하고 그곳을 찾을 수도 있기 때문이지요. 지금 제 눈앞의 광경을 보면 상당히 있을 법한 일로 여겨집니다. 저라면 분명 그렇게 할 테니까요. 유쾌한 저녁 시간을 함께 즐기려고, 함께 신나고 행복한 시간을 보내려고 오는 거지요. 문예발

축사와 연설

전회관에서 데이트를 즐길 수도 있겠죠. 제 생각에 아주 멋진 일이고, 이 기관이 제공하는 작지 않은 혜택이니까요. 어쨌든 오늘 밤 이 자리를 빛내는 수많은 반짝이는 눈과 환한 얼굴은 앞으로 제 기억에서 늘 특별한 위치를 차지하리라 믿습니다.

신사 숙녀 여러분, 저는 지금 이 광경을, 여러분의 호의로 제가 기쁘게 맡은 임무나 이런 성격의 기관에 대해 늘 품고 있던 모든 희망과 신뢰에 대해 오늘 밤 고무적이고 강한 확신을 갖게 된 일을 쉽게 잊지 못할 것입니다. 후자(후자와의 관련성)에서 보자면 특히 중요하다고 봅니다. 대중의 사색적이고 지적인 능력이 높아질수록 독자도 더 많아질 것이고, 다양한 작가들이 민중의 진정한 정서에 더욱 확실한 관심을 보일 수 있을 것이고 그러면 문학 자체가 더욱 존경받는 더 유용한 존재가 될 것이기 때문입니다. 동시에 고백하자면, 만약 이런 문예발전회관이 예전부터 존재했고 대중들도 책을 읽었다면, 지금 이곳 도서관에 꽂힌 몇몇 책처럼 후원자를 찬양하는 헌사가 적힌 책장, 받는 것은 별로 없이 큰 대가를 지불하고 액수를 두고 흥정을 벌이는 헌사가 적힌 그 책장들은 아마 백지였겠지요, 그랬다면 후대 사람들은 과거에 미덕을 내세운 괴물이 존재했다는 사실을 알지 못했을 테고요. 하지만 다시 한번 말하지만 이런 기관이 제게 기분 좋은 것은 그보다 더 광범위하고 더 나은 차원에서 입니다. 그것이 더 큰 사회 체제에, 인류의 평화와 행복에 미칠 영향이라는 차원에서죠. 이 문예회관이나 같은 성격의 다른 기관들이 다 허물어져 티끌이 된 뒤 오랜 세월이 흐르도록 그것이 심은 씨앗은 후세의 지혜와 자비와 관용 속에서 고귀한 싹을 틔워 찬란하게 빛날 것임을 진심으로 믿습니다.

전국단기금협회 연설

전국단기금협회General Theatrical Fund Association의 *1주년* 기념 축제가 *1846년 4월 6일*에 런던 태번[런던 금융가에 있던 유명 행사장]에서 열렸다. 디킨스가 의장을 맡아 축배를 들기 전에 다음 축사를 했다.

신사 여러분, 아직 누구도 공개적으로 축배를 들지 않은 지금 제가 이렇게 축배를 하게 되니 해명 삼아 몇 마디 드려야 하지 않을까 싶습니다. 일단 건배사는 '전국단기금'으로 하겠습니다.

오늘 우리가 이 자리에 모여 기념하는 이 협회는 연로하거나 기운이 쇠해서 은퇴한 공연 단원에게 평생 연금을 제공할 목적으로 칠 년 전에 설립되었습니다. 그 직종에 오 년 이상 종사한 배우와 가수와 무용수들은 모두 이 협회의 혜택을 받는 수혜자가 됩니다. 빈곤을 덜고 결핍이 없도록 하는 것이 이 단체의 주요 목적인데, 지난 칠 년간 다른 어떤 외부의 도움이나 조력도 없이 회원의 정기적인 회비만으로 경제적 여력이 없는 많은 회원에게 대출을 해줌으로써, 한결같이, 꾸준히, 조용히, 그리고 불굴의 의지로 이 목적을 추구해왔음을 알게 되어 저로서도 참 기쁩니다. 그렇게 일반적인 수습 기간을 거쳤으므로, 오늘 밤 저는 기금협회가 수습 기간을 끝내고 앞으로 무궁히 발전할 찬란한 길에 접어들었음을 자신합니다.

이 단체가 설립되던 당시 코번트가든과 드루리레인에 비슷한 성격의 단체[1] 두 곳이 있었고, 지금도 존재한다는 사실은 여러분 모두 잘 아시리라 봅니다. 둘 다 역사도 길고 장점도 풍부하게 지닌 곳이지요. 그런데 지금 이 단체가 어떤 식으로든 그 두 단체에 반대하지 않는다는 사실을 확실히 할 필요가 있겠습니다. 이 단체의 설립 의도란 단지 그 두 단체의 설립 원칙에 담긴 훌륭한

---

1   코번트가든의 로열 오페라 하우스와 드루리레인의 로열 극장을 뜻함.

측면들을 더욱 확장하고자 하는 것인데 어떻게 그럴 수가 있겠습니까? 그런 확장이 절대적으로 필요하다는 사실은 상당히 많은 공연자들이 두 단체의 회원이 누리는 혜택에서 배제되어 있다는 사실로 충분히 증명됩니다. 드루리레인 협회에 회원 신청을 하려면 세 시즌 동안 연속으로 공연에 참여해야만 하기 때문입니다. 코번트가든은 나중에 이 조건을 이 년으로 완화했지만, 어느 쪽이든 사실 배타적인 특성은 여전합니다. 이제 코번트가든은 과거지사일 뿐이라는 말을 굳이 할 필요도 없겠지요. 그 극단을 가지고 술병 마술을 부려서 통째로 파인트 병에 집어넣을 수도 있을 겁니다. '북쪽의 마술사'[2]의 양손 요술이나 곡물과 관련되는 경우가 아니라면 그 유리벽 속에서 인간의 목소리는 거의 들리지 않습니다. 마찬가지로 드루리레인도 이제는 거의 오페라와 발레에 전념하기 때문에 그 문간의 셰익스피어 동상은 스트랫퍼드어폰에이번[셰익스피어의 출생지] 교회의 셰익스피어 흉상과 마찬가지로 그의 무덤을 알려주는 역할만이 두드러질 뿐입니다. 탁월하고 연로한 회원들이 자신들이 과

---

2 날쌘 손재주를 사용한 마술로 유명했던 스코틀랜드 출신 마술사 존 헨리 앤더슨의 별칭.

거에 명성을 얻었던 바로 그 장소에서 쫓겨나 전극단기 금만 받아들이는 극장에서 마을 사람들에게 기쁨을 주는 상황이니 그 직업이 전반적으로 드루리레인이나 코번트가든에 오를 자격을 얻기를 어떻게 기대할 수 있겠습니까?

다시 말하지만 다른 기금을 비난할 마음은 전혀 없습니다. 영광스럽게도 저 자신이 이런저런 시기에 그 단체들과 관련을 맺기도 했고요. 그 협회들이 창립되던 당시에는 두 극단 중 한 곳에 고용되는 것이 거의 당연지사였고 그렇게 한번 들어가는 데 성공하면 고용 관계는 평생 지속되었습니다. 하지만 지금 코번트가든에서는 두 달짜리 계약이 최장기에 꼽힐 정도입니다. 두 기금이 처음 설립되었을 때 두 극단은 특허권으로 보호되고 있었고, 당시 이류 극장은 정말 황당하고 터무니없는 공연밖에 할 수 없도록 법적으로 제한되었기 때문에 지금 제 눈에 들어오는 몇몇 분들이 당시 이류 극장 소속이었을 때 그것이 지금으로 치면 성 바르톨로메오 축제에 참여하는 일과 다를 바가 없었다는 점도 잊지 말아야 하겠습니다.

저는 유서 깊은 두 기금이 지금까지 사회에서 해온 이로운 역할에 경의를 표하면서, 동시에 지금 이 협회가

축사와 연설

앞으로 훨씬 더 이로운 역할을 하리라는 전망에 경의를 표합니다. 앞선 기금에 애정이 덜해서가 아니라 지금 이 협회를 향한 애정이 더하기 때문입니다. 더 많은 회원을 끌어안기 때문이지요.

대단한 상을 타지는 못해도 어쨌든 극장 체제의 본질적 일부로서 우리 삶의 기쁨에 나름의 역할을 하는 이들이야말로 퇴직 연금이 절실히 필요한 분들이라는 사실을 늘 기억하도록 합시다. 우린 그들에게 갚아야 할 빚이 있습니다. 그런 분들은 장미꽃 침대가 아니라 조야한 조화 침대에 눕고, 매우 팍팍한 현실과 힘겹게 싸우는 근심과 궁핍의 삶을 살고 있습니다. 놀랍게도 토스트 우린 물처럼 보이는 음료를 고블릿 잔에 담긴 와인처럼 마시고 바르메크가의 잔치[3]처럼 있지도 않은 스테이크를 왕성한 식욕으로 먹어치우는 가난한 배우들, 가장 사랑받는 최고의 장면을 만들어내는 것은 바로 그런 지위의 배우들입니다. 그것만이 아니라, 우리가 풍요로운 영국 희곡에서 더욱 큰 교훈과 기쁨을 얻을수록 그 교훈과 즐거움에 기여한 예술 종사자들 가운데 누구보다

---

3   《천일야화》의 일화로 바르메크라는 이름의 귀족이 가난한 사람들을 위한 잔치를 벌이고는 실제 존재하지 않는 상상의 음식을 대접했다.

환경이 열악한 이들에게 보호와 원조를 제공하는 것이 당연하다고 봅니다.

"배우만큼 그렇게 많은 사람들의 사랑을 받는 사회 계층은 없다. 우리는 무대 위의 배우에게 인사하고 거리에서 배우를 마주치면 좋아한다. 배우들은 늘 우리에게 즐거운 연상을 불러일으키기 때문이다." 해즐릿[4]의 이 말은 전적으로 옳습니다. 그들이 무대 위에서 뽐내며 걸어 다니거나 안달복달할 때에야 그들 얘기를 더 듣지 않아도 됩니다. 하지만 그들이 노년에 행복했다는 말은 이따금 듣고 싶습니다. 그들이 우리 모두가 잘 아는, 일렬로 늘어선 조명 뒤로 마지막으로 사라졌을 때, 거기서 사라져 어둠과 침울함으로 들어가는 것이 아니라 환한 빛과 즐거움으로, 편안하고 행복한 가정으로 들어갈 수 있도록 합시다.

바로 이런 목적을 위해 우리가 이 자리에 모였습니다. 저는 영국인의 특성을 잘 알기에, 여기서 좋은 결과가 나올 것임을 잘 압니다. 붐비는 거리에서 근심으로 초췌해진 낯익은 얼굴(오래전에 기억에서 사라진 즐겁던 시절의 유령처럼 우리 앞을 지나가는)을 문득 마주치면, 오래

4　윌리엄 해즐릿William Hazlitt. 영국의 수필가.

축사와 연설

전 그 얼굴의 서글픈 기억과 함께 아프게 그 얼굴을 떠올리지 말고 기쁘게 알아보도록 합시다. 한두 걸음 되짚어가서, 우리의 근심 어린 시간을 잊게 해주고, 우리의 슬픔이 아닌 다른 이의 슬픔에 눈물 흘리도록(그런 눈물이 얼마나 기분 좋은지 모두 잘 알지요) 이끌어주어서 고결한 슬픔과 공감하는 법을 알려준 친구의 그 얼굴을 다시 마주 봅시다. 그 얼굴을 우리의 후원자이자 친구로 늘 기억하도록 합시다.

이 자리에 오면서 저는 극장에서 시간을 보내고 나갈 때 어떤 기분 좋은 연상을 하지 않았던 적이 평생에 있었는지 기억해보려 했습니다. 다양한 경험을 많이 했지만, 아무리 형편없는 극장이라도 어떤 긍정적인 인상을 지니고 떠나지 않았던 적은 제 기억에 단 한 번도 없었다고 단언합니다. 광대란 무한한 주머니를 지니고 이 세상에 태어난 존재라고 믿었던 시절부터, 만반의 준비를 갖춘 선박이 선원들을 태우고 성난 파도가 굽이치는 망망대해를 헤쳐 가는 모습이 담긴 공연 안내문이 '로열 설룬'[5] 바깥에 붙어 있던 것을 보았던 며칠 전 밤까지 전부 통틀어서 말입니다. 이제 우리 극장과 배우들에 대한

---

5 Royal Saloon. 영국 왕실과 그 직원들이 이용하던 열차.

여러분의 다정다감한 기억을 대표하여, 건배를 좋아하는 이 도시에서 지금까지 했던 어떤 건배만큼이나 열렬하고 호탕한 건배를 제안합니다. "전극단기금에 무한한 번영이 있기를!"

행정 개혁에 관한 연설

Administrative Reform

로열 극장, 드루리레인, 1855년 6월 27일

Theatre Royal, Drury Lane, June 27, 1855

이렇게 많은 분들이 열렬히 환대해주시니, 제 이야기를 가능한 한 짧게 줄이겠다는 약속으로 감사의 마음을 가장 잘 표현할 수 있지 않을까 싶습니다. 과거에는 "말을 많이 하여야만 들어주실 줄로 생각한"[마태복음 6장 7절] 사람들이 있었지만 그 이후 1800여 년의 세월이 흘렀습니다. 물론 그 뒤로도 그런 부류는 엄청나게 증가했고 지금도 웨스트민스터[영국의 정계를 뜻함] 주변에서 놀랍도록 번창하고 있는 것으로 보이지만, 저는 가뜩이나 번식력 왕성한 그 부류의 규모를 더 늘리지 않기 위해 최선을 다하려 합니다. 정부의 수장[파머스턴 자작(헨리 존 템플)]이라는 분께서 약 일주일 전 의회에 참석하여 제 친구 레이어드 씨[1]가 그곳에서 한 발언을 두고 말씀하시기를, 어떻게 얼굴도 붉히지 않고 그런 말을 할 수 있는지 모르겠다고 했다지요. 그가 한 발언이 틀림없는 사실임을 온 나라가 아주 잘 알고 있고, 그분이 처음 총리가 되었을 때 밤마다 그의 말에 귀 기울이고 환호를 보내는 유리한 위치에 있었던, 그분의 사심 없는 지지자들만큼 그 점을 더 잘 아는 사람들도 없을 텐데 말입니다. 그러니까 나라가 심각한 망신을 당하고 곤경에 빠져 있을 때 그분이 공식적으로, 그리고 습관적으로 농담을 즐겼다는 사실 말입니다. 열정적이고 진취적인 정신으로 시대에 영합하지 않기 위해 최선을 다하는 이 시대의 인물에 대해 감히 자기 일에 끼어들다니 부끄럽지도 않느냐고 하면서 정작 자신은 드루리레인 극장의 사적 공연과 관련하여 경박한 발언을 했던 일 말입니다. 저는 사적 공연이든 공적 공연이든 약간 친분이 있는데 일단 그분의 비유를 받아들이겠습니다. 공무원을 모아 극단을 구성할 마음이 들 때 "우스꽝스러운 늙은 신사"를 어디서 구할 수 있을지 잘 알겠다는 그런 말은 하지 않겠습니다. 무언

---

[1] 오스틴 헨리 레이어드Austen Henry Layard. 영국 고고학자이자 정치가, 외교관.

극을 올리고 싶은데 특별한 요령과 변화가 필요하다면 어느 기관을 찾아가야 할지 알겠다는 말도 하지 않겠습니다. 이곳이든 다른 위원회든 다들 대체로 익숙할, 주로 빵 덩어리와 생선[2]을 사방에 뿌리는 정치적 논쟁에서 한꺼번에 아우성을 치다가 발이 걸려 넘어질 엄청난 수의 단역 배우들을 어디서 구할지 알겠다는 말도 하지 않겠습니다. 하지만 그 의원님께 이 사적 공연이 왜 필요한지, 이 무대의 커튼을 내려버리기를 그분이 아무리 열렬히 갈망한들 이곳이 끝장나는 일이 없는 까닭은 무엇인지 알려드려야겠습니다. 그 이유는 바로 이러합니다. 높은 지위의 의원님께서 몸소 관리하시겠다는 공적 공연은 참을 수 없이 형편없어서, 기계 장치는 너무 거추장스러워 다루기 힘들고 역할은 제대로 배분되지 않고, 극단에는 '걸어 다니는 신사들'[3]이 넘쳐나고, 운영자 식구는 또 얼마나 많은지 그 업계에서 하는 말로 '첫 번째 일'[주연 배우를 뜻함]을 자기 식구들에게 맡기느라(그 역에 적합해서가 아니라 그저 자기 식구라서) 여념이 없으니 우리로

---

2 예수가 5천 명을 먹였다는 빵 다섯 덩어리와 생선 두 마리를 뜻하는 것으로 자기 당원과 지지자에게 온갖 혜택과 지원을 약속하는 것을 뜻함.

3 요즘의 엑스트라처럼 대사가 거의 없이 주변 배경을 이루는 역할을 뜻함.

서는 반대 움직임을 조직할 수밖에 없게 되었던 겁니다. 그곳에서 본 〈실수 연발〉[4]은 비극처럼 얼마나 침울하던지 정말 봐줄 수가 없었습니다. 그래서 위험을 무릅쓰고 〈개혁파〉라는 공연을 올릴 수밖에 없었고, 이 극이 끝나기 전에 우리 공연을 통해 의원님을 상당히 개선시킬 수 있기를 바라는 바입니다. 허락도 없이 무슨 권리로 나를 개선하네 마네 하냐고 반대한다면 그분의 관현악단으로 그 권리를 주장하고자 합니다. 아주 강력한 백파이프 연주자로 구성된 그 관현악단에 지급되는 임금은 항상 우리 주머니에서 나오니까 말이죠.

저는 정치 집회는 처음 참석하는 것이고, 저의 일이나 사업이 정치와 연관이 없으니, 제가 어쩌다 이곳에 오게 되었는지 설명하는 것이 도움이 될 듯합니다. 저를 이곳으로 이끈 원인이 어쩌면 다른 사람들 마음속에도 미정의 상태로 존재할 수 있기 때문입니다. 저는 항상 진심을 다해 동포에 대한 제 의무를 다하고 싶습니다. **제가** 그들에게 애착을 지닌다면 거기엔 사심 없는 마음이나 칭찬받을 만한 점은 없습니다. 그들이 오랫동안 제게 보여준 신뢰와 우정은 제가 아무리 애정 어린 감사를

---

4 *The Comedy of Errors*. 셰익스피어의 초기 희극.

보내도 부족할 정도니까요. 제가 제 행동 범위(앞으로도 절대 바뀌지 않을)의 선을 넘거나 오늘 밤 이후로도 이런 행동을 계속하는 일은 없을 겁니다. 저는 문학으로 살아왔고 문학으로 조국에 복무하는 것으로 만족합니다. 무엇보다 두 주인을 섬길 수 없다는 것을 스스로 너무나 잘 압니다. 저는 제 행동 범위 안에서 심각한 사회적 고충을 이해하려고 애썼고 그것을 완화하는 데 도움이 되려 했습니다. 거대한 미로라 할 잘못된 인사人事와 잘못된 국정 방향의 끔찍한 불합리성(그로 인해 영국이 이 땅에 스스로 초래한 비참함과 파탄으로 말하자면, 세상천지를 다 뒤져도 그 20분의 1 정도라도 초래할 적敵을 찾을 수 없을 상황입니다)을 보여줄 만한 사실, 당시로는 거의 믿을 수 없었던 그 사실을 《타임스》 일간지가 증명해 보였는데도 온 나라가 음울한 침묵만을 지켰다는 점이 저로서는 오랜 역사를 통틀어 위대한 영국 민족이 내보인 가장 암울한 면모라 여겨졌습니다. 사회의 모든 계층이 인격에 해를 입히는 수치와 분노에 시달리고, 사회 아래층에 늘 깔려 있는 무지와 가난과 범죄가 들썩이는 가운데 새롭게 불화라는 요소가 그 위에 무더기로 쌓이는데, 의회는 대중의 생각을 적절히 대변하기는커녕 보아하니 이해조차 못하는 듯하고 정부와 입법부라는 조직은 제자리에서 맴돌고만 있으니, 이미 자신들에게 소중한 많은 것을 파괴해버린 그 조직이 마지막으로 자멸이라는 기능을 완수하기를 기다리듯 국민들은 그로부터 떨어져 나와 멀찍이 서서 바라볼 뿐입니다. 이렇게 국민을 위협하는 상황이 건전한 쪽으로 방향을 틀 수 있는 유일한 길은 대중이 깨어나고 대중이 목소리 높여 주장하고 대중이 애국심과 충성심으로 하나 되어 각자 실제 생활과 관련된 위대한 헌법적 변화를 평화롭게 성취하는 것이라고 저는 굳게 믿었고, 지금도 그렇습니다. 이 연합은 그런 위기의 순간에 결성되었고, 그런 위기의 순간에 저는 이 조직에 가입했습니다. 혹시 근거가 더 필요하다면, 다들 해야 할 일은 결국 아무도 하지 않게 마련이고 인간은 다른 일에서도 그렇듯 건전한 시민 정신에서도 집단적이라는 점, 공인된 역할을 지닌 쓸 만한 무리가 존재하기에 앞서 우선 작은 입자들이 날아가 붙을 자력의 중심이 있어야 한다는 자연의 법칙이 그런 근거가 될 수 있겠습니다. 그렇게 연합이 생겨났고 다들 참여했는데, 그에 반대하는 목소리가 주장하는 바는 무엇일까요? 제가 들은 주장은 크게 세 가지인데, 그것을 간단하게 설명하겠습니다. 우선 이 연합이 유권자들을 움직여 하원에 영향력을 끼치려 한다고 합니다. 제가 전혀

축사와 연설

주저 없이 말할 수 있는 것은, 저는 현재 존재하는 하원에는 손톱만큼의 믿음도 없지만, 사회의 복지와 명예를 위해 그런 영향력은 몹시 필요하다는 것입니다. 제가 참 좋아하는 핍스[5]의 저서를 그러잖아도 어제 다시 읽었는데, 무려 이백 년 전에 저자는 하원에 대해 이렇게 적었습니다.

> 사촌 로저 핍스가 말하길, 그로서는 의회에 들어가 직무를 맡게 된 것이 세상에서 가장 슬픈 일이라고 한다. 자기가 보기에 진실하고 진정성 있는 일이라고는 전연 이루어지지 않고 그저 시기와 계책만이 있는 곳이라면서.

그로부터 이백 년이 지났고 개혁 법안이 통과된 지 수년이 지난 지금까지도 하원이 거의 변하지 않은 것이 무슨 연유인지 굳이 따지지는 않겠습니다. 국민을 불안하게 하고 생활을 제약하는 법안, 그러잖아도 변변찮은 국민의 삶의 낙을 더욱 제한하는 법안은 왜 그렇게 수월

---

5   새뮤얼 핍스Samuel Pepys. 17세기 영국 해군 관리이자 의회 의원으로, 당대 사회상을 생생하게 담아낸 상세한 일기로 유명하다.

하게 통과되고 국민의 삶의 질과 직결된 조치들은 의회
의 문턱을 넘기가 왜 그렇게 힘든지 묻지 않겠습니다. 의
회에 만연한 은밀한 로비를 여기서 낱낱이 밝히지도 않
겠고, 한때 여러분과 제가 불편부당한 표를 던지고 관
심을 보일 후보였던 그 의원의 기억에 입힌 치명적인 해
악을 여기서 일일이 열거하지도 않겠습니다. 입술에 손
가락을 댄 채 문간에 서 있는, 감언이설을 퍼붓는 그 아
첨꾼 보좌관이 어떤 인물인지 묻지 않겠습니다. 정중한
대꾸, 얌전한 비아냥거림, 무례한 대답, 단호한 질책, 시
비조의 반대, 상황에 따른 거짓, 대놓고 하는 거짓이라
는 셰익스피어의 터치스톤의 목록[6]에 담긴 단계와 정의
를 다 아우르는 사적 언쟁이 어떻게 하원에서 전 국민의
건강이나 세금이나 교육보다 헤아릴 수 없이 중요한 관
심사가 되었는지 묻지 않겠습니다. 대중의 의문을 목 졸
라 살해한 정당 내의 '푸른 수염의 사나이'[7]가 새로 온
부인에게 열쇠를 주면서 무슨 일이 있어도 방문을 열지
말라고 했던 그 비밀의 방에 숨겨진 진실을 파고들지 않

6　희곡 《좋으실 대로As you like it》에서 궁정 광대인 터치스톤이 제시한 일
　　곱 단계의 거짓.

7　프랑스 작가 샤를 페로Charles Perrault의 동화 제목.

겠습니다. 단지 하원이 이따금 청력과 시력과 이해력에 문제가 있지 않은지, 한마디로 상당히 병약한 상태라서 엄중히 감시하고 때로 강한 자극제를 주입해야 하는 건 아닌지, 게다가 병세가 상당히 호전될 가능성이 없는 것은 아닌지, 그에 대한 판단은 여기 모인 모든 참석자들께서 경험을 통해 알아서 판단하시리라 봅니다. 진정 쓸모 있고 독립적인 하원을 유지하려면 국민 모두가 감시와 경계를 소홀히 해서는 안 된다고 저는 믿습니다. 기억을 상실하지 않도록 쿡쿡 찌르고, 간혹 장관직이라는 마약을 지나치게 복용했다 싶으면 흔들어 깨워야 하고, 바삐 돌아다니게 하고, 그런 경우 필요한 방식으로 상냥하게 밀치고 꼬집어야 하는 겁니다. 잠꼬대 같은 헛소리나 무의미한 관례나 낡아빠진 관습보다 국가를 더 소중히 여기기에 함께 뭉친, 전국 각지의 유권자로 구성된 우리의 조직이 제 기능을 행사할 권리는 어떤 권력도 빼앗을 수 없습니다.

　　여기서 자연스럽게 두 번째 반대 주장으로 넘어갑니다. 항간에는 우리 연합이 계급 간 적대심을 조장한다는 말이 있습니다. 정말 그렇습니까? ("아닙니다"라는 외침) 아니죠, 우리 연합은 계급끼리 적대하는 현 상황을 깨닫고 화해를 이루려 합니다. 저로서는 귀족과 민중이라는 두 단어를 서로 대립시키고 싶지는 않습니다. 양자의 미덕과 효용을 믿기에, 각자에 속한 정당한 권리는 단 하나도 박탈하고 싶지 않습니다. 그 단어 대신 저는 통치하는 집단과 통치받는 집단이라는 표현을 사용하겠습니다. 이 두 집단 사이에 심연처럼 틈이 생겨, 지금껏 영국이 낳은 가장 용맹하고 가장 헌신적인 사람들 수천, 수만 명이 새로 그 속에 떨어져 묻혔습니다. 사소한 악이라도 제대로 막지 못하면 악화일로가 되어 필연적으로 대재앙을 초래합니다. 따라서 그런 악이 무수히 반복되는 일을 막고 현재 완전한 타인처럼 서로를 건너다보는 두 전선을 하나로 모으기 위해서, 이 연합은 공동의 정의로 기초를 쌓고 상식으로 기둥을 세워 그 심연위에 다리를 놓고자 하는 것입니다. 계급 간 적대심을 조장한다니요! 이것이야말로 우리가 아주 옛날부터 들어온, 무의미한 앵무새의 지껄임입니다. 그 말이 정당한지 한번 예를 들어보겠습니다. 인품이 훌륭한 한 신사가 커다란 저택에 살면서 하인도 많이 두고 있었는데, 그들이 영 쓸모가 없었습니다. 자기 아이들에게 빵을 주라고 하면 돌을 주고, 생선을 주라고 하면 뱀을 주고, 동쪽으로 가라고 하면 서쪽으로 가고, 북쪽에서 만찬을 차려야 할 때 남쪽에서 조각조각 떨어진 요리책을 보고 있었

축사와 연설

죠. 뭐라도 시키면 시간만 허비하고 망가뜨리고 서로 엎치락뒤치락하며 다 망쳐놓았습니다. 마침내 그 신사는 집사를 불러서 분노보다 슬픔에 젖은 목소리로 이렇게 말합니다. "너무 엉망진창이구나. 이래가지고야 천금을 가졌다 한들 버틸 수가 없고 인간으로서 차분하게 참아낼 수가 없겠다! 전부 다 뒤집어엎어서 할 일을 제대로 할 하인을 새로 뽑아야겠다." 그러자 잔뜩 겁을 집어먹은 집사가 눈을 치켜뜨며 이렇게 외칩니다. "세상에, 주인님은 계급 간 적대감을 조장하는 겁니다!" 그러곤 하인 숙소로 달려가 감정적인 연설을 길게 늘어놓아 그런 사악한 정서를 선동하는 것이죠.

이제 세 번째 반대에 대해 말해보겠습니다. 그것은 자기 손으로 벌지도 않은 돈을 쓰는 일 외에 딱히 다른 쓸모가 없는 젊은 신사들에게서 흔히 찾아볼 수 있는 주장으로 대개 이런 식입니다. "행정 개혁을 외치는 그 자들은 왜 자기 일이나 신경 쓰질 못하는지 참 희한하기도 하지." 우리가 이렇게 나서게 된 것은 그것이 우리 일이기 때문이고 그들이 우리 일을 엉망으로 관리하는 일을 막기 위해서라는 정도의 말이면 그런 반대를 물리치기에 충분하지 않을까 싶습니다. 의회의 논쟁(그런데 최근 이 논쟁을 보고 있으면 스페인 황소는 진홍색을 향해 달려

드는 데 반해 니느웨에서는 진홍색이 황소에게 달려든다는 점이 스페인 황소와 니느웨 황소의 차이점이 아닐까 하는 생각이 자주 듭니다)을 보면 모든 사안에서 영웅연하는 질책과 시비조의 반대가 얼마나 많은지 저는 그것만으로도 누구에 의해서건, 언제 어디에서건 행정 개혁이 필요하다는 사실을 증명한다는 생각이 들었습니다. 사실이지만 틀림없이 반박 가능한 두세 가지 반대 주장을 더 덧붙이기는 쉽겠지만, 그건 제가 할 바를 넘어서는 일이 될 것입니다. 행정 개혁의 필요성에 대한 근거가 충분하다는 확신이 이미 국민 사이에 전반적으로 존재하지 않는다면, 앞으로도 안 할 테고, 못 할 것이기 때문입니다. 그래도 다른 새로운 근거를 대신해서 아주 잘 알려진 옛이야기를 예로 들어볼까 합니다. 결말에서 아주 예리한 교훈을 보여주는 반론의 여지가 없는 이야기이니, 그런 식으로 하원의 성스러운 분노를 피할 수 있기를 바랍니다. 옛날 옛적에 나뭇가지에 홈을 새겨 장부를 기록하던 미개한 방식이 재무부에 도입되어, 로빈슨 크루소가 무인도에서 일정을 기록하듯 장부를 기록했습니다. 혁명적인 시기를 여러 번 거치며 저명한 코커[8]가 태어났다

---

8 에드워드 코커 Edward Cocker. 중등 수학책을 저술했다.

가 죽었고,《교사의 조수 *Tutor's Assistant*》라는 책을 쓰고 수에 능했던 워킹검도 태어났다가 죽었고, 회계사와 경리와 계리사도 수없이 태어났다가 죽었지만, 홈을 낸 나뭇가지가 무슨 헌법의 신줏단지라도 되는 양 공식적 관례는 여전히 그에 의존하고 재무부 회계도 여전히 '막대'라고 부르는 길쭉한 느릅나무 조각에 기록했습니다. 조지 3세 재위 시절에 한 혁명적 인사가 펜과 잉크, 종이, 석판, 연필 등이 존재하는 마당에 어째서 여전히 케케묵은 방식을 고수하는지, 이제 변화를 꾀할 때가 아닌지 물었습니다.

이 독창적이고 대담한 방안을 그저 거론하자마자 오히려 온 나라의 불필요한 요식은 점점 더 심해져서 1826년에 이르러서야 이 나뭇가지를 완전히 철폐할 수 있었습니다. 1834년에, 지금까지 쌓인 나뭇가지들이 어마어마하다는 사실이 밝혀지면서, 낡아빠지고 벌레 먹고 다 썩은 나뭇가지를 어떻게 할지 묻게 되었죠. 분명 이 장대한 주제를 두고 수많은 회의록과 제안서가 작성되고 공문서가 무수히 송달되었을 것입니다. 지금은 모두 웨스트민스터에 보관되어 있죠. 상식적인 사람이라면 당연히 근교에 사는 궁핍한 사람들에게 땔감으로 쓰라고 보내는 것만큼 쉬운 방법도 없으리라 생각할 것입니다. 하지만 지금까지 그 나뭇가지들이 쓸모가 있던 적은 한 번도 없었고 공식적 관례에 따라 쓸모가 있어서는 안 된다고 정해졌기 때문에, 결국 비공개적으로 은밀하게 전부 태워버리라는 명령이 내려졌습니다. 결국 상원의 화로에 넣고 태우게 되었는데, 이 얼토당토않은 땔감을 지나치게 먹은 탓에 화로의 불길이 너무 커져 벽널을 태우고 벽널은 상원 건물을 태웠습니다. 상원의 불이 하원에 옮겨붙어 양원이 다 타고 재만 남았죠. 건물을 새로 짓기 위해 건축가들을 불러들였고, 그 비용은 이제 200만 파운드에 이르렀습니다. 민족의 돼지는 아직 층계 출입구를 넘지 않았고 영국이라는 노파는 오늘 밤엔 집에 오지 못한 것입니다.[9]

시대에 한참 뒤떨어진 쓰레기 더미를 완강하게 고수하는 태도는 그 본성상 치명적이고 파괴적인 면이 분명 있어서 언젠가 무엇이든 불태우고 말리라는 말로 결론을 삼아도 큰 무리가 없을 듯합니다. 담대하게 밖으로 꺼내놓으면 무해하겠지만 고집불통으로 붙들고 있으면 파멸을 초래할 것이라고 말입니다. 이미 일어난 행정 개혁의 움직임을 이런저런 특정한 사례별로 잠재울

9 〈노파와 노파의 돼지〉라는 영국 동요를 빗댄 말.

수 있으리라 희망한다면 그것은 안일한 생각이라고 저는 믿습니다. 공적 부문의 진보가 사적 부문보다 훨씬 뒤떨어졌다는 사실, 사업 분야에서 개별적 지혜와 성공이 두드러진 만큼이나 공적 부문의 어리석음과 실패가 두드러진다는 사실은, 해와 달과 별만큼이나 확고한 사실이라고 봅니다. 그것을 바로잡아 어디서나 이 나라가 바람직한 방향으로 나아갈 길을 닦는 것, 귀족적이든 민주적이든 똑같이 받아들이며 단지 그것이 정직한가, 진실인가를 묻는 것을 저는 이 연합의 진정한 목표로 여깁니다. 공동의 공적 의무를 각자 더 잘 이해하고 명심하면서 서로를 독려하는 길에, 각계각층의 민중을 대규모로 결속해냄으로써 이 목표를 이루고자 합니다. 장군들 정당에서 호시탐탐 일으키는 소규모 충돌을 자나 깨나 잘 살펴서 그들의 속임수나 군사 훈련이 자잘한 체납자를 억압하고 대단한 체납자를 풀어주기 위한 것이 되지 않도록, 진심으로 전력을 다해 싸우지 않고 그저 개혁 검토 군사훈련 정도로 대중을 속이지 못하도록 하는 일이 긴요합니다. 제가 이 문제와 관련해서 다른 누구와 협의한 적은 없지만, 제가 특히 바라는 바는, 총명한 노동자들이 부유한 기부자들보다 수월한 조건으로 이 단체에 참여할 수 있는 여러 수단을 지도자들이 모색

하는 것입니다. 저는 다수의 노동자들이 참여하기를 바라고, 그것이 공익에 도움이 된다고 진심으로 믿기 때문입니다.

레이어드 씨가 법안을 발의할 날을 하루 청하자 총리께서 이렇게 말했다죠. "귀하께서 알아서 찾아보시지요."

"모든 신의 이름으로,
대체 이 카이사르는 무엇을 먹고
이렇게나 위대해졌단 말입니까?" [10]

우리의 카이사르가 허락한다면, 그 냉정하고 오만한 정서를 맘대로 뒤집어 저는 이렇게 말하겠습니다. "총리 각하, 누구든 필요한 날을 알아서 찾지 않아도 되게 하는 것이 각하의 의무입니다. 누구든 필요한 날을 알아서 찾아야 하는 상황에 빠지지 않게 하는 것이 바로 정부를 책임지는 당신, 그 일을 열망하고 그 일로 살아가고 그것을 위해 음모를 꾸미고 그 자리를 두고 아귀다툼을 하고 그 자리를 차지하면 이를 악물고 지키는 당

---

10 셰익스피어의 작품 《율리우스 카이사르》 중 카시우스의 대사.

신이 할 일인 것입니다. 열심히 일하는 수백만 노동자들의 불만이 부글부글 끓어오르고, 과세는 과중한데 무지한 무리와 가난한 군중과 사악한 집단이 들끓는 유서 깊은 나라의 현 상황에서, 정부의 수장이 더 밝고 나은 대안으로 사전에 막을 의무를 다하지 못해 위험천만한 인물이 자기 날을 찾아 나서게 되면 그때는 이 나라가 화를 당할 테니까요. 날을 잡으십시오, 각하. 없는 날이라도 만들어내고 없는 시간도 내십시오, 파머스턴 경! 그러면 역사가 그 보답으로(다른 식으로는 어림없습니다) 당신의 날을 마련할 테니까요. 충직하고 자발적이고 인내심 있는 영국 국민의 만족과 당신이 섬기는 여왕과 그 자손의 행복을 동등하게 가져올 날을 말입니다."

- *1858년, 책상 앞에 앉아 있는 찰스 디킨스(45세). 조지 허버트 왓킨스*George Herbert Watkins의 사진.

랭커셔와 체셔 협회 연합 연찬회 연설

맨체스터, 1858년 12월 3일
Manchester, December 3, 1858

1858년 12월 3일 저녁에 맨체스터의 '자유무역강당'에서 열린 연찬회에서 한 연설이다. 디킨스는 그 모임에서 사회를 보았다.

최근 영국에서는 가을마다 대규모의 대중 연설이 열리는 현상이 꽤 두드러집니다. 낙엽이 한 잎 두 잎 떨어지기 시작하자마자, 동서남북의 현자들 입에서 주옥같은 말들이 나오기 시작하는 거죠. 아무나 양동이만 들고 나가면 주워 담을 수 있습니다. 항간에서 하는 말로는 올해 유성이 지나가서 옥수수와 포도 수확이 좋을 거라고 하는데, 그래서 이쪽 곡물도 쑥쑥 자라는 건지, 그건 저도 잘 모르겠습니다. 하지만 분명한 사실은, 신문 지면이 이렇게 연설의 중압에 눌려 신음한 적은 지금껏 없었다는 것입니다. 당면한 문제와 거의 또는 전혀 관련이 없는 내용을 다루고, 한결같이 연설의 대상인 특정 청중이 아니라 넓은 세상의 모든 청중을 대상으로 한다는 두 가지 특성을 앞다투어 자랑하고 있지요.

하지만 가을이 가고 겨울이 왔으니, 우리 행사들은 어디에 홀린 듯한 고리를 끊고 그런 선례에서 벗어날 수 있으리라 낙관해봅니다. 우리에겐 해야 할 진짜 일이 있고, 그 일을 위해 꾸밈없는 동지애와 솔직함을 지니고 함께 모인 것이니까요. 우리는 바람의 방향을 알기 위해 공중에 던져볼 우리만의 지푸라기도 갖지 못했고, 이 강당 바깥의 어떤 것을 갖겠다고 에둘러 우리만의 가격을 제시할 수도 없습니다.

이 모임 포스터 맨 위에 '랭커셔와 체셔 협회 연합'이라는 문구가 있습니다. 그 의미를 최근에 깨우친 무지했던 사람으로서, 나름대로 연구한 내용이 맞는지 자발적으로 간단히 검사를 받고자 합니다. 일단 제 생각에 그 명칭은 어딜 보나 전혀 진실에 부합하지 않습니다. 오랫동안 '정비공 협회'나 '문학회'라는 용어를 꽤 익숙하게 들어온 제 경험으로는, 안됐지만 그런 용어들은 일부 주요 회원에게는 어울리지 않는 대단한 허세만 부리

축사와 연설

는 조직과 관련된 경우가 너무 빈번했습니다. 대부분 지나치게 큰 새 건물에 들어앉아 돈도 내지 않는데, 제가 주로 목격한 바로는 정비공과 도도새가 함께 자리를 차지하고 앉았으니 이름에 정비공을 넣은 것은 통탄하리만치 무의미한 일로 여겨지거든요.

그래서 사실 저는 '케케묵은 이야기군' 이렇게 냉랭하게 혼잣말을 하며 이 명칭과 관련된 공부를 시작했던 겁니다. 그런데 책을 펼쳐서 첫 몇 줄을 정독하자마자 전혀 케케묵은 이야기가 아니라는 사실을 깨달았습니다. 한마디로 이 연합은 케케묵은 이야기를 고쳐보려고, 그 단점이 지속되는 일을 막기 위해 특별히 기획된 것이었습니다. 이 협회 연합은 114개 지역 정비공 협회와 상호부조회가 하나의 중심 아래 모인 조직으로 각 단체마다 5실링 정도의 회비를 낸다는 사실을 저는 알게 되었습니다. 어떻게 하면 가장 잘 소통할 수 있을지, 어떻게 하면 조직의 중심과 서로에게 이득이 될 수 있을지를 제시하고, 최선의 목표를 지속적으로 회원들에게 주지시키고, 그 목표를 성취할 가장 좋은 방법을 조언하고, 그냥 두면 금세 기운만 빠질 일들은 단호하게 반대하여 바로 중지시키고, 회원들을 직접 가르칠 선생님, 그보다 더 낫게는 훌륭한 책들을 '무료 순회도서관'이라는 이름으로 몇 상자씩 제공합니다. 이 도서관이 수백 마일을 쉼 없이 돌아다녀, 노동하는 수천만 민중이 아주 기쁜 마음으로 책을 읽는데, 그중에서 책을 마구 굴려서 망가뜨리거나 더럽히는 사람은 하나도 없다는 사실도 알게 되었습니다. 이런 내용을 비롯하여 비슷한 다른 내용을 통해 저는 많은 기업이 수력 발전을 하려고 뒤지는 강 하류인 랭커셔와 체서 골짜기 어디에도 노동자들이 사는 오두막이 무리를 이루어 생겨날 수 없겠지만, 그것이 실제 존재하기에 앞서 그것을 바라면서 준비하는, 그 사상과 방식과 말투를 잘 아는 교육적 친구와 동료는 존재한다는 사실이 얼마나 중요한지 따져보게 되었습니다.

신사 숙녀 여러분, 바로 그런 생각에서 저는 이 자리에 참석하겠다고 마음먹었습니다. 이런 지역 연합이 노동자에게 해줄 수 있는 일을 저 멀리의 중앙 연합은 하지 못할 겁니다. 이 지역 연합이 그들을 이해하듯이 이해할 수 없을 겁니다. 7마일 떨어진 저 골짜기에 사는 지식에 목마른 내가 12마일 떨어진 저 골짜기에 사는 지식에 목마른 당신을 알게 되고, 간혹 터덜터덜 걸어서 당신을 직접 만나, 당신은 당신 분야에서 배운 것을 나에게 전해주고 나도 다른 분야에서 배운 것을 당신에게 전

축사와 연설

해주는 식으로 노동자들이 서로 편하고 익숙하게 소통
하도록 돕는 일을 저 멀리에 있는 중앙 연합은 하지 못
할 겁니다. 이 협회의 특징, 가장 중요한 특징은 바로 이
것입니다.

다른 한편, 아무리 열정이 넘친다 해도 정직한 이
들이 자기들끼리 협회를 세우고 유지하는 일이 일반적
으로 가능하다고 가정해서는 안 됩니다. 서로 연합하면
확실히 물질적 비용이 감소할 테고, 시간이 지날수록 그
점이 필수적인 고려 사항이 될 것입니다. 마찬가지로 명
백한 사실은, 어떤 연합이든 성공하려면 경험이 핵심적
인데, 경험과 심사숙고의 결과를 널리 확산하는 것이 목
표일 경우 특히 그러하다는 것입니다.

신사 숙녀 여러분, 수익성 좋은 이 단체의 현재 역
사를 공부하기 시작한 저는 거기서 멈추지 않았습니다.
좀 더 들여다보니 흥미롭고 기쁘게도, 모母협회가 특정
시기마다 진취적이고 열정적인 지역 협회 회원을 초청
하여 여러 유용한 지식 분야에서 자발적으로 시험을 보
도록 한다는 사실을 알았습니다. 중앙에서 모든 비용
을 대고 세부 사항도 마련할 뿐 아니라, 합격한 응시자
를 맨체스터로 불러 상과 합격증을 공정하게 수여합니
다. 그 합격자 중 성적이 우수한 사람들이 지금 이 자리

에 있습니다. 영광스럽게도 제가 한 사람씩 앞으로 불러서 그들의 성취를 인정하고 더욱 격려하는 작은 증표를 수여할 예정입니다.

시험 과목은 역사, 지리, 문법, 산수, 부기, 통화 십진법, 측정법, 수학, 사회경제, 불어인데, 제가 그 시험지 몇 장을 훑어보았습니다. 정말이지 지식의 자물쇠를 모두 열 수 있는 열쇠가 들어 있습니다. 제가 그 시험지를 풀지 않아도 되니 정말 다행입니다. 만약 그랬다면 이 자리에서 제가 받을 수 있는 상은 거의 없을 것이 확실하니까요. 게다가 이 시험을 치르는 사람들은 지금껏 내내 생계를 위해 끊임없이 일해왔고,

비천한 태생과 냉혹한 운명이라는
저 담대한 쌍둥이 간수[1]

와 씨름하는 일이 삶의 전부였다는 사실을 늘 주목하고 진지하게 기억해야 하리라 봅니다. 책과 글쓰기에 종사하는 저 같은 사람이 아닌, 도구와 기계를 다루

---

[1] 에드워드 불워 리턴Edward Bulwer-Lytton의 희곡 《리용의 부인 *The Lady of Lyons*》에 나오는 대사.

며 사는 사람들이 이런 질문에 대답할 수 있다는 사실에 저는 찬탄을 금할 수 없었습니다.

우수상과 합격증을 받을 분들이 곧 여러분 앞에 서게 될 텐데, 다들 흥미로운 분들이지만 기억을 최대한 살려서 특히 두드러지는 두세 경우를 소개해보겠습니다. 출리 근교 출신의 가난한 형제가 있는데, 이들은 아침부터 밤까지 탄광에서 일하면서도 일주일에 사흘 밤은 8마일 거리를 걸어가 수업을 들었고, 그곳에서 두각을 나타냈습니다. 그리고 일주일에 1실링 18펜스를 받고 방적기 사이를 돌아다니며 끊어진 실을 잇는 일을 하던 볼링턴 출신의 가난한 두 소년이 있습니다. 한 소년의 부친이 일터에서 기계에 절단되는 사고를 당했는데, 사고 전에 이 협회의 창립에 참여했기 때문에 그 아들이 지금까지 협회를 통해 배움을 얻을 수 있었습니다. 이 두 소년이 오늘 밤 이 자리에 나와 화학 부문 2등 상을 받게 됩니다. 베리 출신의 열여섯 살짜리 미장이도 있는데, 작년에 브룸 경[2]이 수여한 3학년 자격증을 받았는데 올해에 그보다 세 배는 더 치열한 경쟁을 뚫고 다시 합격

---

2 헨리 피터 브룸Henry Peter Brougham. 휘그당의 주요 정치인으로 사회 개혁을 위해 다방면으로 노력했다.

했습니다. 같은 지역 출신의 마차 제작공은 성인이 되도록 전혀 배우지 못하다가 지역 협회를 통해 필요한 모든 것을 배웠습니다. 아주 궁핍한 처지에서 매일 고되게 일하는 사슬 제작공도 있는데, 그는 일주일에 사흘 밤을 6마일 길을 걸어가서 수업을 들었고 그곳에서 이름을 날렸습니다. 하루에 열두 시간을 주조 공장의 용광로 앞에서 일하는 주형공은 도면 제작을 배우기 위해 새벽 네 시에 일어났다고 합니다. 그는 겸손한 자기소개서에 이렇게 적었습니다.

"위층에서 곤하게 잠든 아들들을 생각하면 새롭게 힘이 솟았고, 내 자신에게는 아무런 혜택이 없을지라도, 우리 영국이 세계 역사에서 특출한 자리를 차지할 수 있었던 수단인 강력한 기계와 동력 장치를 이해할 만큼 아이들이 자라면 내가 가르칠 수 있겠다는 생각을 하곤 했습니다." 노새 방적기에서 실을 잇던 노동자는 지금 서른 살이 조금 넘었는데 열여덟 살 때까지 글을 읽지 못했습니다. 그가 모시고 사는 연로한 어머니는 자신이 배움을 얻은 협회에서 산수를 가르치십니다. 그가 자기소개서에 쓴 바로는, 어떤 과목이든 한번 시작하면 끝까지 하리라 결심했다고 합니다. 얼마나 굳은 의지로 끝까지 노력했는지 이제는 유클리드 기하학과 대수에 능하고 스톡포트에서 가장 뛰어난 프랑스어 학자라고 합니다. 스톡포트의 도면 제작을 가르치는 사람의 반이 현직 대장장이이고, 그 대장장이의 제자들이 오늘 밤 최고상을 받을 것입니다. 한 미국 시인이 다른 대장장이에 대해 쓴 다음 대목이 우리의 훌륭한 대장장이에게도 해당될 듯합니다.

> 힘들여 일하고 기뻐하고 슬퍼하며
> 그는 평생 계속해서 나아간다;
> 매일 아침 시작해야 할 일이 보이고
> 매일 저녁 그 일의 끝을 본다.
> 무언가를 시도하고 무언가를 해낸 뒤
> 밤의 휴식을 얻는다.[3]

성공한 후보자에서 이제 제 앞에 있는 지역 협회 대표단으로 넘어가야 할 텐데, 하나의 예를 드는 것으로 만족해야겠습니다. 여기 모인 많은 분들 가운데 특출한 분이 한 분 계십니다. 그분의 인생사를 읽으며 제가 느낀 감정을 어떤 상황에서도 적절하게 표현하지 못할 테

---

3   헨리 워즈워스 롱펠로의 시 〈인생찬가〉의 한 구절.

니, 하물며 당사자를 앞에 두고는 더욱 힘들겠지요. 그는 아주 어린 나이부터 지쳐 쓰러질 때까지 베틀에서 옷감을 짰습니다. 일주일에 5실링을 벌 수 있게 되자 바로 공부를 시작해서 지금은 랭커셔 골짜기에서 자라는 식물 가운데 모르는 게 없는 식물학자입니다. 영국 조류의 알을 수집하여 보관하고 새를 박제하는 박물학자입니다. 아주 신기하고 어떤 면에서 독창적인 민물조개류 수집품을 가지고 있고 민물과 바다의 이끼류까지 수집하여 보존한 패류학자입니다. 당연하게도 그 지역의 문학회 회장을 맡고 있는데 어젯밤 이 시간까지 십장으로 공장에서 일을 했습니다.

방금 소개한 경우를 비롯하여 눈이 부신 이런 사례들이 주변 이들에게 얼마나 좋은 자극이 되는지, 제가 본 블랙번의 예비 시험 신청서 가운데는 아주 진지하게 본인이 열 살이라고 소개하면서 직업란에도 역시 진지하게 "어린아이를 돌보는 일"이라고 적은 것도 하나 있었습니다. 남성에게 한정된 일도 아닙니다. 공장에서 일하거나 모자 제작을 하거나 집안일을 하는 여성들도 남자에게 뒤처지지 않겠다는 아주 결연한 다짐을 내보이기 시작했는데 아주 마땅한 일입니다. 특히 프레스턴의 여성들이 두각을 나타내어 답안지에서 집안 경영과 집안

　　　　　　　　축사와 연설

경제의 과학과 관련한 지식을 얼마나 멋지게 보여주었는지, 만약 제가 랭커셔나 체셔에서 일하는 총각으로 딱히 마음에 둔 처자가 없다면, 두말할 것 없이 주형공이 찍어내는 강철처럼 단단한 결심으로 신붓감을 찾으러 새벽 네 시에 일어나 프레스턴으로 갈 것입니다.

　　신사 숙녀 여러분, 수많은 연사들이 와서 아무리 이 협회의 역할을 역설한들, 방금 제가 든 사례를 비롯하여 매일 생겨나서 점점 축적되는 많은 사례만큼 그 역할을 더 훌륭하게 증언하지 못할 것입니다. 그 불요불굴의 인물들이 지금 이 자리에 와 있다는 사실이야말로 과거와 현재에 이 조직이 이룬 가장 실질적인 최고의 승리이자 미래의 노력에 더욱 박차를 가할 가장 훌륭한 자극입니다. 이 자리에서 잠시 대변인을 자처한 사람으로서 확실히 말씀드리고 싶은 것은, 이 협회는 상을 받으러 이 자리에 와 있는 분들과 전혀 다르지 않다는 사실입니다. 협회가 그들보다 우선시되지 않고, 그들의 탁월함과 성공은 곧 협회의 탁월함과 성공입니다. 그들과 협회 사이에는 단 하나의 심장이 뛸 뿐입니다. 이 연합의 사고방식이 후원이라는 낮잡는 태도와 무엇보다 거리가 멀다는 점도 특히 강조하고 싶습니다. 여기서 수여하는 상과 자격증은 열심히 사는 형제자매를 향한 존경 어린 공감의 확인에 불과하고, 그것을 주고받을 때의 마음이 귀중할 뿐입니다. 상금을 부상으로 수여하는 것도 단지 알아서 잘 살아가는 사람들이야말로 얼마간의 돈을 잘 쓰는 방법을 가장 잘 알 것이라고 믿어 의심치 않기 때문입니다. 돈을 줄 테니 열심히 해봐, 그런 식으로 엄연한 성인을 아이처럼 대한다면 창피스러운 일이고, 상금의 수여와 수상 모두 어딜 보나 분명한 목적을 가지고, 전적인 신뢰와 무엇보다 전적인 독립성을 가지고 이루어진다는 사실을 알기 때문입니다.

신사 숙녀 여러분, 이제 관심을 다시 이곳의 청중 전체에게 돌리면서, 감사하게도 지금까지 제 말에 이렇게 집중력을 보여주셨으니 딱 이 분 동안만 긴장을 풀어 드리려 합니다. 저는 앎의 장점에 대해서 딱히 이야기하지 않았고 앞으로도 하지 않을 것입니다. 고난에 시달리더라도 앎을 그러쥐면 틀림없이 자존감도 올라가고 지역사회에서 더욱 쓸모 있는 구성원이 되리라는 그런 이야기도 하지 않았고, 또 하지 않을 것입니다. 노동자의 독학으로 유명한 맨체스터 시와 랭커스터 구에서 그건 정말로 불필요한 말이니까요. 같은 이유로 지식은 위험한 것이라는 격언의 파편(한때 까닭도 모르고 무슨 뜻인지도 모른 채 앵무새처럼 반복했지만 이젠 산산조각이 났죠)을

축사와 연설

긁어모으는 일도 삼가겠습니다. 차라리 영국의 총알로 파괴된 처참한 힌두교의 유물을 모으는 편이 나을 테니까요. 결국 둘 다 과거의 산물이라, 내 친구 칼라일이 힘차게 단언한 바, "우주 공간으로 날아가서" 이 세상에서는 다 끝난 이야기니까요.

그래서 결론 삼아 간단히 두 가지만 언급하고 싶습니다. 첫 번째로는 진정 상호 향상을 추구하는 협회가 개별 고용주와 그 가족의 고귀한 역할을 통해 현재 여러분의 동네에서 이루어낸 발전에 축하를 보내고 싶습니다. 그들의 노고에 무한한 경의를 표하는 바입니다. 다른 지역에서는 큰 철도 회사들이 그런 역할을 했는데, 무척이나 당당하고 관대하게 활동을 했던 회사도 있어서 무한한 찬사를 들을 만합니다. 두 번째이자 마지막으로는 이런 측면에서 늘 제가 마음속에 간직했던 개인적 소망 하나만 말씀드리겠습니다. 숫자로 그 작용이 설명되는 자연의 온갖 가시적인 물체 속에서도, *1000분의 1*인치만큼 정밀한 일까지 해낼 수 있는 기계에 둘러싸이고 석판에 적어 계산하거나 현미경을 통해 증명할 수 있는 일상적 지식을 습득하는 중에도, 우리를 둘러싼 사실의 추구라는 훌륭한 행위를 하는 중에도, 그와 똑같이 위대한 계획의 일부로서 우리를 둘러싸는 상상력과 환상을 등한시하지 말았으면 합니다. 아이들이 동화를 즐길 수 있게 합시다. 성인이 된 뒤라도 그런 동화를 늘 정겹게 기억할 수 있도록 합시다. 우리가 아무리 똑똑해지더라도, 무게를 달고 길이를 측정할 수 없는, 언뜻 보기에는 실속 없어 보이는 수많은 치장과 장식이 여전히 우리 곁에서 자리를 지킬 수 있도록 합시다. 아무리 냉혹한 머리도 가장 부드러운 마음과 공존할 수 있습니다. 그 둘의 결합과 공평한 균형은 그것을 소유한 사람에게 있어서 항상 축복이 되고 인류에게 축복이 됩니다. 우리를 가르치던 신은 강력하고 현명한 만큼이나 상냥하고 사려 깊기도 했습니다. 그분이 어떻게 사나운 파도를 잠재우고 어린아이의 울음을 그치게 했는지 우리 모두 알고 있습니다. 인간의 지혜가 이룰 최고의 결과는 결국 인간의 맹목성과 격정으로 더럽혀지지 않은, 고릿적 신의 원칙이 올려놓은 수준으로 다시 이 세상을 끌어올리는 일에 보탬이 되는 것입니다. 그러니 과학적 이성과 상상력이 잘 버무려진 사례를 신께서 우리에게 보여주셨고, 그 길을 따르는 것은 신의 전철을 밟아 인류를 더 나은, 최고의 나날로 이끄는 것임을 늘 기억하도록 합시다. 지식을 추종하는 이가 반드시 알아야 할 사실은, 머리로만 이루는 지식은 정말 제한적인 힘밖

축사와 연설

에 지니지 못한다는 것입니다. 하지만 머리와 가슴이 함께 이룬 지식은 심신과 생사를 좌우하는 힘을 지니고 우주를 지배하게 될 것입니다.

The Uncommercial Traveller

City of London Churches (*ATYR* on May 5, 1860)

Dullborough Town (*ATYR* on June 30, 1860)

A Small Star in the East (*ATYR* on June 19, 1868)

A Plea for Total Abstinence (*ATYR* on June 5, 1869)

• *ATYR: All The Year Round*

Sketches by Boz, 1836

Scotland Yard

The Pawnbroker's Shop

Sunday Under Three Heads, 1836

As Sabbath Bills Would Make It

단지 순박한 사람들

2024년 10월 28일 초판 1쇄 발행

지은이   찰스 디킨스
옮긴이   정소영

펴낸곳   도서출판 아를
등록   제406-2019-000044호 (2019년 5월 2일)
주소   10881 경기도 파주시 문발로 139, 407호
전화   031-942-1832
팩스   0303-3445-1832
이메일   press.arles@gmail.com

© 정소영 2024
ISBN 979-11-93955-06-2 03840

아를ARLES은 빈센트 반 고흐가 사랑한 남프랑스의 도시입니다.
아를 출판사의 책은 사유하는 일상의 기쁨, 아름다움을 발견하는 즐거움을 드립니다.
◦ 페이스북 @pressarles   ◦ 인스타그램 @pressarles   ◦ 트위터 @press_arles